U0948983

谨以此书献给热爱文学和关心夏雨的朋友

图书在版编目(CIP)数据

夏雨诗选/蓝　波　主编.—武汉：华中科技大学出版社，2011.6
ISBN 978-7-5609-7168-1

Ⅰ.夏…　Ⅱ.蓝…　Ⅲ.诗集-中国-当代　Ⅳ.I227

中国版本图书馆 CIP 数据核字(2011)第 108489 号

夏雨诗选　　　　蓝　波　主编

责任编辑：曹　红
封面设计：范翠璇　苏兆阳
责任校对：朱　玢
责任监印：周治超
出版发行：华中科技大学出版社(中国·武汉)
武昌喻家山　　邮编：430074　　电话：(027)87557437
录　　排：华中科技大学惠友文印中心
印　　刷：湖北新华印务有限公司
开　　本：850mm×1168mm　1/32
印　　张：14.125　插页：4
字　　数：432 千字
版　　次：2011 年 6 月第 1 版第 1 次印刷
定　　价：36.00 元

《夏雨诗选》编委会

顾　问：杨叔子　程良骏　张良皋

主　编：蓝　波

编　委：（以姓氏笔画为序）

王亚勇　王梅洁　刘　超
刘子意　孙海龙　苏兆阳
李建伟　宋　婷　张倩雯
苗毅轩　赵　林　蓝　波

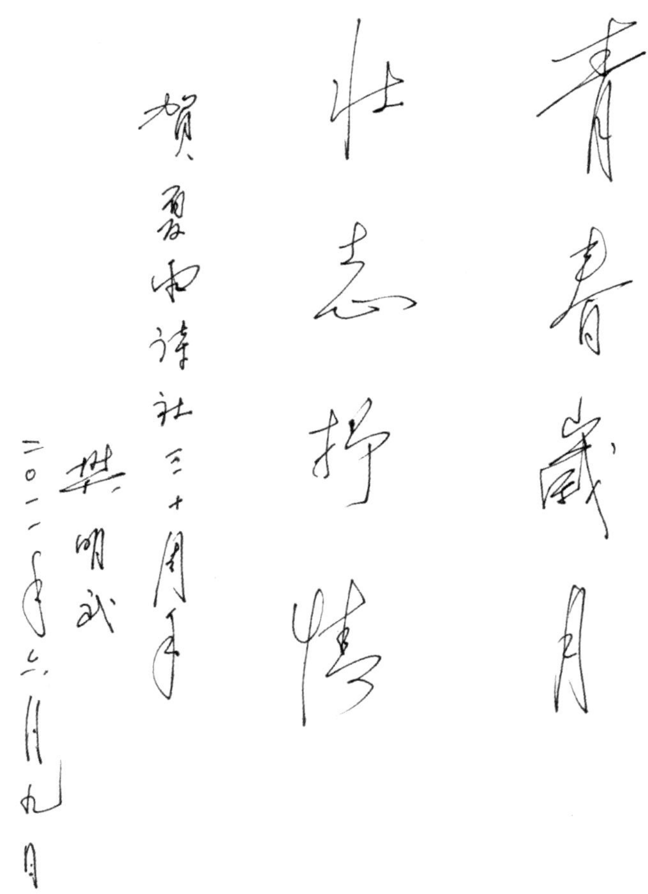

樊明武院士为夏雨诗社题词

夏雨诗社感谢赞助赓唱

慷慨赞歌千金一掷轻　蓝陵

春风催夏雨　润物岂无声　张良皋

春风夏雨　典出汉刘向说苑贵德　管仲上车曰嗟兹乎　我穷必矣　吾不能以春风风人　吾不能以夏雨雨人　吾穷必矣

润物无声　用杜甫春夜喜雨　随风潜入夜　润物细无声句而反其意

千禧首辛卯端午　张良皋　年书

中国建筑大师张良皋先生书

華中科技大學

笑我老年容，高歌神女惊，
画眉虽有笔，岂可任纵横！！

贺夏雨诗选 程良骏

三峡归来

著名水力机械专家程良骏先生题

第十届华中地区诗歌艺术朗诵会

苏兆阳、蓝波

夏雨诗社武大樱花行

诗社简介

夏雨诗社，成立于1981年6月15日，是华中科技大学历史最悠久的学生社团，也是最大的综合性文学社团。诗社挂靠在华中科技大学国家大学生文化素质教育基地，常年得到由杨叔子院士等一批老诗人创建的瑜珈诗社的支持和帮助。现为校团委社团联合会成员单位，由共青团华中科技大学委员会统一领导，多次被评为华中科技大学十佳社团。

夏雨诗社高瞻远瞩，在全校各社团中率先创建社团网站，申请了国际顶级域名 www.xiayu.org，并将逐步实现社团管理和宣传的网络化。诗社运用先进的管理模式，分工具体，团结协作，下设6个部门：编辑部（负责《瑜园》（2003年由《喻园》更名为《瑜园》）的编辑发行），秘书部（负责档案整理和资金管理），活动部（负责活动的具体事务），宣传部（负责各项活动的策划和宣传），外联部（负责校内外社团的联络沟通、夏雨诗社的活动和刊物的资金外联），朗诵部（负责社内朗诵培训和校内外朗诵表演）。

作为华中科技大学人文素质教育的一个窗口，夏雨诗社秉承“聚文为人，聚人为文”的宗旨，高举文学旗帜，本着“构筑爱和自由的精神家园”的理念，努力成为华中科技大学校园文学的拓荒者和集散地。成立30年来，硕果累累。社报《喻园》自1996年创刊以来，累计发行46期，还有《夏雨之窗》、《文界》等系列报纸。社刊《家园》已刊出4期。此外，相继编辑了《遥远》（中篇小说集）、《秋天或者爱情》（诗歌集）、《后现代主义文学位书》和20周年社庆专刊《夏雨如歌》等很多合辑。此外，有一部分社员出版了个人专辑，如：姚洪磊的《兄弟》，李玲玲的《为梅等你》，王东成的《黑》与《蓝》，陆海忠、闻正彬、吴俊、戈娅等的个人诗集，李智勇作品集。是他们创造了夏雨诗社，也是夏雨诗社成就了他们。社员在湖北省“一二·九”诗赛、全国大学生“樱花诗赛”等省级各项赛事中成绩斐然，多次夺得各类奖项。

夏雨诗社在多年的实践过程中形成了一系列的特色活动，有每年一届的全校性的征文比赛(始于 1996 年)、中华诗词艺术朗诵会(始于 1999 年)和中华诗词大赛(始于 2001 年)，还有草坪诗会、评书会、原创诗歌朗诵会以及各种文学讲座和讨论会等。具体活动包括：诗社每学年初招新，吸收新鲜的血液；举办以上各项活动；参加各级比赛和各校的文学邀请赛；与外校的社团交流学习；配合全校的人文素质教育适时举办活动，参加校“大学生开放日”的展示等。夏雨诗社走在也将永远走在时代的前沿，为强化华中科技大学的人文氛围，繁荣校园文化做出自己不懈的努力。

序

今天是2011年的端午节。在端午节为《夏雨诗选》写“序”，就不能不想到爱国诗人屈原，不能不想到爱国诗人闻一多。闻一多在《人民的诗人——屈原》一文中认为，端午节，远在屈原出生之前就有了，而后来却成了纪念屈原的节日，中国人怀着深情用这个古远的节日来纪念屈原，足以证明屈原是一个真正的人民诗人。闻一多还称赞屈原是“中国历史上唯一有充分条件称为人民诗人的人”。当闻一多在反动派黑枪中壮烈地倒下之后，郭沫若就写道：“即使屈原果真是中国历史上唯一有充分条件称为‘人民诗人的人’，那么有了闻一多，有了闻一多的死，那‘唯一’两字就可以取消了。”如果说，“爱”是中外文学的传统主题，那么，对祖国的爱、对人民的爱、对生活的爱，更是诗人创作的主题，更是诗人的本性与天职。这本诗选开篇的《夏雨随笔》一文中，也引用了诗人讲的“诗、美、浪漫、爱，这些才是我们生存的原因”这样的话。

这本诗选以诗的形式记录了夏雨诗社的历史足迹，今天诗选的出版也用来献给中国共产党成立90周年这一光荣的节日。看吧，诗选中写道，“壮志系在九重霄，功名利禄任飘摇”，“长系我，是万里河山，情难绝”；听吧，诗选中唱着，“挺着流血的脊梁/再次撑起不屈的旗”，“来吧/火热的青年/让我们点燃青春的激情/只为一次不怕的灿烂”，“勇敢，中华民族不朽的篇章，民族不息的咏叹！！”对祖国的爱、对人民的爱、对生活的爱，没有什么抽象的，爱融化在对父母、师长、亲戚、同学、朋友、恋人……的情感中，渗透在对北京、武汉、上海、长沙、襄阳……的怀念中，伴随在对喻家山、喻园、青年园、东九楼……的拥抱中，蜕变成对春、夏、秋、冬，对梅、菊、樱、莲、梧桐、杨柳……的写意中，凝聚在对春节、清明、端午、中秋、七夕……的解读中，更谱写在对我们民族重大的历史事件诸如“五四”、“九一八”、“一二·九”、“七七”……的沉思中。从入学开始到毕业离校大学生活的经历，无不烙印着人生奋进中爱的深深痕迹、永不消逝的痕迹，开启了走向社会、走向生活、走向建设伟大祖国战场的道路，而这一切化成诗的语言，载在这本诗选中。

美国诗人惠特曼讲得好："每一个民族的最高凭证，就是它产生的诗歌。"人们常讲：最美的语言是诗一般的语言，最富感情的语言是诗一般的语言，最富哲理的语言是诗一般的语言，最为凝练的语言是诗一般的语言。其实，诗就是最美、最富感情、最富哲理、最为凝练而且最具民族文化特色的语言。这些年来，我深深感悟到，"国魂凝处是诗魂"，"知否诗魂是国魂"。这就是讲，国魂就是诗魂，诗魂就是国魂，两者是等价的。在这本诗选中，不管是古诗还是新诗，不管是写得较为成熟的诗，还是写得尚须改进的诗，在总体上反映了我们青年大学生朝气蓬勃、热爱祖国、献身社会的精神面貌，这是值得欣慰的。

在这里，我想到毛泽东同志1957年11月17日在莫斯科会见我国留学生与实习生时的讲话："世界是你们的，也是我们的，但是归根结底是你们的。你们青年人朝气蓬勃，正在兴旺时期，就像早上八九点钟的太阳。希望寄托在你们的身上。"我们青年大学生正处在我国发展的重要机遇期，我国到21世纪中叶时情况如何，当今青年学生将起着十分关键的作用，希望的确寄托在青年学生身上。

为此，我把伟大诗人杜甫的著名诗篇《喜雨》改写一下，作为《夏雨诗选》的"序"的结束语：

好雨知时节，承春又发生。防灾无苦旱，去暑有欢声。

报国诗吟美，为民志立明。征程三十载，花好看江城。

谨为之序。

2011年**6**月**6**日(辛卯端午)

赠"夏雨诗社"

读"夏雨诗社"社刊，诗文并茂，甚喜。
特集宋人之诗、词、文之名句，改之以赠。

小荷才露角尖尖，
外直中通净濯涟。
一一清圆风好举，
无穷碧叶望连天。

——瑜珈诗社社长杨叔子院士为夏雨诗社题词

夏雨随笔

蓝波(2007 级)　前任副社长

2008 年度感动校园十大社团人物

“我步入丛林,因为我希望生活有意义,我希望活得深刻。”

初夏的午夜,白天的喧嚣早已沉寂,只有那雨声淅淅沥沥的,如泣如诉,似一首悠长悠长的歌。如歌的夏雨,夏雨如歌。

于这样静谧的夜晚,写关于夏雨诗社的文字,与她作别的文字,心里无比依恋和忧伤,化作那黑夜里不知方向的雨,和那伴着雨、再随雨而逝的歌。记忆的碎片也和着那雨、那歌,如期而至。

图书馆关门后,我被冷落在风中,在阑珊的黄灯暗影下徘徊,依偎在水边的廊亭早已在梦乡。每当这个时候,我都会回到办公室。曾经多少次翻开夏雨三十年来留下的厚厚的一沓报纸和那些褪色的相片及很多前辈留下来的沉甸甸的文字,心情总有些激动。那沓厚厚的报纸,真的承载了太多的东西,总让我感到自豪、感到欣慰。很多很多年前,已经有一群燃烧自己青春的孩子,怀着和我们一样的情怀,用心涂抹着文字,用手中的笔警醒着社会。是他们创造了夏雨,也是夏雨成就了他们。

也曾有很多人问我:为什么你们诗社叫夏雨诗社?我一时也答不上来。从 1981 年创社到现在也有几十年了,不同的人有不一样的理解。有人说:春风拂面爽,夏雨润心田。有人说:夏天的活力,夜雨的诗意。还有人说:夏雨真的像炎炎夏日里的一场雨,给沉闷的空气带来了一丝清凉,诗意的天空便有了碧绿的点缀……然而在我的印象中,比起春雨的酣畅淋漓,秋雨的绵疏凄凉,冬雨的冰寒彻骨,夏雨却显得格外热情奔放。有过几回,夏雨骤然而至,诗化了荒寂的大地,浸润了那沉淀千年风化成石的心灵。也不知为何,每次夏雨诗社办活动,十有八九会下雨,尤其是小雨。我们和雨有不解之缘。在诗社里,我有很多机会和瑜珈诗社的一些老教授一起交流、学习,还有书信来往，包括杨叔子院士、张勇传院士、张良皋教授、谢检秀老师、程良骏教授以及李白超老师、涂又光教授……聆听他们的思想、心得、人生经历，受益匪浅。绵绵的细雨，飘飞的歌，激动的心情浮上心头。夏雨的理念是"构筑爱和自由的精神家园"。没错，夏雨人是这样说的，更是这样做的。置身其中，无时无刻不感受到那种强烈的家的感觉。夏之雨，多么强劲的生命力啊！在夏雨诗社里，聚集的是热爱文学的莘莘学子，我们将生命如夏雨般挥洒，我们畅谈人生、无所顾忌，我们追求的是真实的素描，是发自内心的感悟，更是美的向往。我们用韵脚，注释着一段段真情；我们用平仄，吟唱着一曲曲清音。

记得前辈曾经跟我说过，夏雨诗社是一个清新典雅的古文化代言人，但是与时代的结合又使她充满生机活力，朝气蓬勃！现在我们创作着文学，今后我们将引领一种文化，或许显得有些夸大其词，因为我们大多数人还是过着凡人的生活：不知疲倦地读书，然后顺利地毕业，勤恳工作，操劳于琐事等。但我们不会忘记：曾经有一群充满激情的年轻人走到一起，他们不知疲惫地干着与名利毫不相关的事情，只为了共同的爱好以及内心深处的一种纯粹的感动。多年后的我们，有可能走在异国他乡细碎落叶的林荫道上低低细语，也有可能坐在明净的玻璃窗前回忆人生，还有可能故作小资情调地品着咖啡……生活对于我们来说或许是物质化了许多，我们又是否还留着年轻时的那份纯真，那份感动？最后的最后，是我们在走，在社会世俗中走着，你是否会忆起当年我们在东九草坪上放风筝时的热情，是否会想起爱因斯坦广场挂灯笼、猜灯谜的欢歌笑语，是否会怀念起一年一度的华中地区诗歌艺术朗诵大会，是否会记得武大赏樱、看樱花盛绽的浪漫……喻园还是不是芳菲馥郁，天空还是不是那样的明媚。华灯初上，烟花不留痕迹，挥洒的青春，逝去的年华，还有种种种种，都在千万次感动中化作雨、化作风，弥漫在你的身旁。

夏雨诗社，有着夏的热情和雨的清澈。这里没有权利与金钱的纷纷扰扰，没有利益和其他种种的磕磕绊绊，这里我们倡导爱与自由，这里可以感受雨、感受风、感受阳光。在这样物质化、趋功利的环境里，我们每天都像机械一样不知你我地运转着，然而，大学之大，还应该具有一些与这个现实主义、功利主义的现实社会的风气所不同的人文精神。说到这里，又想起《死亡诗社》中的一段话，与大家分享：

我们读诗写诗，非为它的灵巧，我们读诗写诗，因为我们是人类的一员。而人类充满了热情。医药、法律、商业、工程，这些都是高贵的理想，并且是生活的必需。但是，诗、美、浪漫、爱，这些才是我们生存的原因。

确实，我爱写诗，我爱夏雨，爱得足够深沉，足够虔诚。心里有太多太多的话要说，只怕我浅薄的言语，不足以托付这份爱。现在，我将要离开诗社，文字对我来说已是那样的无奈，虽然不美，却真！我也知道，芳林新叶催陈叶，流水前涛让后涛。祝愿明天的夏雨更加优秀。

我有残缺的美
在刹那间
从笔尖喷发
化作朵朵隽永的小诗
溶入青春的夏雨

2011 年 5 月

校园里一群少女飘飘扬扬

胡星斗

校园里，一群少女飘飘扬扬
如飘飘扬扬的樱花
如飘飘扬扬的恋情

一群流动着的色彩，风风火火
一群生长着的图画，娉娉婷婷
少女们时而像微风，微风一样温柔
时而又像暴雨，暴雨一样热情
她们甚至不瞥一眼路旁所有的
看她们的男人
一直走进花丛，长成了一排樱花树
——一排新开的樱花
——一排会笑的风景
于是，少女们的梦就是粉红的花朵
如醉如痴
她梦到有一天树下只有他们两人
爆发式地倾诉滋长了爆发式的爱情
她想，樱花就像红娘
哦，校园里樱花如云……
校园里开满了樱花
开满了少女的骄傲
开满了少女的笑声

当樱花铺天盖地
落下的时候
少女的风姿也就铺天盖地地

落在人们的心里
少女的眼睛拍摄着绿色的梦幻
少女的美丽却拍进了春天的眼睛
我真想去折一枝最美的花儿
将她移插到我心中，长成一片相思林
早晨，让雾霭轻掩她羞赧的面容
晚上，让枝头栖息一对对天真
疲惫时，可能在林荫下躺着做梦
快乐时，可以到林中散步，手挽爱神……
哦，我心中飘来了一个欢乐岛
校园里飞来了一群天鹅星

校园里，一群少女飘飘扬扬
如飘飘扬扬的樱花
如飘飘扬扬的恋情

胡星斗

北京理工大学经济学教授，1978年就读于华中工学院，“夏雨诗社”首任社长。著作有《问题中国》等，是对二元户籍制度、劳动教养制度进行违宪审查的首倡者，是撤销乡镇政府、废除行政型信访制度的主要倡导者之一，是缩小省级辖区、建立副省级直辖市、迁都、“高贵中华，文明中国”、平等权利运动的提出者，是同命同价、反垄断等活动的代表者之一。提出了“中国问题学”、“人文经济”、“公平市场经济”、“现代农村制度”、“现代反腐败制度”、“现代中华文明”、“宪政社会主义”、“古典式管理”等一系列新论点。

古诗词篇

现代诗篇

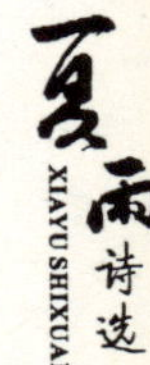
夏雨
诗选
XIAYU SHIXUAN

友情投稿

夏雨诗选

XIAYU SHIXUAN

古诗词篇

程磊（2002级） 三首

念奴娇

正是五月时节，久雨不止。夜间雨敲窗户，望见天地迷濛，山水俱黑。忽闻杜鹃夜鸣，夹杂雨声，回荡于丛木之间，幽远于心神之际。世人谓“子规悲啼至于出血”，闻其哀鸣，莫不惘恨久之，叹息于花前，徘徊于月下。古语言杜鹃乃蜀望帝所化，因失故国，啼泣至血。则杜鹃之悲在于国家兴亡，非关风月也。感此而作。

暗风吹雨，卷松涛，云头奔马狂怒。碧水惊惶，千百转，汇作青青满浦。柳下流莺，江边飞鹭，肯唱苍茫雨？子规啼血，凄绝寒林深处。　问汝何愤难平？清音袅袅，更觉空山苦。“故国兴亡堪记取，心曲凭谁倾诉？风月休提，痴儿毋怨，不解风中舞。”云黑烟冷，长歌心血翻覆。

野　望

凝眉上高楼，放眼观四陲。紫霭垂空起，正觉楚天低。
薄暮野烟浮，相伴晚风吹。轻纱绕碧树，远山黛色微。
闲云染烟霞，清池映斜晖。半山浸池底，明河星正稀。
群鸟倚枝鸣，孤鸿凌云飞。幽树夜梦好，白露湿羽衣。
桂影何缥缈，汝欲将安归？鹏鸟徙南冥，蜩鸠跳而讥。
鸿鹄志千里，之二虫何知！趁尔余光照前路，努力奋翼飞向西。
目送鸿影尽，孰知心欲与共追！

沁园春

——入华科有感

层翠苍天，长路纵横，小子今来。望北山危峙，云径蛇转，东湖惊荡，烟水斜开。正当中衢，连跨江汉，百川归海皆英才。有白鸟，觑山水宝地，频频飞回。　　回首十载风雷，到如今休共频举杯。须黄沙万里，能催天马，冰雪无际，方衬娇梅。飞鹏临风，更举双翼，啄寒月何足言哉。聊一笑，会四方才俊，同赋高台。

乘风（笔名）　二十四首

咏　梧　桐

直根擎巨幕，心叶破晨光。
白露洁蝉羽，高枝落凤凰。
鸣得焦尾韵，写尽晚秋霜。
自有高风骨，何愁夜雨凉。

坑　儒　谷

夕影坠骊山，幽幽响热泉。
一碑平麦陇，百草卧途边。
土掩千秋恨，沙埋万世冤。
君王思大统，孺子葬瓜田！

咏　　蛾

难随蝶舞染花香，此夜唯欣有焰芒。
守志持节弗事暗，灰飞烟灭又何妨？

清东陵怀古

翠嶂青绸掩旧陵，双河玉带系亡清。
今朝初景还来此，旧岁佛爷已入冥。

彩架经坛迎万寿，北洋沉舰赋悲情。
条约百款孰堪辱？胡虏联军驻北平！

满江红·北戴河观日出有感

百万蓝疆，排天处，朝霞万里。抬望眼，赤旗招展，势接天际。纵历得千般雪雨，消不尽一腔豪气。忆旧时，铁骑定八方，谁堪比？

钓鱼岛，犹未抵；隔海眺，空悲泣。边劫平又起，海南争议。笑我南沙滩万里，何时尽任他人辟！待扬帆，载热血千升，收失地！

恼　蚊

吾长七尺尔如尘，何故频频噬我身？
待到秋高红日起，缝中躲好莫相闻！

过民工房

黑黑黝黝小脏房，木板三根一展床。
夜半蚊虫相耳语，偷吸苦血润肥肠。

撰家书不成

窗外孤鸿细雨凉，丝丝划破几愁肠。
拂箴不晓书何事，置笔凄然注满觞。

歌行——立秋夜难眠

绵绵夏夜长，东风未肯凉。
辗转不能寐，披衣起彷徨。
虫鸣皆寂静，街灯尚有光。
俯视墙边草，仰观月微芒。
天汉有星宿，三五列成行。

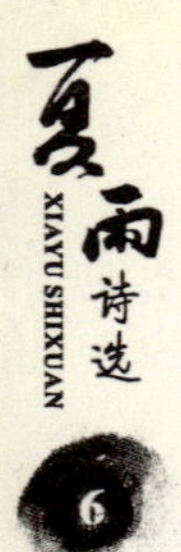

归鸿方落脚，秋至复南翔。
空得白羽翼，只为赴他乡？
繁星不得语，清辉月转廊。
郁郁多愁苦，凄凄断人肠。
高飞难抵月，欲济又无梁。
不酬凌云志，怎忍见爹娘。
徘徊忽已久，白露沾我裳。
归来悲已去，星辉照我床。
人生本如寄，何苦自寻伤。
忧思即无几，且以赋诗章。

东湖日出

朝阳初暖岸边山，薄雾轻藏渡口船。
木桨传声清浪里，霞光留影碎波间。

梦天

玉露金车穿晓雾，仙翁置酒饮云颠。
长河万里杯中泻，尘世千年足底翩。
银瀑流云惊骇浪，彩霞红日坠清莲。
来人且倚今朝醉，笑语汪洋变稻田。

无题

谁言至死思方尽，泪断烛残几缕烟。
何必蓬山千里路？素墙一面即隔天。

宴后独吟

觥筹交错谙相识，雾卷清寒满树枝。
寂寞重游人散处，凄然独坐夜深时。

窗前满月愁云掩，枝上清涤坠冷池。
今世孰能相伴老，无情岁月有情诗。

为诗一首——以遣乡思

归心似乱云，客久厌黄昏。
脉脉笛中雨，沾衣月下人。

长江大桥观落日

桥头独望长江水，一线残阳冷雾间。
孤雁云中声断处，江流万里载长天。

夜步东湖

望夜湖中几点舟，微风袅袅月光柔。
星辉点亮芦尖露，渔火铺红浪里绸。
小月贪杯频入盏，星波有礼数回眸。
枯箫吹皱东湖水，荡去羁人万缕愁。

枯　　桐

东君已渡长江水，染上桃枝满树红。
万姓皆言花色好，谁怜冷壑一枯桐。

腊月十六作于车中

别去已经年，诗心久未掀。
炎光拥树醉，冷雪抱灯眠。
信必三折寄，铃无两动欢。
如今车未驶，心已到唐山。

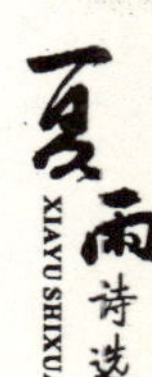

元宵咏月

明珠生海底，望夜入中天。
万里铺霜色，千家照彩轩。
自云多壮志，谁解奏无弦。
本在孤寒处，甘为万户圆。

初八煮汤圆

明圆总是他乡月，遂恐佳节又落单。
且把初八作十五，顶着弯月煮汤圆。

南歌子

梦扰繁星语，蟾光抚玉栏。频来旧事挤眉间，敛下闲愁几缕化痴言。　　未卜三生意，难明月下缘。曾经执手步婵娟，怎料思隔瀚海梦隔山。

自嘲

我本庸庸学字郎，读诗不过百十章。
挥樽效仿唐朝韵，执笔临摹宋代芳。
歌遍青山还唱水，说完离恨又言伤。
如今搁笔无从写，方悟书山学路长。

飞雪

天宫垂柳翻冬絮，撒向人间作雪飞。
似乳涂白千片瓦，如云挂上一梢梅。
随风化羽诚合意，落地成泥莫可悲。
应是凌霄难尽兴，悠悠挥袖笑飞回。

山　寺

云里晨钟破晓光，山中浓雾尽苍茫。
鸟出石径迎香客，僧入云阶扫落黄。
枯叶送君诗四句，老藤留我字三行。
来人不意求神助，只为吟开满树香。

马千里（2003级）　**四首**

江　上

月冷南飞雁，江寒北去帆。
抬手接流霜，来时过吾乡？

望　星

星汉悬天幕，遥遥似众仙。
晚风拂乱絮，阵阵忘人间。

匆　匆

清风伴过客，落叶随晚秋。
白日年年照，黄河岁岁流。
不觉飞雁逝，回首已难留。
明月映无语，澄江荡孤舟。

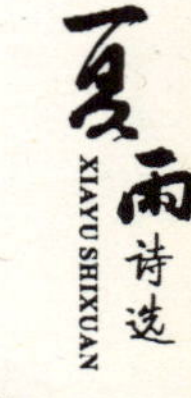

古风·天殇

独对雪冰峰，抚琴寒谷中。
琴声起朔风，天地尽断鸿。
风舞白絮满河山，遥望沧海无一帆。
乾坤惨淡星逆转，璇玑无光落蛮荒。
太行雪径无处寻，黄河冰路今安在?
世事本一梦，红尘烟云弄。
清心归道本，何处有辎重?
天龙地蛇任悠游，意迷蝴蝶顿忘愁。
骑大鹏以上九天兮，回望凡尘尽疮痍。
欲雾迷众生，欲海足沉沦。
可笑人间富贵者，多是食蛆宿泥之徒耳!
悠悠清江映明月，花鸟鱼虫自成趣，几人识其真?
仙门不可求，仙机不可语;
无求仙门时时开，不语仙机处处在。
可叹世人多懵懂，悟得仙机寥星辰。
天以万物予人，人无一物予天。
天导人入仙境，人怨天以琐碎。
苍穹无奈飘白羽，冥冥长空天有殇!
众生自有众生福，吾独寒谷把琴扶。
琴声绝，冰峰裂。

万志气（2004级）　十二首

喝火令·两心通

风吹玉蜡损，夜冷露华浓。恨伊难见去无痕。怎堪几声珍重，往事转成空。　昨种相思豆，今凋遍地红。满园风吹雨打中。莫道阴阳，莫道山万重，莫道水遥天远，只羡两心通。

蝶恋花·牵念

一阵风雨一阵寒，叶落红乱，过雁何时还？处处离人萧萧散，段段伤情句句酸。　　无常冷暖今又是，伊人恙否？始终心难安。牵念恰似风筝远，虽已放手线未残。

蝶恋花·问情

莫把相思空掩袖，层层叠叠，尽做湘妃绣。风往花香不知折，醉酒空把花枝嗅。　　几树惊秋昼雨愁，孤独西楼，被湿凉更透。问卿怜取眼前人，把盏东篱黄昏后。

蝶恋花·长沙

岳麓钟传万里江，天地苍茫，秋色红间黄。昨夜檐雨尽宫商，梦里故乡身异乡。　　橘子洲头人北望，游子彷徨，无处写鸿章。夜夜泪烛燃客梦，声声寒杵捣人肠。

疏影·七夕

河汉溢满，恨相隔万里，相思无边。鹊桥旧约，到今翻变，茫茫空对银天。长袖莫对斜阳舞，残照曳地愁更远。水阔天高难成书，寄得红豆一点。　　谁怜旅况荏苒，也曾念年前，去程应转。而今只有，当年笑语，犹共晚风翩翩。人生无限伤心事，终究是有份无缘。最悲是，转身成仇，相见不如不见。

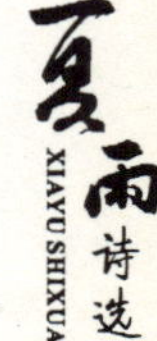

青　玉　案

（一）

缘分已尽情已湮，月如素，夜不眠。小楼寂寞锁孤雁，香帷有客，重寻无处，是新欢旧怨。　　忆卿迢迢却难见，恨风缠绵人竟远，怨已红线只经年。独倚明烛，相看泪眼，对作流泪泉。

（二）

多愁总被无心绊，人两地，影成单。缘断却因相见晚，红颜何处，再见何难，夜冷雨声乱。　　烛泪涟涟照孤寒，伊人已远梦已残，杯满且寻醉里欢。未了前缘，今生又断，相思情何堪！

诉　衷　情

折寄花枝无从寄，雁去无消息，但问玉带牵罗衣，怎不把缘儿系？　　乍瞧见，那个伊，朦胧里。未醉先梦，未醒先迷，未语先泣！

满庭芳·长沙

初来新沙，休思旧乡，放眼大好时光。一年佳时，最爱是微凉。应悔登高望远，残阳外，寂寥湘江。征鸿歇，笺书难至，独立水中央。　　湘江，朝北望，江湖叠嶂，舟子匆忙。弹剑爱晚亭，岳麓苍茫。料得古今来者，亦如是，只影彷徨。年年绿，连天芳草，眼底渐衰黄。

高　阳　台

（一）

碧空如洗，东风微暖，几处红茶玉兰。转眼春半，正叹光阴荏苒，又添夜雨甚寒。芳菲残，春已堪怜，更伤怀。暮春时节，何处可耽？　　今方识绿肥红瘦，才阳春三月，冷落平川，目冷心酸。欲拟葬花还难，恐人笑我痴无端，忍看她，香消色淡。强回首，几度开落，几度悲欢。

（二）

无处排遣，无可留恋，一片心事微卷。满目辛酸，愈拭愈涟涟。

枯了这边湿那边，泪尽了，皆成血帘。甘苦事，满胸臆间，噎堵难咽。　　此心情哪里堪说，想昨日梦魇，愁绪无边。半砧寒烟，漠看世间处处。有人猖狂有人狷，锁心门，独个卧眠。闭视听，怕见叶落，怕听人喧。

莺　啼　序

苦酒正伴新寒，举杯对日晚。心微颤，泪满巾衫，孤人野水荒湾。月暗暗，才上枝蔓，星光点点烟冉冉。雁过晚，划过江山，空留惨淡。

三年旧事，花飞人远，梦缘何忒短？人间梦，最易打断，如今形只影单。倚栏杆，昨日重看，空怅惘，悔时已晚。随风逝，岳麓山下，湘江西岸。

相思多年，一朝得语，遂肝肠寸断。只觉它，斜阳泪满，菰叶积怨，缺月孤楼，风雨几番。冷落平川，目冷心酸，夜已三更金波淡。未解它，似春水流年。暗中偷换，仍抱旧日情怀，空等轮回换转。

绫绡血染，身心慵懒，一夜两鬓斑，长相思，哀曲轻弹，袭如梦魇。冷床辗转，和声泪漫。推却酒杯，书写遗憾，笺幅偷偷与泪卷，寄予那，栖鸦晨阳还。醉也无人来管，伤心江汉，无处排遣。

贺　新　郎

泪眼问飞花，花不答，风过首摇，残雨微滑。微曦光里影摇曳，知是谁？莫是花魂，满腔言语欲相倾？恐舌钝，似江水愁情，倾不尽，更相侵。　　百般言语难出口，问花卿：“吾情依旧，谁识我心？寒暑频扰常抱病，只是更伤人情，心成灰，意欲冷绝，我最羡卿有厮守。”卿苦笑：“也没个真情！”空嗟怨，已湿襟。

双双燕·毕业致辞

新芽初吐，春花半凋零，仍念曾经，欢声笑语，百味光景。转

眼韶华过境。回首往事如影，现如今，十年寒窗即毕，各自东西飘零。　　风清，未识伤心，千百个日夜，一朝别离，难舍此情。情长纸短难尽，未言泪已湿襟，相别后，勿忘书信。愁減两腮颜色，日后窗栏难凭。

吕叶辉　二首

古　　意

——观《兵车行》有感

燕云骑，长歌啸，凌波万古终不棹。
汉家连年战事起，流血成海涂白草。

七巧词·雨

流琳，浥玉。
悠然来，牵连去。
依依抚丝，潺潺曳绪。
支伞花犹残，闭门草更绿。
兀坐惊雷怅惘，推窗浓云诉泣。
不求隔时长相见，但求隔时长相忆。

周敬裕　二首

勾践灭吴

会稽哀怨恸乾坤，碧血难干泪有痕。
落难甘当马前卒，忍辱何惧夫差粪。

壮志凌云誓翻身，卧薪尝胆铸英魂。
十年君子雪前恨，万代勾践耀后人。

到华科后有感

不是猛龙不过江，不是锐虎不下山。
我有胆气七尺在，踏破巍峨万重嶂。
过江猛龙孰可攀，下山锐虎谁能挡。
风萧萧兮易水寒，不夺功名誓不还！

西渠（笔名） 七首

论韦庄词

江南春水碧云天，江北佳人梦魂牵。
往事悲情词中诉，一字一句泣红颜。

虞美人·和咏李煜词

江山美人一时了，泪恨知多少。玉树后庭泣秋风，秦淮歌艳老去烟雨中。　　月笼台城柳犹在，赤子心不改。词中帝子万古愁，一江春水依旧向东流。

咏苏轼词

策马狂鞭人词林，奇情四溢谁知音？
临镜笑春犹妩媚，天风海雨是词心。

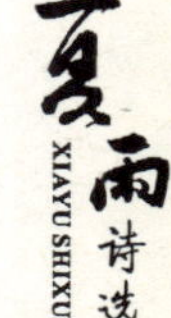

论温庭筠词

美人照花前后镜，寂寞深闺行影离。
花间鼻祖何所似？庭中孤竹袅娉娉。

蝶恋花·咏易安

倚门回首青梅嗅，一语嫣然，笑开芙蓉扣。风雨欲来黄花瘦，年年雪后江梅有？　　江山空月人归后。南去北来，泪笑天知否？对花对酒情依旧，一生一世爱相守。

咏　柳　永

浅斟低唱风流事，何要浮名且填词。
酒醒晓风杨柳岸，头白空叹少年时。

易 安 词 意

红藕归舟惊鸥鹭，青梅低嗅羞倚门。
海棠春睡留残酒，黄菊东篱黯销魂。
鸿雁南去几度秋？细雨梧桐又黄昏。
物是人非了无痕，帘儿底下笑语闻。

木灵（笔名）　一首

古风·风烛

青竹弄影月徘徊，君舞小酌菊花爱；
帘下风袭妾身领，西楼无声栏上苔。

戈马战功夕阳外，孤烟长立如冬蚕；
越人狼烟箫笛冷，醉饮琵琶诗赋单。
夕阳惊破貂皮梦，风烛焚尽岁月寒；
锦瑟弦音啼子规，编乐低鸣老红豆。
白发搔尽出征行，将军还首楚歌难；
直悔杨柳向日圆，不敢玉笛吹生烟。
钟鼓金玉报樽杯，杯空人影随风远；
黄叶亦有晚风怜，菊花开尽无人见。
青冢失欢重阳拜，君王征卒重阳再；
虚席皇室鬼神论，重哉巫师粉汗还。
饕餮马革裹尸处，尽是荒野孤雁天；
尺卷不过三百里，泪流已过千里外。
薄袖挽衣不成衣，簪收发迹发凌乱；
素面但求大漠直，不教青竹梦无眠。

时晨（2005级） 十七首

无　题

忍掷青春作逝波，几回梦里旧颜酡。
当时只道韶光贱，尽日相思赘句多。
偶获芳笺还堕泪，忽闻软语起沉疴。
四年好似云烟过，风雨池塘落断荷。

（2009年6月）

古　巷

古巷无声日影迟，青墙有隙缀苔茨。
秋千笑语疑前世，小院花香似旧时。
豆蔻多情终不悔，梧桐半死始相思。

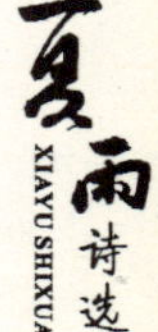

单车岂载闲愁远，浪迹萍踪只自知。

（2009 年 9 月）

琥　珀　蝶

谁使青春失自由？琉璃世界锁千秋。
麻衣雪映桃花色，粉翅霜凝碧草愁。
朽骨不知存血气，残心岂忆旧温柔。
安能再起翩跹舞？抢攘廛间待阶囚！

（2009 年 10 月）

忆叶花蕊

文笔当年只羡卿，珠联玉缀最柔情。
枉抛心力应无恨，未解眉颦为此生。
四海芳尘何必问，漫天飞絮岂重逢。
江郎别后才将尽，怅望春风落紫英。

（2009 年 11 月）

无　　题（二首）

其一

二十年间只自矜，飞花学雪入风轻。
青山访寺人寻径，宝鼎焚香我问情。
静静池莲相望冷，盈盈水月对分明。
魂牵白石栏桥上，携手何妨是一生？

其二

门外天涯未可知，醉吟文字已成痴。
千年浊水生萧艾，何世春风吊紫芝？
冷雨香魂似有意，白袍书客岂当时？
一生借得潇湘泪，写尽人间薄命诗。

（2010 年 1 月）

梦　　中

梦中销尽几春花？玉树银钩古月牙。
独立牡丹开世界，欲回莲子落年华。
重提旧事频堪笑，莫说前程尚可嗟。
笔墨无知端罪过，负书担橐渡流沙。

（2010 年 3 月）

重阳节贺同学生日

相逢一面总前缘，况是青春尔许年。
万里惊蓬无定据，三秋岁月好堪怜。
芳辰借我重阳夜，细烛凭君百愿圆。
绮席行觞供笑语，人间追忆与婵娟。

（2010 年 10 月）

春夜步池畔幽径

幽人循柳径，独夜步凉天。
芳草横塘宿，柔云抱月眠。
攀条思旧侣，顾影媚清涟。
时雨催花落，佳期讵可愆？

（2009 年 2 月）

嬉　子　湖

晚棹惊鸥起，红霞映水生。
风荻鸣月浦，古木落桐城。
菱荇鱼儿戏，珍珠游子情。
怀乡千里泪，散作满湖星。

（2009 年 5 月）

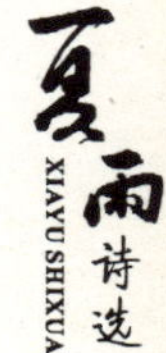

夜上凤飞台

秋风多爽气，朗月上高台。
落木锋桢在，明湖玉镜开。
青云终起凤，盛世暂遗才。
莫道重崖阻，长江断岳来。

（2009 年 9 月）

更惜

更惜芳华末，相期梦雨中。
飘零黄叶路，守候小桥风。
失手丝难绾，同心结未终。
余生知已负，残月照虚空。

（2010 年 11 月）

抱病杂诗

病中效龚定庵体

锦瑟年华剩几何？清宵良夜更无多。
霜风吹老临江树，木叶年年问逝波。

每动春愁恨式微，花间镇日坐芳菲。
谁抛飞絮天罗网，欲把韶光力挽回？

春意阑珊好事稀，百花开尽到荼靡。
残红岂愿成新土，落絮何堪共老泥？

梦入秋江欲采苹，美人隔水立伶仃。
黄花瘦影风中尽，古井银光月下明。

谁遣流光转玉珂？此情可待又如何。
梧桐叶小犹遮雨，蟋蟀身寒自唱歌。

岁月峥嵘感物华，相思一捧指间沙。
他年对坐熏风里，还浸蔷薇戏煮茶。

几度春风误拂弦，此时合眼见容颜。
无钱只有诗堪赠，不忆当年红纸笺？

睹物思人忆旧游，昏天黑地看红楼。
芙蓉谢后诸芳散，谁肯病中再补裘？

向晚微风卷落花，乱红轻扑小窗纱。
潇湘梦里寻春去，睡醒余香在脸颊。

（2009 年 4 月）

赠友人归

玉盘金盏客喧阗，举酒迎君亦自怜。
一场青春终好散，残风剩月再缘悭。

几番作别此番真，毕业歌声讵忍闻？
理想遥存他日梦，年华不改少年心。

（2009 年 5 月）

咏　情

人间自是有情痴，自作聪明不自知。
身世早成墙外絮，病心还缀苦情诗。

青丝捻断夜寒时，刘过多情未改之。
还道木文今尚在，共谁风月算相思？

（2009 年 6 月）

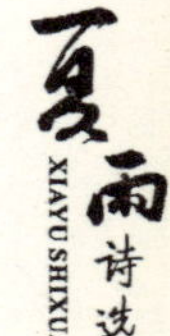

落　花

紫府仙台旧落花，为随流水到天涯。
浮沉浪底缘何事，望尽烟波未有家。

天生丽质我芬芳，一片飘来水亦香。
欲使佳人多怅望，蝶衣未肯褪残妆。

缱绻难留惊梦后，娉婷空忆坠魂初。
从今莫作云泥恨，自望尘沙也不如。

昔日妍华不足夸，抱香吹落两无瑕。
此身犹是春泥化，岁岁枯荣君莫嗟。

（2010 年 4 月）

桃　叶

桃叶生涯岂远谋，此番初愿可能酬？
当时独擅灵和殿，舞尽芳年不肯休。

（2010 年 10 月）

高满凤（2006 级）　二十七首

高满凤：笔名为月珏，华中科技大学夏雨诗社才女，人文学院 2006 级本科生，现于本校读研，曾被邀请参加《中华诗词》2008 年度“青春诗会”（全国共遴选 12 人）。

秋波媚·赠友

星疏云淡懒凭窗，杯酒入愁肠。半池荷碎，一径芳杳，数点鬓霜。　　浮生有爱经冬暖，堪比少年狂。烛摇盈袖，月听私语，醉卧幽香。

丑奴儿·感旧

旧时楼角多情月，爱吻眉颦，戏卷罗巾，曾抚花间醉卧人。而今翘首恍惊梦，朱户扬尘，花雨衣熏，空有银钩照断魂。

渔　歌　子

远黛羞红吻落霞，清风香醉戏山茶。惊粉蝶，叼野花，小丫无赖笑还家。

风入松·咏雪

霏霏飒飒暗飘零，风絮舞还轻。落尘仙子霓裳曲，呵凝雾，素裹山棱。碎玉润红梅朵，苍松抹绿山城。　　竹风吹韵染新晴，纤影倚林亭。沁团抛却别枝动，簌花雨，笑靥盈盈。瘦野春风不到，雪原嫩草潜生。

阮郎归·西山抒怀

嫩春轻上楚天楼，俯瞰天地收。薄云缥缈雾含羞，石阶曲径幽。山隐隐，水悠悠，碧波黛影柔。青帆小楫入沙洲，结庐携梦留。

桂枝香·东坡赤壁游

登亭纵目，正草暖嫩春，轻点凝绿。闲步楼台水榭，鸟鸣幽竹。梅香浅浥东坡字，引风流，书传名牍。小乔公瑾，骚人迁客，终成枯木。　　昨日里，名追利逐。叹蝼蚁烟尘，浮云宠辱。自是平生弹指，韶华难续。凭高临远愁眉释，笑长空，鬓雪微覆。布衣粗帽，芒鞋藤杖，漫吟心曲。

鹧　鸪　天

玉露金风相见欢，横波脉脉涨红莲。谁知天妒情多舛，风雨凄凄消几番。　　潘鬓薄，谢腰纤，两相憔悴不堪看。如环一夕玦余夕，恨未逢君结发前！

相　见　欢

流光淡了浓情，梦残更，怎敌秋风秋叶月盈盈？　　浮云忆，中庭立，渐潮平。又听寒蛩凄切两三声。

抛球乐·和友人词

野趣闲来随处寻，一声婉转入流云。疏枝怯绿横斜意，嫩蕊羞红舒卷心。甚幸春光短，春若稍长更夺魂。

水龙吟·赠友

问他苍莽凡尘，几人识尔狂狷意？将诗借酒，贪山悦水，渐忘人世。梦醒清斋，忍悲明镜，鬓微霜矣。付年华廿载，功名朋伴，终郁郁，平生志。　　记得清秋梁子，有惊鸿，影照波里。相看莞尔，金鳞万点，流云天际。水静希声，峰恬无语，唯余苍翠。恰灵台映月，青丝暗转，渐凉风起。

浣溪沙·残春

何事香留失意人？只合来去自纷纷。也无花气也无痕。　　半世情愁迷梦影，一春离恨攒眉颦。楼头帘月掩黄昏。

临江仙·毕业感言

春去渐浓烟柳，秋来尽谢芳菲。韶光四载梦依稀。那时南北聚，

清平乐·忆温泉旧事

雾湿浓浓秋水，水洇淡淡春山。桃花映血逐温泉，弹指三年不见。　　亦可钟鸣鼎食，何妨露宿风餐。老来对坐笑当年，比翼连枝心愿。

临江仙·独爱暴雪

恨冻缩千山鸟羽，压垂万树虬枝。遥思烟雨润酥时。迷眼花艳艳，荡心蝶飞飞。　　然散与琼晶碎玉，抹收尘垢淤泥，始知自洁莫如斯。殷勤呵护意，静默待春知。

一笔画乾坤——四时诗

春

春澜微动绿縠皱，泥暖群蛙深草鸣。
岸柳薄嗔风乱发，鹖鹏贪啄满湖星。

夏

骄阳喷怒火烧天，爬树牵藤瓜果甜。
稻浪千畦香入梦，浓荫一卧胜神仙。

秋

千红万艳葬香魂，何用悲凄宋玉音。
坐爱黄花黄叶舞，西风落日遍流金。

冬

一夜白随天外头，一峰更比一峰柔。
一痕清水呵凝墨，挥洒乾坤一笔收。

星星竹海小驻

烟涛竹海两茫茫，渺渺青峰裁雾裳。
丝雨潇潇叩曲径，晓风簌簌动幽篁。
清泉跌宕惊山鸟，筠叶悠然簪野芳。
岭上结庐人境远，此身不计在何乡。

友人方辰遥寄

风雨兼程秋复春，去留无意慢行吟。
清斋花簌天籁曲，碧水舟摇垂钓人。
数载辛劳薄鬓雪，几年离索玉壶心。
淡看名利烟云散，杯酒宵眠远俗尘。

无　题

浮生梦里觅灵台，一笑人间万事哀。
如许痴狂如许恨，何妨尽诉手中杯。

三 年 一 梦

别来万念俱销魂，秋雨秋风不忍闻。
他日缠绵嗔日早，只今憔悴怕更深。
蒲圻泪淡青竹影，梦远温泉朱水痕。
莫写寻愁觅恨句，悲欢离合总难论。

月夜怀故人

隐隐西风又一秋，轻纱笼月半含羞。
去年月似今年月，今夜愁翻昨夜愁。
老雁殷勤还北返，故人离索竟东流。
月谙别恨催侬睡，梦入檀郎得月楼。

邻家女

碧玉小家女，豆蔻始长成。
粗服人不识，懵懂未谙情。
二八习诗赋，华章冶性灵。
幽怀感妙笔，花曳水凝声。
双十幸相遇，低眉初见羞。
整衣轻絮语，属意足风流。
琴瑟默应和，灵犀暗转眸。
斜晖含晚籁，偎影泛兰舟。
长路多艰险，廿载错置身。
未逢已结发，依谁与结心？
君亦黯然苦，无语向黄昏。
三更销魂酒，两处断肠人。
恨尽天不管，只合瘦春葱。
敛泪聊自慰，对镜理飞蓬。
妆罢扶罗袖，相思寄征鸿。
但愿恩爱久，款曲脉脉通。
当时清秋节，如今又一年。
菊香同洇梦，永夜共婵娟。
后事难瞻顾，努力惜眼前。
精诚至金石，终开并蒂莲！

月下遣怀

初春二月，阴雨未绝，二十余日始放晴。是夜月色尤美，携酒踏月，遂作此篇。

霪雨霏霏始放晴，玉盘皎皎正澄明。
含羞揽雾迷离照，乘兴披衣随处行。
吾尚怜其长落寞，月还笑我恁悲情。
路人到此莫辞饮，醉里管它天几更？

方寸羁旅

身似飘蓬处处家，征尘杂酒鬓霜华。
昨宵旖旎恬微梦，此际凄迷望海涯。
倦客倦容傍倦马，残春残水卷残霞。
他年纵有归来日，谁记曾经陌上花？

朱忠强（2006 级） **九首**

黑　　夜

夜深林静落叶响，风起虫飞野草长。
长路漫漫人独行，黑夜沉沉心惆怅。
十年漂泊故乡遥，一夜无眠愁满肠。
但闻远处钟声响，夜浅雾浓朝阳凉。
些许欢乐不尽愁，天涯路尽是故乡。
不尽长江水东流，无边雾空雁南翔。
今日雁去人老去，明年雁归人已亡。
生死茫茫难归乡，是生是死又何妨。
朝阳横斜故乡里，魂牵梦萦人何方？
愿君遥在竹楼上，西望渡头莫凄凉。
黑夜沉沉终拂晓，游子何时还故乡？

天净沙·百花湖

鸟语花香风醉，蝶飞蜂舞人睡，湖清水甜柳垂。夕阳西坠，做鬼其间不悔。

虞美人

请君莫问情多真，思君有多诚。自君离去思念深，每日夜带宽一分。　　高楼望帆盼君归，夜深亦不悔。夏蝉哪懂妾情深，知了知了催妾回。

虞美人

离校十年重又归，感叹心有愧。青春已逝不复回，年华空度多少岁。　　朝气满园叫人醉，忧愁几千堆。满眼绿树园青翠，白发苍苍人憔悴。

一见倾心

闭月羞花非梦闲，沉鱼落雁红颜艳。
城倾国倾倾我心，日思夜思思相见。

乡思

相思终离别，望乡秋水长。
但愿歧路少，功成即还乡。

十五相思

月辉灿烂星光淡，灯火通明肝肠断。
多少游子月明时，望月思乡共伤感。

夜半

夜半忽惊醒，秋雨几万丈。
梦里还故乡，家人皆安康。

共度良辰夜，同饮美酒浆。
月色使人醉，秋风叫人爽。
风冷夜着凉，天黑月已亡。
离家又一年，何时还故乡。

秋　热

无风胜有风，西风不清凉。
知鸟不敢鸣，烈日正高昂。
友去愁乱心，酒干泪满觞。
秋热又如何，谁人不凄凉。

刘望舒（2006级）　十首

刘望舒：湖北宜昌人，华中科技大学对外汉语 2006 级本科毕业生，2005 年获全国“高中生数学论文竞赛”特等奖，夏雨诗社才子，其作品多见于《华中科技大学校报》，“化成天下”网站，《瑜园》报纸和中国百诗百联大赛诗集。创作大量古诗词和现代诗，内容丰富，思想深远。

离　乡

隔宵岩上雨，宿醒化云川。
众壑填清拂，孤峰下碧泉。
看花暖山眼，临竹瘦春肩。
从此别离后，游仙更哪年？

春夜寄山东伊处

池花光影乱，桂月玉轮真。
鼓浪群蛙噪，翻林一鸟频。

春陂流素霭，夜渡洗纤尘。
天地从来广，良宵属美人。

四月十五夜收双鱼信后狂风大作有诗一首

落日一江沈，案头独夜深。
近闻春后雨，寒怯裙中人。
地共浮城浪，云结垂月根。
姊言终不假，风急正飘门。

雨夜寄友

窗照飞雷巨，一池注雨声。
垂天帘卷地，藏月影飘城。
草润知春细，楼高望客人。
当年歌白雪，此夜卧青萍。

四月六日与一娜丽萍放纸鸢排律八十字

青纸明如水，茜绳细若风。
徐徐飞渐远，曲曲暗留踪。
翻转忽将坠，飘摇复又升。
鱼儿游藻荇，蝌蚪戏莲蓬。
林霭翩跹度，楼台袅娜通。
莫贴百尺树，偶偏一惊声。
牵来长引袖，退后步从容。
仰面疑无影，遥接玉宇同。

乡　愁

草带寒烟一径生，漫滋水岸远行人。
春从游子他乡泪，月近高楼昨夜魂。

晓梦蝶飞融白雪，袷衣丝乱绕青樽。
故园相警秋蝉老，不管露珠叶叶翻。

毕业酒歌

都知道我原来不喝酒，只是想着离别，终于还是醉了几天。每回醉倒，总是玮哥皓哥二人相扶，尤为感激。而昨日玮哥竟然也大醉，实在是难得的事情啊。我本以为四年中，自己总是迁就别人，现在想来，真是大错特错。自己任性而为，误事不少，亏欠太多。尤其对不住她，然而悔则晚矣。本来说好，无奈还是要分别！唯有这几行句子，或者聊足以观。

诗酒等闲事，梁园几日宾。
风来孤鸟迅，山与落霞亲。
嵇阮非饮者，柳刘岂逐臣！
寂寥杨子居，长夏斗精神。

病酒腹中饥，凄然伤别离。
晨光凋水雾，烟柳满湖堤。
本是风波客，空言花月夕。
谁知回锦字，许多泪沾衣！

雪夜怀人

更有天涯外，寒林怅望归。
幽禽啄剩雪，暝色入尘衣。
日日对图画，相逢竟不识。
江南多少恨，谁解斩情丝？

雪古天寒旷，风多夜老沉。
冻云山势远，疑梦雾灯昏。
总是年年又，空伤寸寸心。
披衣独坐起，岁冷念佳人。

效长吉体

寂寞仙人养古灯，弦数琵琶倍伤春。
琉璃夜半惊霜碎，凤凰呜咽不能鸣。
泪眼看枯玫瑰色，东风缱绻保不得。
无端游丝来何处？抱成香茧亦化蝶。
难堪风景最真心，绿知垂柳烟知林。
晓吞月兔须应白，犹闻仙女捣药声。
如何青山终不改，却把盟誓兑沧海？
一朝桑田俱变了，问谁可能夕相待。

（2009年2月14日）

逐　客

古来贬谪之词甚多，风流才俊，往往被疏，于蛮荒僻壤一住多年，少年成白头，中年成衰翁，我为其鸣一大悲也！然人生如寄，纵是未贬之徒，年光遽促，恍惚劳人，其与向之所贬，又何异哉？屈子贾傅、梦得子厚，吾与子千年之下，可相视而一笑也！乃有是诗：

湿蚊雨后饥吃血，梦到仙人燃火灭。
木魅伏天发竦直，谁造飘零一恨叶？
石骨未干犹滴髓，酒红大蟒漆绿泪。
山腰黄雾静如水，多少青桑埋蚕醉。
此地当年倩女在，沙头放月饮潮声。
秋帆逐客久且远，来时只闻幽隽名。

凌坤（2006级）　二十五首

凌坤：华中科技大学电信系本科生，夏雨诗社创作部部长，古体诗创作极为丰富，意境深远。

偶　作

烟水长，魂梦短，音信字字凭谁传？
晓梦湿，宿泪干，红笺耗尽是茫然。
罗幕轻，月光寒，欲望乡关长路难。
画楼闭，朱帘卷，伤心难敌夜阑珊。
满树飞花春归晚，征帆远去流水残。
昨夜凄梦诚易破，天苍茫并地阑干。
宝马雕鞍，悔当初，未曾载君还。
星光坠遍，满荒野，寂寞独无言。
柔肠寸断，向谁诉，旧日愁怨？
层嶂叠峦，恨难越，何处玉关？
翠尽红休，空流连，残梦犹酣。
曾许蒲苇，坚如磐，半生欺瞒！
楼台已失，津渡返，水声潺潺。
高处犹寒，偏登楼，泪流潸潸。

疯花血月歌

诚难料，万里春风易离萧，伊人已去人飘缈；
诚难料，七尺傲立抚征袍，鬓发未斑心先老。
月下拈花清酒寒，泪入血返，难销是茫然；
松间望月月何在，两盏清波，独对宿泪干。
凭谁问，一朝英雄，沙场未捷身难还？
罗幕轻，雁字飞断，何处问寒暖？
临溪未及鱼，昂首锦书难，音信谁传？
风过烟云天照水，水映天光上蛾眉。
蛾眉几层黄，对镜慵弄妆。
妆成群芳妒，不见有情郎。
叹郎玉关雪山外，功业未就意难改。
不除攘边奴，不见小无猜。

未竟年年恨，却添岁岁哀。
一朝金甲万骑鸣，胡马飞度阴山来。
刀光血影天作色，仗剑立风豪情在。
流矢随寒风，入我心窝来。
森寒三寸铁，将吾雄心灭。
遥望玉关东，皇城仍未雪。
闺中红酥手，冬衣正未结。
一纸书信落红窗，两靥清泪洗粉妆。
可怜苦守三年半，妾心随君赴寒塘。
寒塘水花溅，与侬更团圆。

无　题

（一）

深深庭院露凝秋，寂寞潇湘空自流。
浩淼清江波映日，恍惚暮色月照头。
通明桂殿蜡燃恨，幽暗楼台槛锁愁。
过往云烟原是梦，夜阑独念岁悠悠。

（二）

蔽日幽兰数未发，台前碎玉映双颊。
扫露秋风难入梦，拂栏细雨易思家。
珠帘半卷多成恨，泪涨三分总为他。
才怜薄愠无处断，又解清愁向月华。

（三）

无意谁人骗晚风，寒烟半笼泪何从？
浮云淡淡风姿树，浩水悠悠断肠虹。
梦落飞花花自落，心空碎念念即空。
相思断尽飞鸿过，却向天涯觅影踪？

（四）

幽径徐行路漫长，沿途处处桂花香。
芒鞋已知晨路软，薄衣未觉晓雾凉。

篱落疏疏飘木叶，心房寂寂转彷徨。
梧桐思念随风下，忍看漫天几寸伤！

（五）

欢愉别宴路悠长，寒树昏灯石板凉。
妄语轻寻心头事，低声细掩眼底伤。
夜深懵懂何有意，步碎分明也无妨。
目送公车别人去，蜗居未到已凄惶。

梦 中 作

鱼沉雁落羡花容，闭月羞花粉面红。
罗带轻扬歌倦夜，素衣漫起舞苍穹。
芙蓉笑脸临清水，杨柳腰肢弄晚风。
看尽巫山云带雨，不求梦境觅芳踪。

月 夜 忆

月冷芳心寂，风清碧血扬。
繁花随雨落，瘦柳伴云殇。
夜静相思动，灯寒愁绪长。
得君一段笑，不枉夜凄凉！

随 感

月洗温云帘幕垂，宝光珠玉翠霞微。
三山碧落长空寂，两水环城孤旅颓。
雁阵惊寒缘无伴，锦字虚度谁做媒？
早知半路会相失，不如从来本独飞。

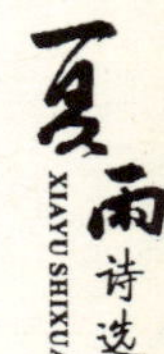

闲 杂 歌

寒风十里吹落木，冷雨几场愁旅人。
煮酒同尝论往事，推茗共饮谈近晨。
淡淡忧思向明月，悠悠离恨成独身。
流年似水随风去，世事如云映日浑。
自省三朝明非是，沉潜四载定乾坤。
贪欢不得空余悔，求胜虽成留伤痕。
水色连天生宇内，风声遍野落星辰。
光阴荏苒匆匆过，自问何方是新春?

离愁别绪

半载相识未曾足，一朝临别送君出。
隔夜不眠长嗟起，平明未敢踏征途。
昨夜细数不尽言，此时哽咽情难诉。
不忍挥别强忍泪，只将行路衰柳扶。
杨柳一枝蕴春意，双手相赠是痛苦。
若非行车催人发，不见西天斜阳暮。
西下夕阳任念归，望穿红尘是多余。
唯念君心似我心，不远相会鸳鸯浦。
犹记过往新旧事，今朝送别长踌躇。
万般心事满肺腑，惜别言语千百句。
他日归来托鸿雁，锦书一笺明归路。
雁字回时月西楼，望断天涯心独孤。
送君归去残霞里，此情无计可消除。
珍重一声艰难诉，为君冲破前路雾。
孤帆一片随水去，我心如水伴君住。
此时更念聚时景，共赏桃花三月初!

诀 别 诗

暮风渐起晓星沉，杨柳西岸月影深。
野径无人花自落，寒雨有意催人分。
匆匆行路不忍顾，潇潇暗雨掩轻尘。
不念当初艳阳照，唯记昨夜雪纷纷。
红字难传缘雁尽，漫天无影是离恨。
落花有情水无意，海鸟飞鱼终难成。
有意放纵心却倦，无奈添衣衾犹冷。
自从笙歌久别后，月余不闻丝竹声。
夜夜苦吟唯独唱，朝朝慵卧对孤灯。
明月不谙离恨苦，清风枉作断肠证。
不堪苦痛强咽愁，奋起挥刀斩心绳。
行时诀别未相告，陌路之上泰山横。
男儿立誓长自立，何敢贪欢负此生！
轻卸行装逐日去，芒鞋一双为攀登。
压抑心底多少泪，掩埋脸上笑几层？
一朝窥得天道机，自在逍遥何逊神！

随意楼上作

有怀投戎马，无处觅封侯。
晓雾迷林径，残霞对紫钩。
关山陈旧事，洛河昔日愁。
落落秋风处，萧萧满院幽。
壮志凌云散，英雄虎胆休。
仍怜少小梦，不复万兜鍪。
举酒觅知音，抚琴听水流。
红颜空醉月，庸士独登楼。
猎猎西风起，凄凄细雨稠。
万里江山泪，千年素月瓯。

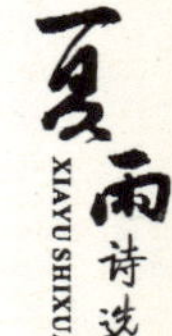

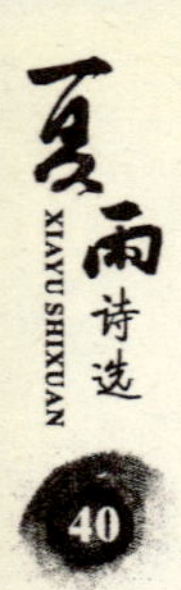

玉壶何以告？王孙空自留。
焚尽相思字，望断离别秋。
伊人不解意，区区复何求？
卸下心头事，缥缈一沙鸥。

寒 夜 歌

秋风起，落叶黄。愁思紧，人心凉。
朝朝频上落花岗，夜夜无端对月伤。

人不寐，暗夜长。布衾寒，思绪淌。
漠漠鹃啼香枕上，恨恨惊起泪两行。

夜独黑，星无光。月无声，路千丈。
迟迟未敢勒马缰，惶惶不得渡秋江。

山几重，水几趟。颓旅人，空行囊。
本是清闲一客商，何故偏为他人忙？

无所思，无所想。浑不顾，眼中浪。
不忍佳人凭栏望，怎堪平添鬓上霜！

武 陵 春

薄雾浓云心如旧，日上白沙洲。骇浪惊涛恨难休，久伫未消忧。人说长江胸怀广，能咽许多愁。偏到断肠心碎时，空见水悠悠。

长 相 思

月光凉，烛光凉，冷月孤灯暗夜长。清风吹颓杨。　　汗水淌，泪水淌，血泪流尽心彷徨。红笺锦字伤。

鹧鸪天

寒云一片天边悬，落英千里却无言。若非秋心被雨湿，辗转梦中难成眠。　　肠已断，泪涟涟，相思空念千百遍。情知鸿雁已过尽，仍向西天盼书笺。

解语花

独上翠楼，倚栏回首，看尽乱红休。寒云自浮，渚上几只沙鸥。过往旧事，留与王孙空对愁。昨夜梦，今朝淡酒，何故添烦忧？

长江浩水奔流，送断天际舟。残照当楼，泪湿红袖，却无奈，望穿秋水一沟。多少红尘，尽日里，不住悲秋。月如钩，牵绊双眸，念岁月悠悠。

临江仙

飒飒西风秋始寒，朱栏褪尽红颜。凄切流霞衬天边，衰红伴孤阳，几度山外山。　　大江不流月落帆，星掩满天阑干。飞鸿过尽人欲转，终日伴孤愁，锦书未曾看。

从东九归

夹道枯枝发新绿，几点生机任吞吐。寒风不顾起岁暮。
放眼行人多几许？笙歌未断常起伏。余独漠漠上行路。
路人不管湖水枯，仍谈闲事自笑语。鸥鹭几只湖中渚。
且看苍穹微作色，阴霾深沉似欲雨。独行不改向蜗居。
缓步上楼楼拥堵，食堂饭菜似当初。水煮盐拌味粗俗。
莫说吾辈真糊涂，放诞不羁任朝暮。未料后事自踌躇。
又想现实无定数，功名利禄一边去！心待足时名便足。

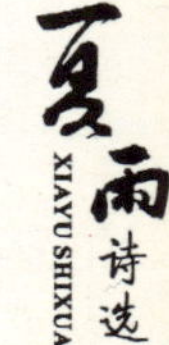

登　楼

向晚闲心在，随意上翠楼。
孤云随日尽，曲水抱村流。
碧树鸣山雀，荷塘转燕鸥。
荒野人迹断，万物醉清幽。

记周末游

别来春半，鸟倦花残，隔夜薄衾寒。
云间月掩，桥下影斑，几度怜水满。
漫天飞花散，遍地春草远，此景千般。
欢愉趁君意，重上喻家山，亭台遍览。
另辟蹊径林间穿，终登凤飞极目看。
雾霭一片绕东湖，不知此时思几端？
清风徐来吹双鬓，且开盛筵倚栏杆。
微微丝雨催人返，不鸣不飞途中现。
熏风亭记难看清，于石碑旁且留念。
久且下山力已乏，共乘单车归韵苑。
一番简易调整后，去向百味进晚餐。
牛肉猪肝烹作煲，膳罢送君返校园。
几分别意难言尽，送君离去在关山。
何时再相聚，相邀共把盏！

无题——跷课

浓云薄雾雨霏霏，水岸流连影亦随。
不满课堂烦琐事，时机找准我独归。
凉风吹雨袭人面，好景怡心载笑回。
一如既往无聊课，不知下次有人没？

致宿舍某兄弟

多日劳碌几微尘？错付相思与浮云。
长夜灯暗犹难寐，独携心事对晚枕。
何故暖被迷寒梦，且把高歌唱乾坤。
雨冷不似人情冷，别了红颜又一春。

无题——于东九作

逆风行路月如眉，寒意透心思绪飞。
率性飘忽桐叶落，随心摇摆柳丝垂。
夜深秋意几时尽，湖浅春潮何日归?
且看闲云映镜湖，总得云水共轮回。

乱　　章

登高楼以颙望兮，看天地之无极；
感西风之凛冽兮，哀吾衫之尚单。
携浮云以乘游兮，何缥缈而闲憩；
顾四野之苍茫兮，唯雀鸟之相鸣。

昔阡陌之交通兮，来吾辈乐以行；
今兴致之不存兮，年岁之不吾与。
及江河之纵横兮，叹舟楫之难渡；
谙秋月之遍历兮，偏孤灯以暖室。

恋少年之轻狂兮，齐天地而等大；
表壮志以抒怀兮，揽山河之秀阔。
何世事之难料兮，惜情境之易迁；
聊吾生之靡芜兮，蔓草满而难除。

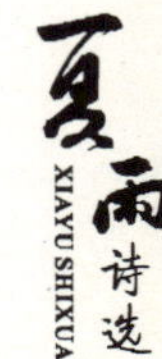

不堪日之凄苦兮，转蓬莱以避世；
无论月之反复兮，计归期吾乃出。
虽现状之流离兮，去往事以归尽；
蔽明朝之前路兮，心诚痛犹未悔。

信马由缰

破翠镙，碎银釭，声声哀愁凭谁装？
轻执红酥手，相对泪两行。
夜凉晚风浑不顾，心似落叶随风荡。
寂寞吞惆怅。
故人遥，思绪断，总彷徨。
无奈归去，凄梦独长。
眼见落英无数，无端拾起心伤。
郁郁往事如秋水，浩浩相思满寒塘。
总不知，天涯远，痴心一颗陪君闯。
谁又念，夜阑时，独听细雨敲寒窗？
山水难，音信茫，珍重一声总悠长。
伊人渺，心凄惶，漫天飞絮空行囊。
人生短，愁怨长，几回无奈几回殇。
独坐江头钓相思，不知相思几寸长？
醉看落霞远，无心羡斜阳。
山重重，水茫茫。
夜偏黑，星无光。
总叫愁思难断时，行人却把秋水傍。
默默等，痴痴望。

感　　怀

无边琐事几时休？未解青天意所由。
浩荡狂风倾草舍，连绵巨浪覆轻舟。
欲行不见迢迢路，将梦已觉瑟瑟秋。
夜半月明向天问，此间任谁主沉浮？

王晨（2006级） 二首

念奴娇

独上层楼，近除夕，依然白雪纷纷。暗想楼外江堤柳，今岁多少年轮？无情寒江，逐客不倦，岂懂咫尺恨？怕听杰伦，其曲最销人魂。　可怜平生心事，多少消黯，堪诉与何人？纵有残阳消冰雪，雪后岂能无痕？化作春水，载我满腔愁，绕向远村。悄然一夜挑尽多少孤灯？

袁崇焕

序：大明朝兵部尚书，右副都御史，蓟辽督师袁崇焕，身负社稷兴衰，功勋卓著，然蒙奇冤而死，直至平反，已是清乾隆四十九年。予观颂袁将军诗词甚少，料因其乃故明旧臣，故清人不敢书；此后，国家动荡，诗词之风日衰，再加之“文革”期间的阶级斗争，袁崇焕的阶级身份，时人更不敢书。惜哉！予请以此诗，以补其憾。

神州离合几沉沦，国运艰难不可闻。汉家天子有沉屙，常年不见文武臣。军国大事缺圣断，九州岛何日再逢春？却闻秦淮歌舞女，句句皆是后庭曲。一曲终了人未散，单于猎火辽东起。火势燎原越狼山，烟尘东北尽胡骑。关外汉军皆沉没，关内邸报惊社稷。经略死节辽阳府，紫禁城内犹歌舞。遂使辽东千里地，地灵人杰尽数弃。辽东父老新亭望，盼得王师早日还。长白山顶千年雪，何日一雪家国恨？但看山下故国土，满目疮痍有谁怜？

南海士子袁崇焕，书情将略才超然。平生素负凌云志，志在江山风雨间。鲲鹏展翅羽翼丰，只待乾坤万里风。入京赶考逞书意，雁塔题名列殿前。殿前得授进士身，平台又赐琼林宴。沐浴皇恩轻死生，一朝大战宁远城。宁远城高三丈七，大明江山岂可欺？将帅死命守国土，单于焉能不败绩？一朝败绩一朝崩，北京城内弹冠庆。只恨魏阉持朝政，黄钟毁弃瓦釜鸣。忠良志士多馋讥，奉谀小人尽

今日各东西。　　拚却酒醒不起，狂歌痛饮离杯。别来重会再难期。喻园春纵好，谁寄一枝梅？

相见欢·梦入江南

碧阶青瓦烟楼，浪悠悠。沁绿粼波，怎及黛眉柔？　　幽梦里，平生意，泛轻舟。水巷结庐，偎影任春秋。

忆旧游·戏译再别康桥

正手挥落日，目送流云，蓦地魂销。堤上婀娜柳，水中参差荇，相对招摇。柔波艳影交映，殷切若相邀。榆荫翳清泉，轻挼虹影，梦色妖娆。　　漻漻，棹小艇，向柔藻深处，慢点长篙。拟放歌幽幕，借一舟星月，佐入香醪。却随夏虫沉寂，吹彻别离箫。去留两无声，不携片云慰寂寥。

念奴娇·杨花

追云逐月，纵无形别有，飘摇情味。不怨风狂兼雨骤，不羡叶娇花媚。或笑癫狂，或怜单薄，她故依然坠。自来自去，忍香消九天里。　　曾入春梦春愁，轻缠细绕，可恨牵幽思。怯怯沾衣拂还满，化作千痕珠泪。欲拒还迎，才开已谢，片片随流水。浮光掠影，此时无语相对。

满江红·中华六十华诞遣怀

此际凭栏，看千古、峥嵘未歇。当盛日，笙歌丝竹，破云清越。喜鹊庙堂浑欲梦，杜鹃平野悲啼血。但满目，风雨压神州，吞声咽。

冬雪尽，春草发。迷雾散，长空阔。驾长风直入，九重宫阙。想应琼楼天上冷，不如蓬荜凡尘热。长系我，是万里河山，情难绝。

得意。跨马出塞遭责难，何如还山独滋兰？白日把酒东篱下，夜来愁把琵琶弹。细闻所弹是何曲，十面埋伏最为切。

天启七年天子崩，信王入宫承大统。英姿天纵崇祯帝，圣裁决断除魏阉。海内士子争相告，万民欢腾颂圣明。收复故土圣心切，便遣冯唐驰岭南。崇焕见节急入京，面陈五年平辽计。金銮得赐尚方剑，督师蓟辽复失地。不求留名春秋史，但愿得胜朝天阙。

崇焕策马出关去，身先士卒战锦宁。锦宁防线如金汤，建州女真不得过。绕道长城喜峰口，长驱直入围京城。崇焕闻讯忧心忡，亲提骑兵九千人。星夜驰援为勤王，城下一战立奇功。奇功未入凌烟阁，奸计已成胡营中。忠良一去赴西市，独留长城万里空。万里长城万里恨，此恨绵绵谁与同？西子湖畔岳王像，西风残阳照泪垂。只恨未引钱塘水，一水洗尽将军泪。胡骑军前心意快，汉将帐下空自悲。昌平县城十二陵，何陵不闻冤魂哭？悠悠长江秋寒月，月下谁人赋离骚？此月有情照忠骨，忠骨铸就中华魂。自毁长城千古恨，江山社稷倚何人？

千载沉冤何时雪？公元一七八四年。

陈新建（2006级）　十一首

钗头凤

青石柳，红绡土，木兰山下长稀路。花飞过，红纷错，奈何香断，一时无托。落，落，落。　　山如故，人归后。几时曾见心肠厚？东风破，鬓云锁，篁纹心事，翠萍何薄。没，没，没。

虞美人

十年长作江湖士。多少清秋日。星辰寥落记当时。冷月孤灯烛火伴人迟。　　而今又作江城子。风雨长横肆。遥知命里多繁枝。只有云山深处堪驱驰。

鹊 踏 枝

五月江城春归去。过了天明，又见风和雨。几处江天萦梦语，年年今日伤离遇。　　楼上青山伤几许。燕燕归时，已是回轻暑。多少征尘孤梦旅，了无心思了无绪。

江城子·一次韵秦少游西城怀古词

晓来霜过觅情柔。也心忧，泪痕收。曾为多情，坎坷系孤舟。云翥江帆常在否？人不见，水空流。　　韶华曾希少年留。思悠悠，正难收。为问风情，不识雁归楼。只有深秋风满袖。喻山雾，隔烟愁。

贺 新 郎

秋雨梧桐去。至而今，落红满地，笙歌清许。往事如烟空记语，苦恨痴情别绪。奈何抵，人间孤旅。最是当年红湿绿。更长明，比作相思侣。何日去，睫波举。　　而今四海飘零旅。怅人生，知交别客，五湖难聚。命里相逢萍浮雨，浮生长恨离遇。只为朴，频添丝缕。且拟清歌都一曲，贺新郎，好把江城屈。平生事，合云翥。

踏 莎 行

地冻天寒，山重水远。浮云终日游丝乱。东湖独倚望西楼。层林深处寻思遍。　　脉脉残丫，重重深苑。柳塘稀径阴阴见。冬来黄落有谁堪。平时故作深遮掩。

江 城 子

清欢几许十年求，不思钭，自难收。多少征程，坎坷御孤舟。纵使闲来因不垢，病时起，扰心头。　　人生遇此更勤酬，覆云稠，痛回纠。再解情由，击水奋中流。料得年年今日后，苦行乐，更坚眸。

忆 江 南

多少恨，无言上楼西。心事常将和泪滴，冷风吹到鹧鸪啼。无语恨因谁？

相 见 欢

西风乍起梧桐，小园东，几处青灯寒立水朦胧。　　寒鸦尽，因谁恨，几时重。却道天凉依旧与依同。

如 梦 令

寒雨纷纷归路，落木潇潇何处。心事半沉浮，旧恨新愁别绪。秋雨，秋雨，愁似湘江几许？

双 飞 燕

月娥醉意，坠杯水潺潺，洒潇湘竹。半截红蜡，浊泪纵横如殁。

遥忆秦淮夜旅，恣欢谑，欺身低诉：“平生看尽烟花，诗酒长歌同渡。”

张鸿（2006级）　**一首**

张鸿：夏雨诗社副社长兼外联部部长，比较喜好历史、政治、文学。《喻家山月》之主编。

鹰 之 颂

穷苍穹之九天兮，虽万里亦可击空；

不恃风而翔于四海兮，有阔水可以击波；

擒百禽于须臾兮，称雄空界万余里；
单刀赴会战群鸟兮，纵九死亦不退却；
深居山涧饮清泉兮，远人间之烟火；
展翅高翔远志兮，虽千山亦不足惧；
峰峦云间长鸣兮，猛虎云龙亦归洞；
奋翅直冲霄汉兮，直穿云层三万重；
疾眼箭穿丛草兮，纵灵狐无处匿身；
曲喙弯若新月兮，其锋锐可琢铁；
利爪劲若虎钳兮，纵尽力不可得脱；
勇足以冠三军兮，悍足以服万疆；
愿得鹰之志兮，翻飞宇宙肆无疆。

苏兆阳（2006级）　四首

苏兆阳：建规学院艺术设计专业2006级才子，现于同济大学读研。

蝶恋花·雪

暖居夜闻寒风起，黎晨推窗，沁香雪满地。梨花千捧枝头举，银装十裹浩然气。　　遥想校舍神采奕，画室炉旁，心侧词相寄。不闻漫卷风吹雨，却闻天地迎春趣。

菊　影

九月花君笑相迎，霜雾萦萦伴雨行。
朦胧试看七分秀，娇滴欲掩两点明。
胜似春芳争艳景，独占秋光冷画屏。
寻影明年身何处，菊思总隐故乡情。

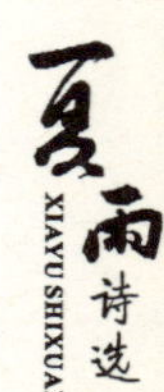

菊　城

杨湖波光泛青蓝，清园奕阳竞朱丹。
芳蕊初探海棠后，花香溢飘雪梅前。
此景乍似春满园，故鸟又还实为叹。
千丝泻下姿如雨，巧夺天工雕玉盘。

绘　菊

西风不忍袭蕊寒，仙客来访绘桂丹？
勾勒傲骨骨裁出，渲染仙姿姿镂前。
诗情常悲春作短，才思不请秋自叹。
劝君莫为花塚赋，画诗千点映镜盘。

何源（2006级）　十三首

何源：夏雨诗社才子，从小受到良好的文化熏陶，博闻强识，极富人文科学内涵，让人喜爱。

望　江

此去渝州即望江，江水茫茫心何伤。
巫山神女临石壁，奉节白帝水中央。
俯身长谢故乡水，送我东行下武昌。
即从巴峡穿巫峡，便下宜昌到汉阳。

（2006年9月1日于汉渝线华康轮）

望　乡

九月赴武汉，观三镇之雄奇，叹大江之浩荡，赞东湖之美景，惊华科之龙藏，又思故土已远，昔人不见，作此篇以解相思之愁。

三年功毕别咸阳，起身回望竟彷徨。
为寻春梦赴荆楚，其中苦累谁与尝。
黄鹤楼高文章焕，东湖水美碧波扬。
月明星稀照汉口，山川相缪绕武昌。
东通皖赣连吴会，西溯巴渝至滇藏。
北有汉沔填中原，南接洞庭极潇湘。
两江三镇鼎足立，龟蛇二山锁大江。
此身此世入此地，此情此景自难忘。
登高西北望故土，临风长叹在异乡。
不见长安见尘土，一层相思一层伤。
长夜几度忆蛾眉，对镜无言泪千行。
镜中照月月仍明，水中映花花亦香。
当年谈笑今犹在，别离之言音绕梁。
如烟往事随风去，笑看人生心自广。
昔日成败何用问，更须奋发待图强。

（2006年9月10日夜改于武昌喻家山下）

再赴申城感怀

丁亥年七月末，余离汉赴宁，八月初，转而赴沪，此距初访申城，已是两年有余。荏苒光阴，既知难返，回首往事，不胜唏嘘！哀成事之惟艰，叹命途之多舛，识迷途其未远，知来者之可追。故以诗明志，述而为文，时公元两千零七年八月三日。

昔为迁客去武昌，而今逐浪赴沪上。
千里江山等闲度，一年光景两茫茫。
物是人非春已去，空留琐忆诉衷肠。
谈笑风生当年事，灯红酒绿掩泪光。

何故结怨五角场？依稀旧梦在闵行。
同学少年皆努力，犹为名利黯神伤。
牢骚太盛防肠断，风物长宜放眼量。
莫道东湖池水浅，观鱼胜过黄浦江。

哭 红 颜

年少殷勤捧玉钟，世事变换身无从。
无欲无求心若水，一心一意做萧公。
云鬓花颜指如葱，粉腮玉肌朱唇红。
此去一别路千里，还寄深情入秋风。
付出何曾想回报，但求佳人自珍重。
得失对错谁判别？是非成败转头空。
流水难斩花易落，甜梦长忆在心胸。

（2006 年 8 月 28 日夜于重庆）

无 题

深居未觉甲申天，斗转星移世事迁。
无奈浮云蔽白日，可怜前路无数山。
欲登五陵觅佳人，更将血泪洒两川。
人间荣辱何足忆，弃之长吟行路难。

（2004 年 2 月 10 日）

观 苦 读

学习少闲月，初三人倍忙。
挑灯夜酣战，试卷堆满房。
月考复月考，小考多如毛。
胜者但无恙，败将皆慌忙。
欲哭尚不得，但惜光阴长。
大器何日成，十年苦寒窗。

看　时　局

车辚辚，风萧萧，美国大兵刀出鞘。
前揍拉登后攻伊，布什开疆意未已。
本土已有五十州，只惜贪婪嫌不够。
四处插足还好斗，妄图霸占全宇宙。
物到极时终必变，反美浪潮卷全球。

感　　遇

古来天下几多变，人生短暂弹指间。
欲留丹心在青史，岂可沽名畏艰险。

人生自古一沙鸥，天地之间浩悠悠。
莫道行路多坎坷，苍天无忧人常愁。

悼扬子江同

正午忽闻噩耗传，长夜如岁难成眠。
昔日谈笑应犹在，双耳尚存少时言。
九载同窗共为友，一朝却别天地间。
世间祸福凭谁料，只愿人心似水连。

自　　勉

壮士志在九重霄，功名利禄任飘摇。
命途多舛仰天笑，岂是英雄竞折腰。

忆　　情

枯木凋零秋风中，料得何日是重逢。
此情难了亦难舍，年年肠断在萧风。

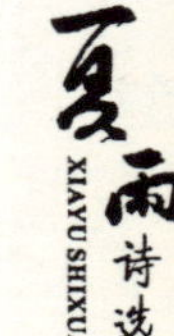

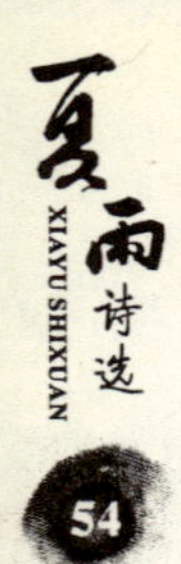

武 陵 春

昨夜独自酣小楼，对月杯中酒。今生无缘怎不愁，欲语泪先流。

此生常忧来世休，天上人聚首，只恐银河泛小舟，载不动，许多愁。

蝶 恋 花

独倚高楼雨淋漓，望穿愁云，胸中难挥去，风恨雨愁绕心里，何处知音晓情意？　　梦里几回忆往昔，爱恨情愁，暗暗心头起，物是人非天上聚，但愿今生自相惜！

董学美（2006级）　九首

董学美：曾任社长，对《红楼梦》有研究，现于中国政法大学读研。

苏 幕 遮

寂寞桐，卧秋风，叶似飞梦，潇潇雨无穷，帘外烟草几朦胧。飞花逐水，残红随波流。　　梦已碎，人微醉。韶华易坠。空落潸潸泪。镜中容颜渐憔悴，岁月难老，奈何匆匆归。

蝶 恋 花

昨日谁人设离宴，也唱阳关，频惹心意乱。三年知已乱飞盏，醉眼只认樽前欢。　　今宵酒醒无良伴，几多忆念，无人解琴弦。闻讯曲终人已散，晓梦何处柳若烟！

虞 美 人

长亭古道芳草路，伊人何处踪？曾闻琴声叹幽幽，岁月斑驳霜醉枫叶透。　　立尽天涯思念瘦，旧地难重游，人自寂寞月自圆，花开花落且莫怨东风。

鹧鸪天·夏雨草坪诗会

杨柳依依莲子新，离亭换却流觞亭。朦胧人面朦胧月，凭栏立影春水滨。　　笛韵切，箫声明，何事由来唤知音？故人已去心事重，怕人询问扰镜心。

鹧鸪天·访春英诗社

曾经落英缤纷时，桃园深处有人知。箫声琴韵随流水，正和梦里几回思。　　柳有絮，樱有枝。珞山才子口中诗。此中可寄生平意，归来还叹相见迟。

无 题

朱颜渐辞心境，人老笙歌未歇。
牙板任凭伊敲，唱不尽秦楼月。

蝶恋花·白砂糖

序：庚寅之春，吾与董妹、西平君于韵苑广场闲庭漫步。是夜也，清风拂面，花香满径。临别之时，情不能自已。抬头忽见一钩新月悬于天际，如诗如画，如梦如幻，令人心向往之，赋诗以为记。

春夜深罢独倚窗，明月皎皎，思忆白砂糖。旧事童年真难忘，细雨儿时滋味长。　　经年相忆齿无痛，掩面彷徨，不见少年郎。来时庭前花月共，归去相思雨梦同。

中秋感怀

向晚斜晖尽，秋渐鸟吟哦。
月视谁家客，云织何处梭。
桂殿婆娑影，问语请几多。
若言人归处，且将觅钓蓑。

一　剪　梅

今夕独自泛轻舟，深深溪水，沉沉晚秋。静拂心弦触旧景，为报坐缘，伴君闲游。　　寒蝉惊落几山青，剪剪疏风，潸潸泪涌。轻盼凝眸故人无，孤心悠悠，怎不生愁。

蓝波（2007级）　**五首**

蓝波：江西南康人，夏雨诗社2007级社员，善数学、习武、吹笛，与校瑜珈诗社许多老教授来往密切，交友广泛。

赠东师兄

形意集贤陈宴席，吟风把酒祝东兄。
练拳求悟君当榜，土木科研汝至荣。
浮堕拟虚抛致远，达观敦厚贮心中。
临别何奈常生眷？泼墨挥毫未可穷。

（注：“形意”指练习形意拳的团体；“陈”指陈设；“拟虚”指虚拟；“席”、“集”是入声字，作诗时归到仄声；“东兄”指阎东东，是蓝波的同门师兄，华科土木工程2005级直博生，现签约北京建筑设计研究院）

怀 乡

（一）

晚风怜日暮，落月远山依。
谁解流波客？还乡鲜有期。

（二）

望日得初闲，寻幽古道间。
汉皋非故土，酌酒也难圆。

（注：“得”是入声字；“故土”，启发于《登楼赋》中的“虽信美而非吾土兮，曾何足以少留！”）

如 梦 令

求念桃迦如故，淡漠总生心苦。风过柳梢拂，吹落杨花夕暮。雩怒，雩怒，惹就一番哭诉。

（注：“桃迦”为一个校友的笔名；“雩”通“雨”；记 2010 年 4 月 11 日（生日）事迹）

青玉案·风华竹韵

风华岁岁群英奏。笛吹起，芦依后。梦里水乡开幕首。胡柔箫婉，琴幽埙邃，民曲萦心透。　　吐音飞指齐拍手，三两琵琶捻弦扣。临尾台排协会友，喜然相庆，彩灯服念，学长情深厚。

（注：①“服念”，写大家穿会服有纪念意义；②2006 级以上学长（含 2006 级）演奏的《一起走过的日子》听来很有感触，吹得也很好，回想在协会的日子很幸福、难忘，于是写了一句“学长情深厚”；③“吐音”、“飞指”均为笛子北派技巧）

临江仙（正格）

旖旎春风芳草绿，秋冬渐褪浓衣。韶光逝去梦依稀，当时缘幸聚，今日各东西。　　斜倚桥栏思往事，柳丝更卷别离。由来重会

儿回期？年年求学热，留寄一枝梅！

黄书文（2007级） 一首

蝶 恋 花

窗外漏雨声未消，绿树无情，弃雨叶自俏。高阁漠漠断肠刀，不绝宿鸟归回。　　道上马蹄马上笑，不是归人，却要探头瞧。昨年杨柳断折处，空有新芽盼蝶闹。

孙海龙（2007级） 五首

蝶恋花·相思

孤枕微温寻梦迹。长发流肩，残吻甘如醴。睡眼惺忪开又闭，无端苦揣佳人意。　　白日相思黑夜继。一片痴诚，明月千山递。愿化清风逐万里，天涯海角随卿去。

青年人的儿童节

童年幻梦十二载，岁月灰烟二十年。
枕上常见捕蝶趣，册中尚存青稚颜。
重山冷隔儿时伴，俗业频断夜里眠。
为学劳碌为情苦，为欢今日且偷闲。

雪

漫天飞雪舞轻狂，百万枯木换银装。
素色弥望如孝衣，天地与我共悲伤。

中 秋 吟

中秋月美满，月下人狂欢。
才情凭挥洒，绝艺任施展。
众歌声嘹亮，群舞影凌乱。
赏月随兴起，放歌趁酒酣。
酒消风力软，星淡月光寒。
夜深杯盘凉，曲终人亦散。
明月弯又圆，游子去未还。
思念斩不断，愁绪理还乱。

夏雨浸晨

好梦懒醒恋床久，佳音堪听梳洗迟。
流年似水涓涓逝，夏雨如丝密密织。
空气清新天地洗，梧桐静默鸟虫痴。
怡然踱步心已醉，无奈进楼伞犹持。

周舜尧（2007 级）　**一首**

诗　谜

引：碌碌浮生，恍然三载。红颜易老，余情难改，追忆可待。初，诗稍成，众未觉其义。谨遗伊人，伊人嗔之。巧成拙，遂撤之。忆昔抚今，四字尘封，谜底尽化彼心，情缘益深，余心亦然。唯念旧日之才情，今已不可复得，盖功名物事所怠，逸情已泯。复录于此，悼韵华之易逝，忆情事之多艰。珍之重之，志之切切。

人影双双恨无意，苍暮暧暧日可依？
俄而散尽人间诗，尔恋伊旁惟孑思。
（谜底：每句一字，顺时针读是“我很爱你”）

叶萍萍（2007级） 二首

窗　雪

陋室新交将入梦，转身近栊觅幽情。
孤灯惨淡寒高处，夜雪才思幻素萤。
寂寂太清星俱隐，煌煌远市火独明。
相惜更掩窗一半，留待天涯雪几停。

秋夜与夏雨期

云聚黄昏去，相携向榭亭。
深林雨霁静，幽径月光明。
闲步轻车伴，儒谈笑靥盈。
折堤小桥曲，荫柳细流泠。
四座生潮意，一梁凛北风。
凭栏或独倚，酝酿诗与情。
一水芙蓉漾，千英臆想萦。
箫低声渡远，皆望手足冰。

夏铭劼（2007级） 一首

读爱伦坡小说有感

坡之小说含韵深，无怪后人以之尊。
荒诞推理为鼻祖，一代天才永世存。

周来（2008级） 一首

寻春忆友

丽日寻春自足心，自娱自乐亦堪行。
料得桃李花开尽，一草一木总生情。

罗冰皓（2008级） 一首

雨霖铃·梅岭魂

戊子年夏，予游扬州。忽念及城外梅花岭史公衣冠遗冢，怆然而叹，留此小调一阕。

烟锁塘柳，雾萦扬州。鼙鼓难休。城内捣衣声断，怨西风，黄叶添愁。城外貔貅依旧，暗血染金钩。叹命也，掩面长哭，三千越甲难吞吴。　　忆昔淮扬风荷瘦，而今剩烽火满神州。拚得三尺微命，旌旗卷，只为君酬。狼烟落定，唯余梅花孤岭遗冢。只今但梅开梅败，犹招未归魂。

李婧（2008级） 一首

唐多令·咏苏小小

薄云隐纤钩，寒塘倒西楼。莫凭栏，空添新愁。红萼香残无主，飘零得，几时休？　　飞花谢枝头，故人曾记否？此情间，携手同游。旧时春风拂新柳，叹郎心，情难留。

刘子意（2009级） 十一首

昭君怨·雪

不知云归谁家，初雪纤纤舞下。窗外五更寒，夜阑珊。　　总到夜深觉冷，卷帘看雪几重。原知江南雪，真若雨。

采桑子·默

一宛冰轮垂碧落，叹苦如今。何苦如今，才道当年笑痴心。　　千言万语何说起，唯有无音。奈何无音，莲泪千行也入心。

伤　秋

殇者自悲凄，灯花瘦尽熄。
恍惚频惊起，对暗侧听笛。
萧风洒过后，留得遍地秋。
谁着谢娘衣，南柯几日休？

湖畔渔家

碧水连山东湖晚，一家农妇独掌船。
群燕南飞风做伴，老农锄归起炊烟。
鹈鸟蛐蛐同作乐，问妇能否独登船。
孰料群山环抱里，竟有如此桃花源。

喻　家　山

遥望水天际，朦胧可见山。
闻说千重数，谁言雾里边。

思

华水无粼映街灯，仿若湖中梦幻城。
曾是天女妆镜否，只照万里相思情。

永遇乐·怀稼轩、屈平

春雨潇潇，寒鸦尤渡绿柳枝头。恰似飞雪，四月尽，黯然瑟瑟凄凄。数提清露，霞飞双靥，诺长歌《将进酒》。人不醉，双鬓未改，狂舞纵肆情仇。　　借问稼轩，何处唤取，寥寥红巾翠袖。看吴钩处，拍尽栏杆，哪里独上西楼。回首相望，迷梦初醒，执手共诉离愁。谁能似、灵均长叹：唯我独清！

渔　家　傲

寒风莫听断箫声，雪满飞檐月满弓。一纸红墨孤舟去，哪堪晴？天明谁做钓鱼翁？　　独踏寒霜花未冻，不忍折枝空余情。独喝一曲凭栏吊，事难料，蓑笠今夜又不停。

江　城　子

年少轻狂几春秋，曲满楼，琴复忧。仰天长啸，谁堪柳梢头。只为盈虚歌几曲。红已尽，莫回舟。　　竟为何事白了头，青山在，水肆流。竹琴已醉，寒萧却更稠。莫问长江难度否，千载后，名自留。

无　　题

（一）

薄云惨淡绕月行，玉盘还缺几时明。
为得盈虚不弃夜，晓来重寻望月情。

（二）

不知轩外繁华开，东风新雨相眷来。
试问前夜曾听否？只道思人不暇哀。

（三）

浊酒不倾古时杯，旧句长歌奈何谁。
道是新词题旧岁，宵柝不复在马嵬。

菊　恨

北啸萧柳狂，暮杨溯遗秋。
菊痗黄涣去，雪香漫枝头。

（注：“痗”指忧思成病）

张倩雯（2009级）　十八首

张倩雯：浙江嘉兴人，笔名为澜落，在红袖添香（网站）里有个人文集《花间魂殇》。

减字木兰花

花压斜鬓，妆试谢桥残雪尽。黯自凄凉，瘦尽西风欲断肠。　朱门轻掩，云髻玉钗眉黛敛。红泪阑干，望断天涯独倚栏。

诉衷情

危阑独倚翠蛾殇，冷月下西墙。画阁影动堪顾，忍透尽凄凉。清漏断，试残妆，语微凉。月斜寒戍，烛影灯深，共赋愁肠。

忆江南

伤心处，忆古道危楼。风絮飘零残照里，蓬莱回首恨难收。惆怅月如钩。

一丛花

湘帘半卷画屏秋，罗幕麝兰休。残更漏迢归鸿过，忆尊前，几赋离愁。昔月榭池阁，韶颜空老，尽付水东流。　　月移花影柳梢头，零落远行舟。斜阳小立黄昏后，月如钩，独倚秦楼。依浅黛寒烟，西风惹恨，却泪染明眸。

长相思

风一妆，雪一妆，烟敛修竹倚桂堂，斜阳黯惹香。　　青丝长，柳丝长，梦断潇湘掩画廊，横笛冷断肠。

江南怨

无边丝柳碧烟轻，帘琐窗寒淡月冥。
应恨秦淮天外雨，多情莫道是无情。

诉衷情

玉帛素锦自伤时，碧柳惹垂丝。云间惆怅只影，花下赋轻词。钗钿重，奈归期，怨别离。瑶台烟冷，梦断秦淮，偏忆相思。

古风·秦淮

流萤不谙芳丛迹，青虹争萦照水榭。
墨冷秦淮淡淡风，绪凝烟渚冥冥夜。
野渡蟾彩映浅黛，浅黛不依烟中月。
玉帛银笺韵平仄，帘栊清寒影绰约。
笙寒舞罢霓裳曲，歌阑酒尽阡陌客。
雕栏回廊曲径幽，落花深处双栖蝶。

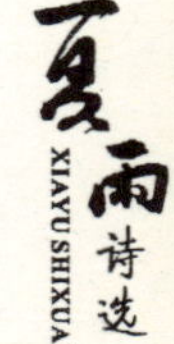

更漏迢递朱弦绝，琉璃烟尘九重阕。
黯惹纤尘似秋霜，青丝斑驳疑冬雪。
角商清韵行人悲，银簪轻绾流年合。

凝 眉

蕊香飘絮意双飞，南浦流年粉泪随。
云梦闲愁花影瘦，相思易碎枉凝眉。

流 年 碎

小寒香径落花飞，愁谢芙蓉更为谁？
惆怅如今只影瘦，银霜若雪染蛾眉。

如 梦 令

野陌风斜朝暮，浅黛横江烟渚。紫雾碎幽窗，梅影鸾阁朱户。无绪，无绪，落尽繁华无数。

疏 雨 恨

疏雨闲庭花满院，梧桐叶落绣帘开。
莫沉尺素归期误，雁迹轻寒入恨来。

盛 年 奥 运

盛年奥运凋国耻，千载繁华始待君。
华夏英雄身手展，乾坤一梦入风云。

荷 叶 杯

深几许烟波怨，萦乱，疏雨又清明。绿窗摇影粉霜凝，风信恨无凭。

钗　头　凤

孤舟渡，斜阳暮，弄箫吟醉经年去。尘寰路，风拾羽，深深罗幕，几重烟渚。数，数，数。　　瑶台舞，韶颜顾，绿杨环柳平荒楚。横窗雾，盈盈语，月斜波影，水疏霜露。度，度，度。

青螺浅黛碧云间

青螺浅黛碧云间，山色烟光暮角天。
陌雨斜风孤舫远，东君笑月映新颜。

天长地久（藏头）

天落青霄云水杳，长灯弄月宿江愁。
地前孤酒吟箫醉，久客人间梦舣舟。

云水流音（藏头）

云生紫雾沈梁竹，笛韵悠悠汴水长。
水碧风吟依浅黛，山青云卷惹斜阳。
流波何处秦箫弄，绕管三湘绿琦堂。
音玉澹闲兰露重，画楼一夜韵清商。

江璐（2009级）　**一首**

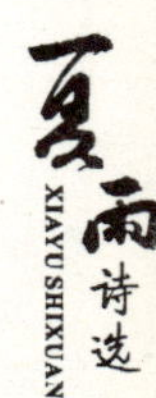

贺新郎·致远

何处觅疏狂？风起处，江湖渐远，难觅流光。岂敢梦似与君同？料来世事不定。忍青灯，漫卷诗书，几度沉吟却无声。幽魂中，肝

胆皆冰雪。独与君，奏清商。　　一番弦动起悠扬，青竹中，琴声鸣响，剑气飞扬。莫道此曲是广陵，但解叔夜柔肠。背西风，满怀惆怅，古来幻梦皆凋零。不知何人能伴我，揽明月，醉清风。

苗毅轩（2009 级）　一首

雪　中　作

秋日未尽犹残喘，早来大雪意颇丰。
飞鸿一点破绒衣，寒音九阵穿冷松。
小桥流水别有声，古木幽径愈延深。
孰谓冬日少生气，冷到深处暖情逢。

夏雨诗选

XIAYU SHIXUAN

现代诗篇

姚洪磊（1995级） 一首

姚洪磊：华中科技大学新闻系学生，夏雨诗社社员，有诗集《兄弟》、长篇小说《狮子河》出版。

兄　弟

如果我们
相聚在同一个时代
我可不可以
称你们兄弟

我透过史书
看见你们
从地平线上出现
痛苦地成长
孤独地思索
激扬地奋斗
悲壮地死去

你们或许
早已抛尸荒野
或许墓碑旁边
只有乱草萋萋

你们曾看着
秦皇汉武豪饮之后
金戈铁马送残阳西去
你们也曾听过
文天祥的歌唱
和屈原的哭泣

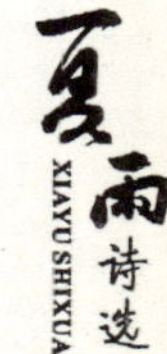

世纪的车轮飞转
碾碎了多少
力拔千钧的身躯
又有多少含泪的人
挺着流血的脊梁
再次撑起不屈的旗

三山五岳
依旧巍然屹立
万里江河
岁岁浩然东去
如今
繁华而苍茫的大地
却很少回响
千万人同声的呐喊
惊天动地

是什么东西
曾让我们彷徨
是哪一道迷影
引着我们浮躁地寻觅

今天
我听到了你们的呼唤
看见你们骨头的化石
在荒野里发热
铮铮握拳而奋臂

如果你们
仍可以说话
可不可以
称我为兄弟

兄弟
那件事还没做完
你们不要悲伤
在这昏黑的夜里
给我你未灭的火把
让我踏上你们的路
继续

李玲玲（1996级） 一首

李玲玲：女，湖北宜昌人，夏雨诗社社员，有诗集《为梅等你》出版，毕业于华中科技大学（原华中理工大学）新闻系，现为武汉海纳科技开发有限责任公司董事长。1999年7月李玲玲领到了中国大学生创业风险金，成为中国大学生创业第一人。

17岁时，李玲玲发明了“高杆喷雾器”，诺贝尔奖得主杨振宁亲自为她颁奖。一年后，她考入华中科技大学。1999年，她发明的防撬锁在第七届中国专利博览会上获金奖。

为梅等你

缓缓地从我遥远的北国走来
宛若一只洁白的飞鸟
在你无法避风的枝柯里
心满意足地安家筑巢

驿外断桥有香如故
任风雨撩拨我的心扉
湿润我的双颊
听懂你在远方的诉说
于是我的心像深林一样蔓延
在渺渺苍宇里衍生嬗变

我含香四溢　冷艳飞光
似釉质的冷光中
冥然而立的古老造型
任形形色色的目光扫过
永不变更的姿态是
我执著的情怀

我独自在磐石般的土地上沉思
感动于高高低低的天籁之音
听你如约的脚步击节而歌
看你如火的眼睛昭示生命的激情
而我更是渐渐超脱自己

静寂而无风的夜
立于曲径通幽的深处
想象你穿越袅袅炊烟
双脚踏碎积雪
会我于无人觅到的小径

盼你暖暖的双手
从我纤弱的枝头拂过
抖落那一身积雪
放飞我一腔心事

岁岁枯荣立于苍白的阳光下
我无怨
孑然一身开放在荒草中
我无悔
相信么
我的天空一尘不染
朴朴素素甘于寒冬
是我对你无语的表白

是我无所保留暗祈苍穹

来生还做寒风中的雪梅
只要你能踏雪而来
我便依然
为梅等你

王东承（1997级）　一首

王东承：笔名k极，原华中理工大学经济系学生，夏雨诗社1999年社长。

十　年

——纪念海子之死

（一）遗言

恨没有命题
因为每一束玫瑰已经鲜血淋漓
你死了
我不敢哭
良心只能用骨头暗暗修筑
而名气的纸币
爱的防伪标记
纯真无知的脸和容器们
要向君主兑换权力

你死了
我把遗嘱掩埋
种子才是门
天空永远向爱与不死的歌者敞开

（二）血

血是你诗里面的正方形
痛苦的激动
挣扎出生与光明
要你红色石头的孤城
要你死却了尸骨已冷
要你铸成永不出售的刀子
要你不肯为生而生
血——
我与你铁一样的姓名
我们要咬烂棺材的朽木
占据它
占据始祖鸟王的天空

（三）故事

哈欠是看客们的真正粮食
而爱不是
而恨不是
这些只是他们肆意窥探的垫脚石
这些只是吃食外包裹的废纸
这些只是娼妓们的内衣
泛滥兴奋，一文不值

但星星活着
但你死了
但你的海岸线在缝合我的窗子
但我在你坟前揪下头发
流着泪
编织着故事以外的故事

陆海忠（1998 级） 一首

你的宁静

喜欢你的宁静，你的大眼睛
喜欢你修长的身影
就像雪山上蓝色的冰湖
就像林间幽兰，扑鼻的清新

我在尘世移步，茫然地寻找
盼望与你环拥时的那一份温馨
羞涩的笑，忧郁的眼神
都源于你的宁静，你的宁静

你的宁静，不加修饰
宝石一样闪耀着天然的光泽
你是颗远星，幽蓝而岑寂
骄奢与你无缘，沉默与你倾心

喜欢你的宁静，让这一只小船
在我心海里慢慢漂行
让我们俩紧紧偎依，心绪平静
共同看那日升日落，花开花谢

人间从此多了一对自在的鸟儿
旖旎在翠绿的田野上面
远离人间的虚华，远离尘世的风光
只因你的宁静、你的宁静

李智勇（1999级） 二十一首

李智勇：笔名木知力、马拉，诗人，小说家，毕业于华中科技大学新闻学院。在《诗刊》、《诗选刊》、《诗歌月刊》等多种刊物上发表了大量诗歌，有中短篇小说70余万字散见于《上海文学》、《大家》、《山花》、《青年文学》等杂志上，著有长篇小说《死于河畔》和诗集《安静的先生》。诗歌入选多个期刊的年选，小说曾获《上海文学》短篇小说奖。

骨头

骨头含有丰富的钙质
你太瘦
真是让我心疼

我心里有骨头一样坚韧的东西
断裂的时候
“咯崩”“咯崩”作响

语言之鸟

天空有一只绿色的飞鸟
白云朵朵
真干净

吹号者

还有什么东西是值得寻找的？
还有什么东西是值得寻找的！
还有什么东西是让我眷恋的？
还有什么东西是让我眷恋的！

对于这个陈旧的春天
这些全都是无妄之灾

吹号者站在春天
绿树嫩黄色的芽

明　　天

关于明天
有很多的解释
最简单的是
明天就是今天之后的一天

你问我
我们有没有明天
我说有的
我坚信我们还会活着
不管是高尚还是卑鄙

黑暗中的舞者

我是电视系的学生
我要学习电影发展史

老师说：
今天我们看《黑暗中的舞者》
我说“不”
老师说：
这是个好片子

我宁愿独自一个人学习哭泣

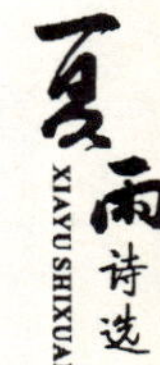

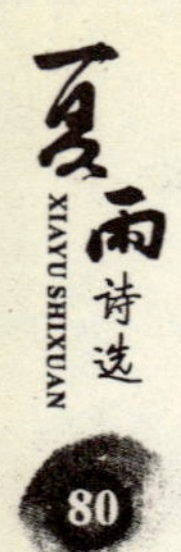

仪　式

你低下头颅
你又抬起来
你坐在松针铺成的地上
你说“你是我的神”

我背负着所有的欢笑和泪水
行走在苍茫大地上

痛痛快快

来来去去
吃吃喝喝
刀子刀子
啤酒啤酒
小姐小姐
苟苟且且

这样的日子
真幸福

荒野献诗

用我的心脏匍匐于泥土
用我的嘴唇臣服于爱情

独立旷野
黑色的夜空和晚归的鸟群
那么安静
让我向天空原野彻底展开

从第一日到第七日
上帝，是你造就世界

花　朵

一年四季
总是有花儿开放

人们说：
迎春花迎接春天到来
人们说：
荷花出淤泥而不染
人们说：
菊花自有傲霜骨
人们说：
梅花香自苦寒来

这些花朵们都不知道
她们只知道到了季节就应该开放

我是一个陌生人

妈妈喊我儿子
姐姐喊我弟弟
爱人喊我老公
我从来没有喊自己的名字

很多人认识我
他们拍着我的肩膀说：
嘿，哥们，好么
我对他们说：
我跟你很熟么

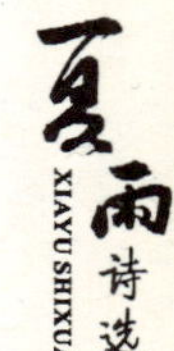

他们说：
那当然，一起穿破裆裤的

只有我不认识自己

怀念一些失去的

我五六岁时的小恋人
——过家家时迎娶的
我偷偷养的流浪狗
——藏在屋后的草剁里的那只
我第一次感受死亡
——为了采摘一朵莲花溺水
我未遂的离家出走
——仅仅是和妈妈吵了一架
我亲吻过的嘴唇
——多半属于别人的妻子

我已经没有权力再想这些
因为我现在什么都有了
可以开始考虑死亡

不能像某些人那样……

不能像某些人那样
对被伤害的美保持沉默
就像某些法国电影
潮湿而极端的爱情
总是让我难过
一个正午
一个捧着郁金香的女孩
狭窄的街道上

乌鸦低飞
这些梦一样的情节
折磨着我
我不能像某些人那样
对被侮辱的美
保持沉默
这些被虚构的命运
船舶、监狱、雅枝的芳香
像处女一样迷人
她们伤害着我
啊，那些潜伏在暗处
对爱与恨熟视无睹的
僵硬的灵魂
是否真正地活过
而泪水，即使如
钻石般珍贵
铸铁般的心
也没有被原谅的理由
我不能像某些人那样
活成冰冷的雕像
没有恨过
也没有爱过

妻子和月季

仅仅只是一盆月季
却给我如此的喜悦

我为它剪枝，打叶
因为更多善变的花朵

我怀孕的妻子

腰肢肥硕，穿宽大的裙子
——她还在生长

她会微笑地望着我
让我猜测腹中孩子的性别

她准备了花团锦簇的名字
只能使用其中一个

她已经忘记了她随手插下的月季
——她把它送给了我

我没有去过俄罗斯

没有去过的地方
很多
我独惦记着俄罗斯
每年，西伯利亚的寒流
提醒着我——
你没有去过俄罗斯
没见过被大雪覆盖的草原
没见过通往监禁的路上
冻乌了嘴唇的少女
没见过光头的良心
他们在俄罗斯的土地上
被祖国流放
被人民追逐
我多么想有一天
在俄罗斯的土地上
在白桦林里
邂逅一个白银时代的少女
而此时，已经没有必要了

祖国遥远
俄罗斯少女在中国喝咖啡
而不是伏特加
熟练地谈论人民币
面对她们
我不忍心说起普希金
我只能说——
我没有去过俄罗斯

不孤独的森林

我想有一片森林
住着潮湿的苔藓
寂静的橡树，和风

我会一直往前走，走到深处
而森林永远不会穷尽

我愿意迷路，跟随着鸟声
任何一条小路
都不通向熟悉的去处

沿途看不到一个人
我却不会觉得孤独

给妻子的诗

我有一个女儿
她比我更爱你

她抓住你的乳房吮吸
凶狠，但没有任何恶意

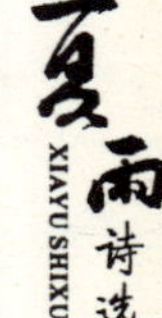

你的身体变得臃肿
像被她逐渐撑大的子宫
我会不喜欢
但她不会

她也许比我更纯洁，也许没有
她来得比我晚
却会爱你更长久

当我们都烧成了灰
她也会在梦中爱我
哭着，像刚出生的婴儿

完美的剪刀

和妻子结婚前，我爱过别的少女
爱过蓝色的裙子、波浪和沙滩
妻子原谅我
她想她会是一把剪刀
或者终止符

为了告别过去，我们有了一个女儿
她小小的身体里藏有一把锁
将她出生前，我和她母亲的历史
尘封、归档，不准任何人阅读
秘密都在她的笑脸里

而我，会爱上她
只为培育一个完美的情人
一把精心制作的剪刀

清 洗 弹 孔

溪水清澈见底，有金黄的树叶
在水底轻轻摇动
姑娘们有的在拾柴，有的
忙于在树林间合影，阳光充满欢乐
这是一个普通的郊游的下午
最瘦的男孩，坐在岩石上
把脚放在水里搅动
没有姑娘看到
他在清洗脚上的弹孔
在他的肩膀和腰部
也有类似的弹孔
他想把它们洗干净
姑娘中最美的那个看到了他，并向他招了招手
山谷陡然开始收缩

我们的基督

大风吹过的早晨
马路多么干净

扛着枪的士兵
列队从街道上走过去
他们从不谈论战争

小店里老板娘正在梳洗
偶尔，她会看看窗外
平静得如同一块玻璃

乞丐还在乞讨

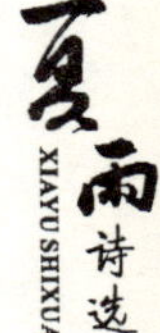

报童带来了最新的消息
枪炮离我们仅有二十公里

只有高大的梧桐树
还在落叶
只有上帝听到它的声音

黑风景

大地依然宁静，唯有
闪烁着磷光的火焰呐喊
月光覆盖着小树林

灵魂飘升，草木仍然
生长、摇摆、枯朽……
白天和黑夜多么类似

黑暗中，河流发出“潺潺”的水声
它永远流动
它从不停息

草木篇

我爱过草木，但草木
不屑与我为伍

我爱过这万年的河山，它不断改变姓氏
我终为其中一片泥土

我母亲珍藏过一个陶罐
有褐色的花纹，外祖父
曾用它来打水

他说，那是清朝

我女儿将会为我写下一首诗
在她的诗中，我说过的话
都是遗嘱

草木还在
每年春天，它们都会生长
屈服于时间、轮回
但从不主动选择死亡

那些食草木而生的人啊
一一埋于地下
深感愧对草木

本夫（笔名） 一首

月影传说

（一）追月神话

在诸神的战史中邂逅了你的清颜
命运的大神却让你去了遥远的天边
我驻守的世界里从此多出了一轮月儿
弯弯的月影拨动我远古的弓弦

当九个太阳从天上流星般陨落
逐月成了我唯一的信念
深渊的夜空下广阔的荒原
追月的路是那么无边无际

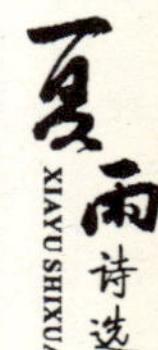

（二）苏摩酒

清冷的广寒宫寒风料峭
你忙着寻觅酿酒的最后一味原料
偶尔你还会记起
若干年前从你身边曾闪过
那持弓的身影和流火的眼眸
而你——
只是远远地寞寞地笑

天空只余下一个号啕的太阳
——你知道
射日的英雄如今已成了追月的人
——你也知道
甚至你很清楚你和他宿命般的距离
有多远
就像你知道若干年前那个眼神让你至今还没能逃掉
于是你无奈地守望他奔跑于荒野的身影
——如是千年
你只是远远地寞寞地笑

射日和追月已成为传说中的神话
那傲世的神弓也抽出了生命的新芽
你让玉兔前去衔回一枝
化作蟾宫里的一树桂花

直到
许多年后
某阵不经意的幽风
失手摇落枝头一颗晶莹的露珠
融入你未完成的酒酿
飞出那苏摩酒的醇香
击溃你千年不变的从容

让你想到
那最后的原料是泪吧
只是——当追月的人只留下无法风干的泪水
你还能远远地寞寞地笑？

田享华（1999级） 一首

田享华：《夏雨如歌》的主编。

夸父追日

从诞生的那一日起
就注定你惊世骇俗的宿命
追逐地平线的那一团炽热
是向往，也是归宿

枯了黄河渭水
也滋润不了你焦渴的胸怀
来不及背负东海作行囊
就向前方倒下
苍凉的一瞬
你的背影
遮住太阳

抛出的木杖
化作另一片希望

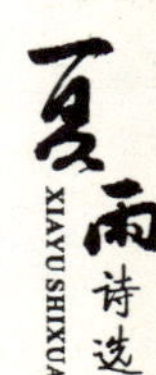

风忘痕（笔名）一首

曾经的荣耀

当天空碎雪仍在飘舞
大地沉寂依旧
白皑皑透着干渴的孤独
淡淡的是丁香般的郁愁
严寒早已冻住冰冷的湖泊
日夜
不停
梦里……
乘着寒流的翅膀
不管
冰凌割破的伤口
就算
顽石阻拦了那片阳光
用生命雕刻着
巍峨冰封的山
这就是我

一片坚韧的风
绝壁间飘过
早被时间碾成粉末
空旷的雪地上
是谁还唱着那首歌
抑抑扬扬
通体透明的琵琶
是谁用冰凉的手弹拨
谁传递岁月

千岩雪片
一叶飞梭
谁滴下泪
夹着零星血的沉默
谁踏上苍白的冻土
贫瘠的村
这就是我
这片孤独的风这河上掠过

彭阳（2002级）　一首

夜·灯·人

昏黄的夜
昏黄的灯
和昏黄的人

夜把灯冷落在风中
灯把人朦胧在影里
人把夜搁置在心坎里

夜在沉默
灯在孤寂
而人在沉沦

夜回忆着陈年的旧事
灯咀嚼着今日的苦涩
人苦寻着失落的启明星

昏黄的夜

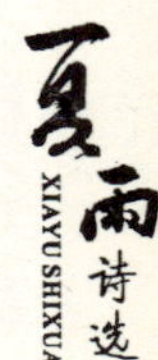

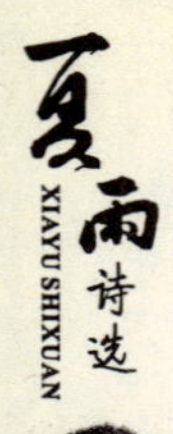

昏黄的灯
和昏黄的人

乘风（笔名） 三首

再见，我的天使

再见了，我的天使。
用窒息的拥抱，
搂住离别的悲伤。

再见了，我的天使！
在悲伤的雨中，
有我孤寂的彷徨！

再见了，我的天使……
用彷徨的步调，
走出人间的穷巷。

从此，我活在了一个
别样的天堂：
云里浮着你的长发；
水中，有你的笑容　流淌。

燕

为了见你
我化作一只飞燕
每个春天的早晨
我都满怀着希望

飞上你的屋檐

而你的无动于衷
总是从那时开始
持续
直到秋天

圆

平静的水面
一只蜻蜓抚过
纤足轻轻地一点

寂静的屋里
一个老者闲坐
悠悠地吐一口烟圈

蒙蒙的雨中
远方的街道
匆匆地漂过几只雨伞

春去秋来
院中的槐树
悄悄地　老了一年

胡长幸　二首

梦　回

看到了，看到了
田野远处是一片油菜田

好似一团黄灿灿的云游在天边
又像一簇黄亮的火
底下正冒着绿烟
闻到了，闻到了
清风中飘来了它浓郁的香甜
是谁在那里放了大大的蜜罐
惹人心醉的呀
还有那泥土味的清淡
听到了，听到了
有悦耳的歌正发在那边
一定是众生灵为春天而联欢
也许蜜蜂在嗡嗡闹
还有那小鸟的歌声婉转，呼朋引伴
这一切的一切
明亮镜塘看见
轻轻风儿听见
这一切的一切
都让我心生爱恋
忽地奔向那里
想把那醉人景色细细饱览
然而我的脚怎么也不听使唤
心焦的一声大喊
我睁开了睡眼，我还在寝室里面……

照　片

你也许会
因为岁月流逝而发黄褪色
你却会使
人们的追忆增色
有谁会让心海波浪翻
有谁会沾上泪痕斑斑
有谁会被撕成花瓣

胡超 二首

落叶雨桐

秋叶渐黄
秋绪渐浓
细雨蒙蒙
桐叶纷纷
似那落不尽的黄叶
思绪无法平静
这几天
像雾的细雨
湿了离人的眼眶
却无法洗去那渐长的愁情
走过了夏天的酷热
昨天的你像一粒尘埃
等待雨季的降临
风吹过
留下一片沙沙声
梧桐雨降临
你——枫叶
经过雨的洗礼
下落一季的张扬

飘　落

也许，生命就像一片树叶
我写下这一行行诗
不是让你同情我的陨落
只是为了诉说一片叶子
在等待中

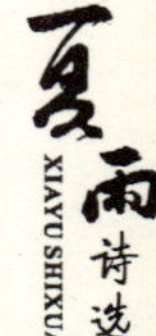

叶脉渐黄的忧伤
只是为了向你了解
一片叶子
在秋风中飘零的无奈
也在秋天，一个人
同一种心情
路过一片梧桐林
我，飘落
如风中尘埃
秋天的眼泪
一片一片
被感染的天空哭了
灯光串起的雨滴
串起伤感
梧桐雨落
落下一树的惆怅
我不知道
风从哪边吹来
你的眼神
已经给了我温暖
我不知道
雨从哪里启程
但却是冷了心怀
结束了等待

纪智令（2000级） 一首

候　鸟

冬天到了　亲爱的
在雪降临之前

请做出最后的决定
也许你还来得及飞去
这片寒冷的荒漠

我将留在这里　在遥远的北方
我想看着雪
一点一点地将世界掩盖
将我们熄灭的爱情　埋葬
在那个曾经开满桃花
和我们的欢快的歌声的山冈上
风正卷起最后一片落叶

在阳光下怀念我吧
一只死在冬天的候鸟
在它不再温暖的怀里
只有同样冰冷的爱情
当阳光像我依依不舍的唇
一次一次地
吻过你柔滑的羽毛
亲爱的　请闭上你的眼睛
做一个关于春天的梦

烛

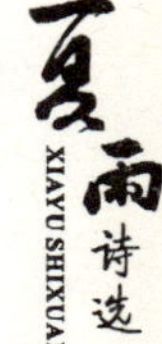

垂泪到天明的烛
请别把心中的泪儿擦干
我那心里的湖呀也给你装满
白色的焰　白色的泪

还我洁白而去
你是在给谁讲述着一个个美丽的童话
是在向谁倾诉着这深深的情意
丢泪如雨　打湿了夜的衣裙

闪烁吧　烛花
一丝丝的希望都保留　而最后离去
痛哭吧　烛啊
伤痕着这世间真挚的情　而最后平静
跳跃吧　火焰
感受着那份和谐和旋律　而结束厄运

当我再仔细地听这夜的哭泣
才明白那是烛的眼泪

郭子　一首

燃烧生命的灿烂

生命中太多的平凡
我渴求
我渴求
哪怕是仅有的一次灿烂

像乌云为骄阳破晓
像静湖为鱼儿涟漪

我渴求
哪怕是一霎的短暂
也要像火柴般因摩擦而辉煌

哪怕是长久的等待
也要似礁石般
不畏潮汐日夜的磨难

若你只顾守着那一方棺木
回忆中只会弥漫着腐臭的遗憾

难道还要向后代讲述别人的故事
难道不老的传说中
不能有我们的名字

是真的向往恬静
又为何来这充满激情的校园
是真的与世无争
还是少了一份勇敢

来吧
火热的青年
燃烧你的生命吧
淋漓地挥洒你的清泪与血汗
不要在心中
怯怯地不安

来吧
火热的青年
散发你的光和热
让七彩的天桥五色的霓虹
都因你而黯淡

来吧
火热的青年
让我们点燃青春的激情
只为一次不悔的灿烂

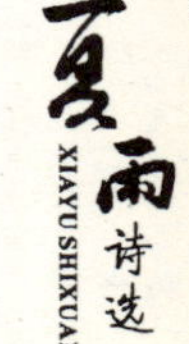

人们却道是彩虹
七色的棱镜下面是黑白分明的画面
一边是尼采：上帝死了
一边是上帝：尼采才死了呢
孤星泪似的流行歌曲
从水手的手背上滑落
坠入了万古的深渊
懦弱者眼光迷乱　狂奔　狼嗥
目击者　反目成仇　自相残杀
埋葬　悼歌　泣不成声
鞠躬　叛逆　永不瞑目
可怜的上帝啊
看不见耶稣胸前的十字架
古老的东方
圣人传唱：逝者如斯夫

non非（笔名）　一首

新生和死亡

（一）

这是大地空寂的背上升起的半瓶秋水
未果的事和慌乱的素描
礼仪和光蛊惑你们
以鸟的形式或者在一曲哀歌里
以我的名义布道：诗章就是诗章
是铅制的神像捧起的泥土和颈项

（二）

秋天的事件疯狂地刮过

撕扯早熟的粮食
眼泪外高悬的宫殿在我忧伤的回忆里
女人用洁白的手腕
带走她们悲惨的王子的长矛
而我纸上的文字是南方和北方的旅馆
无灯　无火

（三）

你无力使我蒙羞的指甲再起沼泽秋天
那来自纯粹飞翔的姿态和发烧的日子
灰白的脖子和目光涣散的提琴
锋利的剪刀　方舟里飞出的乌鸦和鸽子
当我渴望饿死你们
我知道　我的手和皮肤没有理由
生长在大水之后

（四）

在潮湿的土地上
我引领诗和悲嗥的物体
大鸟用羽毛预知时间的罪
变换的四周和衣裳
穿透散落乱的笔记和低度的啤酒
我让水上的声音卑微地溅起
甚至最细的风吹草动
也诱惑了奔跑的伤兵

（五）

请守住你的爱情
坚贞的兔子　这时我拨开久倦的双眼
我描述它们在流血的古典里
请把我的水给我渗满药草和玫瑰的黑杯
四壁和柔媚你们是清毒的砂
在我贫白的眼眶里刷洗

（六）

我枯坐于水泥的角落
用借来的铁锤支撑盆架
我迎接的脸是无邪的
只有通俗的腔调遭遇了最近的诗章
我的绝望和语言在乌托邦的高度内
你们灿烂　满怀污秽
我的头颅　酒和喉咙
我的各种各样的女人

（七）

我要赐出一两银子　白的手链
我要从众神狂欢的头发里认识你
用短暂的一生遭遇人性和生老病死
用悄无声息的眼泪
当从南到北的恩惠陷入困境
让永恸
在临摹的空间里化血为铜

（八）

缝衣的人啊
你的暖瓶是蝌蚪幻灭的坟地
大钟萎谢
如今向我索要幸福的兄弟
让早逝的天平
卸给我一生昏暗的断桥和路
尊严和伪善
让抽泣的野茶担负起忧惧的蕊顶
叫醒彻底的山泽
犁铧和浑厚的饿土地

（九）

请让我在脸谱下锻炼这黑色的神经
被光线扰乱的被声音击碎的花朵

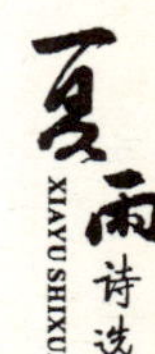

请让我把血管还给你
你的根系和堂前的故事
在鼓皮的侧面上
我的敲打是纯白的羊
暖和之后的睡眠
一缕负罪的胡须使广场上的柱子发光

（十）

小矮人不必承认什么　公主
在冬天的哭声里请纵容我们
祈祷般无语的金色的肉体
那是另外一棵树上的祭祀
你知道不可坚持的讨要　双臂夹带的风
听听天堂和愤怒
听听琴让入口和出口塞满古旧的书
我们在午夜的水里解禁

（十一）

咳嗽的花穗
我用哀深的笑扩张你适应掩盖的黑
适应病房里软糖般的生活
天庭的马群直抵白色之墟
挑起无奈和欲望旅行
荒芜的草和怀疑的路碑
鄙视我
半度日出的光唱出纸样的神坻

（十二）

巫师的博尔赫斯
被画进实验性的圭臬
拒绝预谋和绝对的平静
石头冷酷
直视涡流永思的升降
流泪的诗和骨头

狂暴的放任的未知和错移的象
让我与安静的夜同路
在邻近死灰的火山口

（十三）

而我终于触及长笛
用木神的祖返祭
文字用我蠢动的内脏和口中狂乱的牙齿和红舌
我流利的手指为血液分路
高明的变异的闲人在一次捣碎的恍若隔世之后
锥痛最后的穴位
这伟大的死亡在词语的秩序中继续沉没

（十四）

别坠入我和浮光
吊起的女人
失重是你的解释
而我用双膝　水和羊皮为你洁身
用伪诗和线缝合你的早殇和高傲的失意
再一次　当我媚俗的放血主义
在笑声中湮没你寓言般的陷阱
是否收容一位久渴的猎人

（十五）

我搁浅崇高
在大学的水房里等待老鼠纯美的音乐和猎艳的君子
庙宇和巨蚊　我迷途的你们
我以火建设逃生的墓道
在阳光最丽的武昌
皮肤是黝黑的
但我的噪音在石凳健康的背上停住

刘立锋 二首

天 丢 了

天
被剥去蓝色
红伞下的伊人
试着擦干落下的精灵
天
换上了蓝色
那人轻舞飞扬
天丢了
你又何去何从？

瞬间与永恒

流淌的不是水
是时间
时间不会流失
流失的是生命
生命不会熄灭
熄灭的是永恒的信念
永恒其实也是瞬间
用瞬间走完全部生命

记　忆

我闭上眼睛怀念阳光
深海的旅途且行且长
船儿停泊他乡，不会再回来
流沙搁浅了玻璃瓶的愿望
你的沙滩，我的海浪
总有碎片交织生长
岸边一串模糊的脚印
人世一次莫名的心伤
我相信

——嘘，别再说，也许相信是
因为怀疑
我相信
你拥有许多美丽的东西
像淘气的孩子
拥有许多心爱的玩具
琉璃球，红铅笔，古铜币……
玩弄一件
腻了，换另一件
你喜欢它们
是的，其实你挺喜欢
直到它们被成长的大手
装入精致的盒子里
但你喜欢它们
真的喜欢
我相信

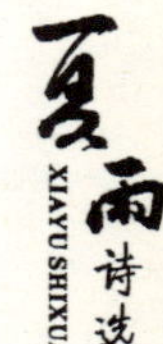

一个早晨
有太阳和风
春天从一阵绿色的挣扎中醒来
因为鸟儿的争执
泥土渐渐软了
它们在分配幸福
它们想结婚
想要一个最坚固的家
和一位最美丽的新娘

它们知道
曾拥有的微笑
始终存在
有一种树叶肯为爱情飘落
而不屈于死亡
我相信
纯净藏在小溪里流淌
没有疑虑
没有所谓的目的
只有一群群小鱼
很小很小
不会引起人们的注意或妒忌
它们要游向自由
游向每一片宁静的海洋
游进每一颗期待的心灵
它们从不合上双眼
它们喜欢整夜整夜看星星
然后轻吻着纯白的沙滩
度过一生

我相信
湖水还在寻找

在一个昏暗的黎明
他丢失了月亮
——一枚银币
他耐心地询问每一位路人
细细搜寻，但
只找到怜悯的眼睛
锋利的刀和冷语
没人认为他
能找到那枚银币
也没人知道
那是夜之女许愿的钱币
和她心中的那个秘密
嘘——
我相信
在梦想的国土里
每一位居民
都有一所房子

我也有
我骄傲的生活着
我要在那里安息
我要走遍山谷
让每颗石子
都相信自己是粒种子
会在春天发出绿芽
会有一次完整的生命
我相信
嘘，你别再说
也许
也许相信是因为怀疑
我相信

我想让你
小船
陪我一起看海
好么
等尘世的眼安静合上
我们就出发
那条不愿靠岸的小船
是我们的梦
将罗盘丢进海里吧
那摇摆不定的东西
怎能指出我们的方向
你听
在我们的照看下
海也沉沉地睡着了
鱼儿在船下静静依偎
而我
像那条不愿靠岸的小船
在你湛蓝的眼波中
沉默沉没
在你身边
夜很害怕
呜呜地哭了好久
星星和月亮也失了踪
灰色的云像幽灵在天空踱步

你说：讨厌影子
永远缠住你
别想甩掉
也别想和它说话
不知道何时
它会窜出来
嘲笑人的寂寞

我说：别哭
别呆坐在一级级的台阶上
我们会有一所白色的房子
它有红色的雕花屋顶
我就在你身边
一直坐着
直到你的泪水变成琥珀

路灯像将要燃尽的火柴
低着头奋力燃烧夜的衣角
大地微微颤抖着手臂
露出一条条膨胀的血管

我说：我想带你去海边
那里有沉重的呼吸
有雪一样哭泣的沙滩
有珊瑚和星星遗失的家

海儿在大地上流浪
她从不说话
世界却静静聆听

你说：花该开了
你喜欢红色
你能感觉到，心
和天空一起颤动的梦
在黎明前不断醒来
柔软的芯蕊
紧贴着地面
夜还没来得及呻吟
就被缢死在真实的阳光下
露水们闪着泪光

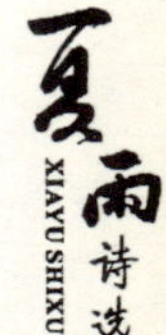

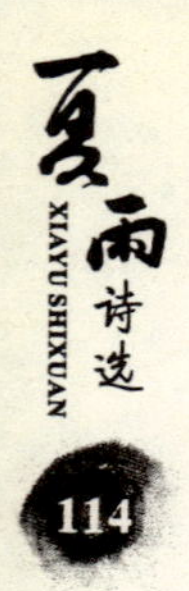

扬言要为他殉情
你说：别睁开眼睛
你想闻闻阳光的味道
想听风穿过绿色的栅栏
想记住泪水如何滑过脸颊
然后默默消失
想知道梦蒸发后
会不会变成云彩

我说：森林从未离开
金色的国土
我的手还牵着你
绝不会忽然随羽毛飘去
它依然温暖
依然流淌着河脉
和冰川迁徙走过的痕迹

等　你

我站在
驿站的门口
背靠着
朋友南去的马蹄声
拂了拂
布满尘埃的眼睛

心倦的时候
默默地拨开
一道浓浓的夕阳

把自己轻轻地
浸在里面

当你到的时候
请不要惊异
因为我早已——
满身血红

我是一片叶子

春光里
我点缀着黄鹂的鹅嫩
我高兴着
因为我是一片叶子

夏雷里
我掩映着红润的果子
我坚挺着
因为我是一片叶子

秋泥里
我依靠着纤瘦的根须
我腐烂着
因为我是一片叶子

徐涛（2006级）　二首

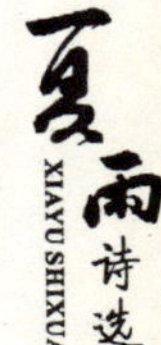

龙女——雨·泪

雨落在海面上
氤氲成雾气

李红文 一首

散漫的思想

堆砌的词句
散漫的思想
上帝死了
我不复存在
谁是漫游中的佼佼者
谁是天际里寂寞的天使
亚当夏娃的恋情
幻化成历史的传说
一种突变的异质
在体内潜流　涌暴　升腾
民族的性格烧成战火的风言
留下断壁残垣
瞻仰者不经意的流露
遂成谎言
追逐者挑逗的荒诞
在海水中弥漫
苦涩的咸水湖
托起游乐者虚空的躯壳
潜艇—救生圈—航空母舰
古老的生命，后现代的悲剧
从一个流浪诗人口中唱出
遂成逆流
尼采的疯癫
叔本华世界的表象
夕阳中的烈焰燃烧
霞光布满天空

可为何却仿佛落在我的心里
梦或者记忆
我怕我是想起你了

——序

（一）

我是无泪的　伴着生
龙父便将其化作海水
为了拯救一族
悲哀只有藏在心底
慢慢地变质
无涯的生啊
我只是过客
却为何将我紧紧留住

（二）

那是很久之前的记忆
在我如此小的年纪
以致我都忘了
风如何拂过我的发
浪如何轻触我的脚尖
你如何站在我的面前

（三）

忽然有了雨
轻轻地
濡湿我的发，我的衣
落在脸颊上
又轻轻地滑过
恍如泪水
我下意识地回过头去
你站在雨中
安静地笑着

（四）

等待有多长
仿佛在千万年之前
就有人刻下了来世
——相信缘吗
——相信
因为我一直在等待你
这无涯的生啊
你才是我一生的意义

（五）

——你是谁
——雨师，而且会是最好的
——那么，能成为我的雨师吗
——好
——一定？
——一定

（六）

在梦里也会嗤嗤地笑起
而记忆呢　它在哪

（七）

记忆在我问你时转过身去
你只是微微地红了脸
不曾回答
毕竟只是如此小的年龄
当你再次抬头时
却再也寻我不见
倘若命运让你再一次选择
你会立刻答应么……
会么……

（八）

我静静地伏在珊瑚之上

望着你着急地寻找
冰冷的海水流过我的身边
心中却升起了丝丝的温暖
然而
我却未曾跃出海面
只是海风吹着你落寞的发
似是安慰

（九）

之后
我也曾多次浮出海面
雨依旧带着熟悉的气味
可是那一片海岸
我却永远也寻不见了

（十）

记忆
美若曾经却又幻若梦境
终于碎落在我的心里
雨落在海面上
如泪一般
模糊了我的眼睛

（十一）

我终究将你失去了
只是……
倘若携手曾经
要我如何才能不会将你再失去
——一定
——一定
梦中的呓语
却一次次温暖着我的心

山 风

微凉的夜
山风吹来
什么都不曾留下
只是那一池破碎的月光

风迎面吹来
宛如别离的话语
却又在下一刻
轻轻的掠过湖面

谁在风中轻轻唱起
幽幽地
带着泪的气息
飘过耳边

而你是否听见了呢
风过处
什么都不曾留下
只是那一池带泪的月华

于菁健（2005级） 一首

勇敢，中华民族的咏叹调

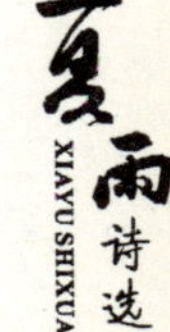

华夏之船，
在东方扬起风帆，
文明的光辉，

有两个字代代相传，
勇敢，自古不变的勇敢，
勇敢是张翼德的大闹长坂，
是文天祥的赤子心丹，
勇敢是义和团的杀场血染，
是邓世昌的冲向敌船！
从三元里的禁烟令，
看林则徐的英雄虎胆，
到百团大战的捷报频传，
看八路军的神兵布满！
金沙水拍云崖暖，
大渡桥横铁索寒，
勇敢就是踏破青山人未老，
红军不怕远征难！
勇敢把帝国主义驱赶，
面对唐山大地的震颤，
无人退却的悲壮与伤感，
大庆油田一声令下，
铁人跳进油井坑的勇敢！
勇敢更是三年自然灾害的自力更生，
也是“两弹一星”把激情点燃！
看，南极科考队的破冰船，
听，雪峰登山队的呐喊，
船头永不回转，
呐喊永远充满了自豪感！
勇敢是洪水到来，
军民筑起的新的长城；
勇敢是 SARS 猖狂时，
巍然见“南山”，
“神舟”飞天的一刻，我又见他们的勇敢，
民族的勇敢！
勇敢，

中华民族不朽的曲章，
民族不息的咏叹!!

喻罗毅　二首

织　梦

我想织一个梦
要用山尖做针
用大海做布
用秋风做线
绣上冬雪做的花儿
织上阳光做的金边儿
最好，再染上晚霞的红

这还不够
必须有你在梦中
作为最靓丽的风景
我怎能忘记

可是，我不懂
到底哪一根针，哪一缕线
可以将你织进梦里

偶　遇

我的心是一潭死水
而你
是偶然落入这死水的石子
所以

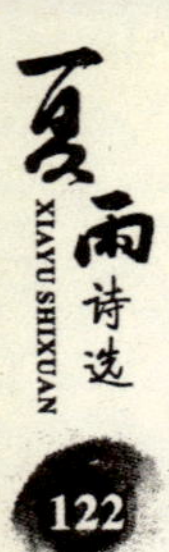

激起那东去的涟漪
然后
沉封在静谧的水底
直到
千百年之后
水枯石烂
石子哪里去了
溶化在水中了
水哪里去了
带着石子飞走了……

章骞 一首

伊来

历史走了
可以回顾
感情走了
可以回忆
　伊走了……
　　　还能来吗？
　来入梦——
　重逢枫林下
　　　片片拂面枫叶绕情……
惊觉醒来
　唯层层帘动
　　　　——与几抹淡愁相思

送别教官

曾经的汗水劳累怨气都在那一刻消解尽排
躁动的一片绿在静候车队驶来
千呼万待

大巴载着一个个俊朗的面庞，发呆
涌动的绿海掀起绽放的笑脸
仿佛一个训练有素的士兵遇险的灵敏反应
一只庞大有力的手使劲招摇

后面的大巴带着铁网
但教官学员却把它撂在一旁
窗内外的手都拍击着那望眼欲穿的障壁
铁骨亦会动摇

一名教官接过一个苹果，咬在口中，敬礼
红色的健肤交映着苹果
是在学员心中不朽的烙痕

教官们，一路走好
好聚好散

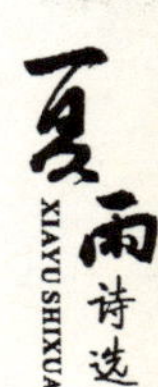

Lucky Luck（笔名） 一首

燃烧的年华

　祖国啊
辉煌已铭刻着你的曾经
灿烂将烙印在你的未来
　我啊
只是默默地奋斗
铸就你如今的精彩

　花儿啊
　努力地绽放
只为春天的盎然
奉献自己的芬芳
　草儿啊
　努力地向上
只为大地的蓬勃
增添自己的风光
　我啊
　是花是草更是你的娃娃
只为母亲的强壮
燃烧我的年华

年少的我
是清晨的朝阳
朝霞是憧憬的希望
年轻的我
是正午的骄阳
炙热是散发的光芒

将来的我
是傍晚的夕阳
晚霞是最后的释放

祖国啊，你是我的母亲
甘心情愿地为你
无怨无悔地为你
花样的年华在你的天空尽情翱翔

马辉（2003级） 二首

屋檐下

撑着淡蓝色的雨伞，独自
游走在空荡，空荡
又狭窄的屋檐
我注视着
断点一样地
若即若离的水滴

屋檐有
青苔一样的颜色
泥沼一样的气息
历史一样的厚重
在雨中浅音低唱
悠远而彷徨

她的彷徨在雨中
掬起一滴一滴开花的水珠
像我一样地

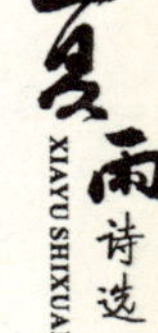

静静地走着
孤单，寂寞——在人潮汹涌处

水滴默默地滑过
滑过屋檐，又划出
无限优美的一条弧线
她飘荡在
颠覆世界的风中
像叶子一般的孤立无助

在悲风的咆哮里
她坐落在屋檐下
义无反顾，绝不流连
连遗憾一下都没了时间
只留给视线恍惚冰冷的回答

撑着淡蓝色的雨伞，独自
游走在空荡，空荡
又狭窄的屋檐
我注视着
断点一样地
若即若离的水滴

原来你也在这里

我是海水里的一粒沙
满身风雨，我从海上来
尘埃落定在你这沙漠里
你不必诧异
更无需欣喜
在回眸间飞向了天边
你我相遇于无涯的大漠

没有早一步
没有晚一步
刚好遇见了——你　我
问一句："原来你也在这里"

马千里（2003级）　二首

写给诗

（获全国大学生"樱花诗赛"三等奖）

（一）

流光暗转已千年
蓦然回首
你竟仍巍然屹立在苍茫大地
风骨不减当年

何以你的生命力
如此之顽强
循着你的足迹
我们追溯远方……

（二）

古老的神州孕育出你的雏形
你的形状被写入经卷
宁静的汨罗江边一位诗人在吟叹
诗人用生命换来了你的萌发

北魏的剑戟
伴着阵阵铁马之声
踏入了你的疆界

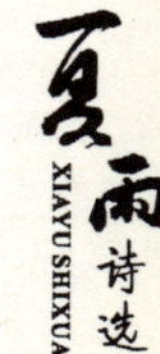

南方的隐者
携着菊花酿就的酒香
叩开了你的门窗……

（三）

你正蕴藏着一股力量
等待着一个时代的到来
终于
你爆发了

乾坤为之动摇
鬼神为之感泣
山河大地
沸腾在你舞动的身姿里
如火如荼

龙的故乡
从未奏响过如此的华章
前者如钢琴
后者如提琴
回荡在人类的心中
永久……

（四）

兴许你舞得累了
渐渐地
沉默下去
黯淡下去

你似在沉睡
却又像是在挣扎
在一个火红的年代里
你终于又像火山一样喷发了

而如今
在苍白的金融都市里
在贫瘠的物质土壤上
你再次沉默了……

或许你仍在挣扎着
或许你根本不屑于这一个时代
但兴盛衰败的轮回
本就布满了你的历程
你蜿蜒曲折如黄河
却从未停止奔流

（五）

五千年太匆匆
只留下一个朦胧的青铜梦
多少君王将相早已湮没在尘埃中
而你
依旧如斯

我方知你的存在
如敦煌　如莫高
如都江堰　如黄鹤楼
如不朽的长城

我方知你先于文字而生
后于日月而灭
你弥漫在整个浩渺宇宙之间
自始至终

通过扭曲的时空
再回首
发现你不是死了千年的标本
而是活了千年的生命

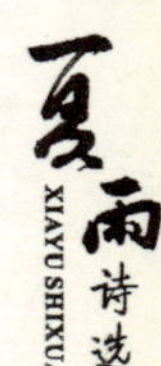

在一个草长莺飞的季节里
穿过柳絮　穿过芦花
我看到你正迎向
曙光

情断蜀山

透骨的冷风
冲穿我的躯壳
灵魂被吹散
湮没在幽冥的血河

千年的峨眉
留下一个千年的奇梦
孤独的昆仑
留不住一个孤独的玄天宗

飞天的琵琶
弹不尽世俗的
无奈
凌峰上的古叶
今何在

茫茫天宇
找不到一个神
随风而逝
是肤浅的爱恨

醉者自去
踏雪无痕

樱之意象

（获全国大学生“樱花诗赛”二等奖）

月亮夹着一袭紫袍
爬上了天空的臂膀
一切进入情节

（一）

樱极度扭曲变形了的身子
佝偻了腰
一抹涂在菊与刀上的
婉约的残血的凝固
缔造了整座殷红的天堂
野草与野树的默默祈祷
厌恶了
寂寞的魂灵的呻吟
惊扰神的酣梦
窈远的苍天
樱在下坠的苦痛中审视那串
膜拜她的黑色眼睛
倏然间
一段历史被刻写在了古老虬干中
或袅远　或超然　或淡漠

（二）

樱在沉醉的夜里吟一曲凄婉的歌
一半是她　一半是我
我在北方蓝色月亮下摸索她绯红的眸子
星光记录了犬吠和那群依靠孤独行走的骆驼

忆起流落到民间
某个披头散发的君主
王夜观天象
七颗星辰暗预七道上世的宿命
他捏紧了古铜色的酒杯
一口抽掉阿尔卑斯的血脉
在空无一人的王城舞蹈
粉红的女郎也醉得一塌糊涂
一如罗珊妮华美的霓裳
嚣艳的红袍
袍子爆裂开来
散作这漫天的殷红
有晚风　矢车菊　雾霭　麦浪
还有纸马　草原　阿尔　我的太阳

（三）

女子的风情侵蚀了这亘古的建筑
太阳的目光和风的手纹
裂了缝的砖瓦哼着温昵的咏叹
浮若仙境的宫墙也日渐斑驳
只有鸟儿此刻愿做一个文明的囚徒
把褪了色的经卷轻诵
王城顷刻间幻化成为焦土
唯剩下水羊年虔诚的信徒
躲在信仰里悠然安详的转湖
花朵就此结出
在生与死之间
我甘愿做一次荒离城市的古老泅渡

（四）

天空说　给我吧　迸出你精灵般的舞蹈
大地说　给我吧　扭动你佝偻了的腰身
夜风说　给我吧　献祭你水晶般的魂灵

樱无言
樱披头散发
樱漠视一切
飞舞　飞舞　飞舞
追逐　追逐　追逐
它们能把这世界怎样
这里是粉红的故乡

（五）

我应该知道
万种寂寞都会唯美地陨落
一朵花儿曾是一只美丽蝴蝶的轮回
我的诗歌死了
都是华美的天葬
不留片骨的安息　随那樱的逝去

后记：
万物选择了自己的决断　自己的重生
在虚幻中追寻智慧　思辨　抑或庸庸无为乃至下坠
而后沉入世界的追忆
无物可以惊扰其价值的永恒

张玉（2003级）　一首

雁

你看风景　看无奈的老牛
犄角上
悠然的红蜻蜓
还有绿色怀掩里
晨露与翡翠竞晶莹

却叹息自己
只能与飞翔为友
而飞翔是无奈的痛苦

看小蝌蚪
兴奋地伸展双腿
在潺潺的溪边
看刚蜕变的彩蝶
羞涩地炫耀霓裳
却叹息自己只有灰白的翅膀
而翅膀是无奈的痛苦
西风残照
秋来景异
你翔于诗人的暮霭
碧云黄叶
长亭别后
你映于离人的浊酒

而劲风长月
你展翅即过
无声
惊起倦莺无数
燕雀不知
人字西天
日沉于上
江滞于下

那是你与你的风景

孙锦（2004级） 一首

紫罗兰想夜曲

春天
今后的春天
还是会这样无情的降临在失去所爱的人们之间

（一）我不愿这样死去

在这种冰冷的让人窒息的地方
我的身体早已被污染
那样肮脏　腐败　令我绝望
可是　我的心还在挣扎
在这具行尸走肉般的身体
在这令人疯狂的黑夜里苟延残喘
我在等待
等待阳光的救赎等待春天野地里的烈火
把这腐朽如棺木般的深院烧尽
那样　我才能干净地死去
我不愿　我的灵魂被囚禁在这永恒而冰冷的地狱

（二）你拥有我从未见过的美丽心灵

你的头发　有着太阳的味道
从我看见你的一瞬
我就如此确信
可是
我不是生长于幽谷那优雅纯洁的百合
我只是路边杂草丛中那低贱的紫罗兰
然而
为何　你从不责问我的过去
为何　你会拥抱这让我绝望的身体

为何　你默默地承担我所有的罪过
为何　你要用那样真诚的眼睛告诉我
——你拥有我从未见过的美丽心灵

（三）跟我一起放烟火吧

如果你回来晚了
我会搬着小凳在院门口等你
但是作为奖励
你要为我带一束紫罗兰
如果你觉得无话可说
就请像阿波罗拥抱月桂树一样紧紧拥抱我吧
不要忘记　亲吻我的额头
因为那样　会让我觉得幸福
如果你认为我不够诚实　就跟我一起放烟火吧
那些跳动的精灵　会告诉你我真实的心意

（四）我不会忘记你

那些逐渐消失的烟火
像无可避免的命运
绚丽的色彩在黑暗中跳动
下一秒就被吞噬得无影无踪
那些悲伤的火花是否也在询问
——如果我死去了　还会有人记得我吗
而你却闭上我的眼睛　在我耳边低语
——并不是眼睛看到的东西才是一切
我不会忘记你

（五）找一个美丽的女孩结婚

当我逝去时
请不要为我流泪　悲伤
也不要为我立坟　念经　献花　哀悼
我只希望　你捡起我的一片残骨
为了证明　我确实活过
为了证明　我只爱过你一个人

抹上了远山的淡影

是不是夏天的开始总是如此艰难
在雨前和雨后的时光里
天色黯然
似有难言之隐
郁热的微风搅动沉重的空气
看不见太阳时找不到一件合适的外衣

流浪的狗最懂得如何打发这无尽的时日
在一天中的大多数时候
昏睡于这个安然的世界
房子　草坪　道路　花圃
每每只是慵懒的合上眼睑
便轻易关闭了这一个世间

黄昏
一天中无处安置的一段
夕阳西沉　月出东山
天　却还执著的亮着
就像一个昏迷者的梦境
天地恍惚着　一瞬间失了神
穿行于天地间的一场雨
穿行于雨中的条条道路
穿行于生命中一段湿淋淋的夏天

雨撒树颠　郁郁葱葱
雨打青草　招招摇摇
雨落房沿　欢蹦乱跳
雨住伞端　行色匆匆

而雨湿人心

我只见　落花无言……

请原谅　工地上的一不小心
整个白天一直都在痛苦地分娩　长冻疮
入冬以后　你的脾气变得暴躁起来
时不时摔碎窗景和外界的事物

从城西到城南　可以直线抵达
抑或绕道而行
没有人会注意到你的疼痛呵
正沿着街道一点一点扩散开来
有人说
芍药的味道

在病房　你不得不打量输液瓶与焦头烂额
烧伤　溃疡　心绞痛　风湿
记得两个月前　秋天死于肺癌

医生来了　你假装睡得很熟　像婴儿
你不敢看医生怜悯的目光
可是　你多么怀念悬丝诊脉
多么怀念老草药和沙陶热烈地谈恋爱
在山村　一个冬夜　下着雪

现实多么可爱　乌鸦就在院子里歌吟
站在那老去的树上　可像诗人了
穿黑色风衣　戴眼镜
你说今晚注定要回忆起初恋
回忆起第一首曲子招惹来的爱情
这并不影响你的疼痛
毒一样　从城西绕道抵达了城南

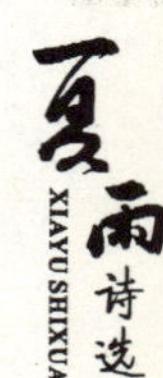

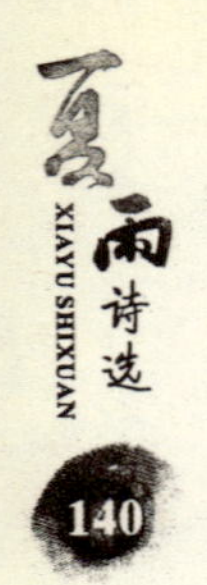

如此说来　你丢失左臂的咆哮
或许可以让过路的汽车原谅
让惊讶的建筑原谅
也可以让过去的半个冬季原谅
可是呵　你怎能让爱人遥望的眼神原谅
你在工地上的一不小心

杨勤（2004 级）　二首

定　格

——谨以此诗祭奠一位车祸而死的儿时好友

在那个薄薄的有雾的清晨，
露水是如此的清凉，
沾湿了我的睫眶。
朦胧间，
听见有人呼唤我的名字，
声音里有抑制不住的惊喜，
犹如小鸟觅见了它的阳光。
恍然似梦啊，
我看见你带着信任和依赖向我飞奔而来，
张开双臂如同纯洁的白鸽在展翅飞翔，
安静的微笑和你的裙裳，
一同在风里轻轻飞扬。
突然的风沙，
微笑散乱了，
身影消失了，
世间一切似乎都静止了，
只剩下，
一个泫的我站在路旁。

那窄窄的公路啊，是一段无法逾越的哀伤。

回首张望

学会了将自己隐藏，
在这嚣张纷乱的尘世上；
熟稔地戴一副冷漠的面具，
用拒绝一切的眼神将别人打量。
一边受伤，
一边学会坚强。

直到那么一天，
一位慈祥的老人微笑着回忆：
记得你小的时候，
还只有这么大……
于是，心软下来，
似有根弦被轻轻地拨动，
怯怯地，我回头张望。

张望，看见我来时的路上，
有一位眼睛很大的姑娘。
那沾染着露珠的亲吻的衣裳，
正和着唇边如花的笑靥，
在云里轻轻飞扬。

是什么让天使的翅膀折断？
一滴泪滑落脸庞，
为了那曾经拥有的纯真时光。

也许欢笑可以再现，
也许悲伤可以远离，
也许失去了可以重新拥有，

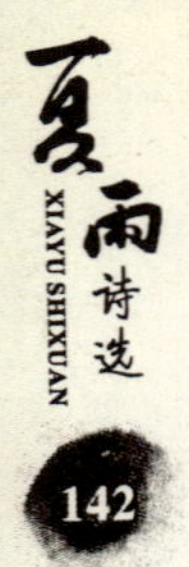

也许生命可以二度经历，
只是我不知道，
折翼的天使是否能够再次飞翔？

叶胜兰（2004 级） 二首

影　子

和你在一起
看灯下
窗外的月影
以为你走了
却发现你走不了了

雁的诺言

看见地上黄金的稻浪
体内又涌起了
深深的酸楚
就为了那一个永恒的诺言
我要莫名的南飞
又一年秋天了

落叶背叛了树的诺言
飘落了
于是我也停留下来
去寻找那永恒的诺言

看见了最后一片树叶飘落
冬天的精灵也降临了

落在我灰色的羽翼上
我感受着它的冰冷和纯白
我的心感到沉重
慢慢的慢慢的
精灵围绕着我
飞舞在我身边
我有点晕眩了
抬头望了一眼
那阴暗的天空
终于我知道了那个忧伤的诺言——
永世不与雪花见面
带着一生的快乐
我化作了冬天的雪花

刘婧瑜（2004级） 一首

樱色生命

（获全国大学生“樱花诗赛”二等奖）

路过一场灿烂的花事
褪下古老的嫁衣
掩住一幅还未着色便已废弃的画
让它在衣褶里安息

（一）神舞

风
推开旷野里一扇雕花镂空的木门
被囚禁在泥土里的神展开慵雅透明的指
触摸那片用蝉翼织成的清晨

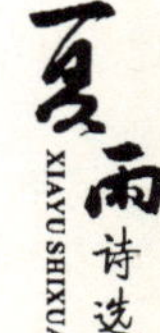

在月光爬满山峦的时候
我褪下流动如夜一般朦胧的袍
挥舞长袖
歌声骤起
响彻鸿蒙
紫黑的燕纷纷坠落
谷底的风携着生命的预言穿越澄明的湖水
散落一地支离破碎的桃符

孤独如我
决绝如我
掮住午夜时分的阳光
我在泥沼中重生
死寂的天空被拦腰截断
漫天红沙中迸发出刺目的光芒
洁白如雪的发丝抚过新生的肌肤
瓷器般散发着温润而灵动的光泽
于是天地在一瞬间将白昼遗忘
我仰天长笑
缠绕纠结的藤萝里供奉着属于我的歌神
舞神

（二）逃杀

我曾目睹一场乌云盛开岁月轰鸣的盛世
蜷缩于命运的角落
让自己陷落一季心碎般疼痛的哀愁
因为死亡的存在
搏杀的意义才没有被空虚着的苍白年华掩埋

割裂了时空
打碎了幻灭
一场心伤成就了一场花开花谢

沉重的刀举起又落下
紫蓝的暮霭被染成血色的黄昏
我听到远方传来细碎的声音
夹杂着来自上古的诅咒
金色的矢车菊
惨白的大纸马
我的指尖被一种神秘的气味灼伤
我扯下头顶所有的碎发
包裹住脚底成堆的尸体
我祈求
将馥郁的四季化作风尘
将他们埋葬得比死亡还要深沉

（三）灵祭

蔚蓝的海赐予我无尽的泪水
身体里骨节疯长
铮然有声
我衔起脚下一朵飘零的遗爱
纵身跳进恒明的山谷
然后看见
有雪的精灵在冥殿前起舞
守望魂灵重生
就像等待一场死亡
漫长而哀苦
我的血液里开始有魔鬼与天使的降落
无意与纷繁的乱世纠缠不休
我抖落一身炫白的泪
温柔着残忍
残忍着温柔

我曾跪在一棵菩提树跟前
祈求被禅湮灭
祈盼被长明灯带离黑夜

我曾合十向佛
只问
是否只有逃离滚滚红尘
才能觅到一份谦卑的贞洁
是否只有终日与影为伴
才能求得一场完美的表演
然而　佛说
忏悔已如云烟

（四）悔归

落叶飞花
我只求一抹神圣的釉彩
绛紫的宿命
与鬼魅缠绕　纠结
坠落在梦里的天使
折断了洁白的翅膀
想要飞
却只能挽一手无奈的叹息

天与地的纠葛
终结在六月浓重的荼蘼中
睁开我的眼睛
视线被斑驳陆离网罗
多少次潮起潮落
千百年日月星辰春花冬雪
神用悲悯的手抚过轮回的岁月
日子才在无边无际的红土壤黄土地上踩出一只只音符

西伯利亚的空气
远道而来
打碎南国手心里温润的水晶
梦里的黑天鹅
拨响罗帐里一把透明的琴

塞外青冢依旧
狼烟漫天

樱说　我求不到这个世界
我只是一枝樱
命运在梦与现实间
摇曳　游离

朱婷（2004级）　二首

我梦见死去的哥哥

（获湖北省“一二·九”诗赛二等奖）

（一）

在泪水的光芒里
我们比水晶更崇高

（二）

暮色花一样开了
我的伞遮住黛青的天空
那些愤怒的月亮和太阳
遗世独立于山冈之巅
比死亡更刺目的惊险
我梦见死去的哥哥
他一次又一次活过来
他跌跌撞撞地行走
从一个远方到另一个远方
我们这里下雨了
你知道么
透明的液体会从未知的地方降落

比穿越生死更加虔诚地降落
你看见那些飘零的火吗
像鸟群盛开于湖面
而你的诡异的笑
和夕阳一道从远山跌落

（三）

风很大了
你知道吗
天空会在风里陨落
黑色风筝飞满世界
会有无数笛声响起又落下
而你的笛声呢
寂静中箭呼啸着驶入黑暗
驶入黑暗中虚掩的门
黑夜比森林和蛇更加蜿蜒
柳绿桃红的另一端
角落里谁的心脏不动声色地一痛
你轻轻地说让一切就这样消失
世界被悲伤的人们一次次遗弃

（四）

死去的哥哥一言不发地坐在我身边
看那些鸟被河流淋湿
鸟被河流淋湿了
我梦见雷电交加的黄昏
死去的哥哥撑一把白雨伞
独自走进了瀑布
我梦见我孤独地站在雨里
幸福的人群在那头漠然地笑
我的双手沾满鲜血
我把鲜血泼向天空
在天地之间

有一盏倾吐血液的火炬
祈祷闪电燃起瞬间的温暖
让那惊心动魄的光明去触摸
触摸每一颗流泪的心

（五）

多年以前有紫色的黄昏
夕照中鹃啼淹没了稻田
远山像琥珀一样神秘
遥远的空气负载不住神秘的悲伤
我被无数暗箭击中
看到死去的哥哥在远山之外
比闪电更灿烂地微笑着
化为桃花
化为杜鹃

死去的哥哥
他比十七岁的我更加年轻

（六）

我看到月亮在风中摇晃
漫天白蝴蝶纷纷扬扬坠落
过去像一颗水银缓缓滑来
我叹息着把头伸出湖面
我离开得太久

世界是最美妙的
我和死去的哥哥都不曾活过
我们一起走过茫茫绿野
顿悟所谓死亡是怎么一回事

（七）

死去的哥哥流泪了
微笑了　隐没了

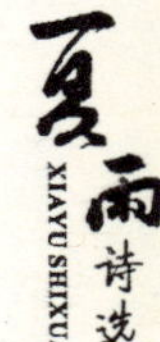

我缓缓转过身
犹豫着走向广袤的人间

秋天的歌

（一）

秋天的歌　七里香
橙色的泪
坠落　涨潮　溢出
心在水里漂浮
太阳在水里漂浮

水
我生命的水
劳尔从水中走来
手持七色花
我淹没在一片怪异鸟鸣里
命中的河
月光和七色花渡过玄鸟
投进水中
像投进一片月光
劳尔在水中等我

泪弥漫在水里
彼岸玄鸟聚集
整夜的雨迷离了世界
世界不再惊奇
所有人类即将相爱
所有诗歌即将传诵

爱　可笑的爱
今夜我是水的唯一情人

今夜我拥有世间一切理由流泪
我即将投入水中寻找最初的水
一滴泪
一滴月亮
在水中写诗像在闪电中写诗一样温暖
邂逅爱像邂逅死亡一样动人

（二）

这个秋天　远方美得悲伤……
远方
有没有石榴盛开
水晶碎裂在这个秋天
毫无意义的世界

月亮是一颗果实
结在天上
夜夜流浪

远方
有没有邂逅的孩子
有没有流浪的酒杯
原野开满鲜花　众神如此悲伤

一朵花
今夜露出她的锋芒
宫商变徵
死亡惊艳

酒杯在燃烧
苇草　苇草
河流里黑夜密布
黑夜呓语
他的眼睛

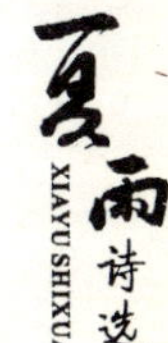

一座银矿

生命像呼啸的箭
远方　一切在生长
众神之中我最孤独

李明（2004级）　一首

想你的日子

想你的日子我正在忙碌
忙于翻书乐于写作
哼着小曲儿眨着酣眼
笑尖残留想你的诗词
稍稍微风掠起衣角
醒意捧上渐渐睡着
可惜了没写完的情愫
和盛开的樱花落为浮萍
窗外月色幽幽树影参差
零星点点枯索孤寂有点儿烦
万分想念的人啊
怎知今晚想你的心情

指尖划过的天空
有你凝视过的星球
不知是否在你走后
风雨才学会温柔
红烛在燃烧中流泪
飞蛾在炽热中追求
可我依旧是一个小孩

逝去的也拼命挽留

想你的日子我正在忙碌
忙于翻书乐于写作
哼着小曲眨着酣眼
笔尖残留想你的诗词
稍稍微风掠起衣角
醒意捧上渐渐睡着
万分想念的人啊
梦里花落知多少

Zinguy（笔名） 一首

帆

无需辛酸的奔波
不要作假的善意
只愿在浩海中
扬起一影朴素的帆
不用导航
不须双桨
只愿自走自在的
随风逐浪
没有港湾
到处是它歇靠的归宿
没有张扬
每一处海面都有它的帆影
从不上岸
也不愿上岸
因为，它从下海伊始

已将自己的一生给了大海

蔡神喜（2005级） 一首

?。!

曾经
鄙视她们
一颗巧克力的疯狂
嘲笑她们
一件新款服装的惊喜
不屑她们
一套化妆品的烦恼
愤怒她们
歇斯底里的尖叫
……
于是
开始疑惑
她们的生活
难道只为浮华
而过
而今
我竟也
沉醉于
巧克力的甜蜜
兴奋于
新款服饰的时髦
失态于
歇斯底里的尖叫
习惯于

半小时发型的自信
伫立镜前
发呆
更发晕
往事已随枫叶
片片落
再回首
那边疑团
刚消释
这边风云
又升起
镜子里的我
熟悉与陌生
格斗不息
理想自认为幽默
但变幻太多
由不得我
不知道
是自己堕落于
自认为的错误
还是
自己原本就错误于
自认为的正确
更疑惑
是岁月同化了我
还是
我改变了岁月
自嘲墨尽
在时空交界的战场
和脆弱的自己打仗
未开战
已受伤

战败的我
痛失方向
分不清
现实与理想

付季鹏（2005级）　五首

回家（一）

盼望了数日的字眼
在那一刻即成现实
火车的呼啸轰鸣
似乎还夹杂着家的思念
挂念一颗悬浮的心

终于将回到家那暖人的怀抱
久违了的怀抱啊
我淡忘了上一次依偎的情景
却依然记得那亘古不灭的
味道
是山与水
雪与土的交融
阳光与风日的回报

就在那一刻——我登上火车
欣喜的心跳如同锣鼓喧嚣
我离你如此的近　家
虽然我们还相聚万里之遥
南风携来的潮湿味道
那岂是家的春天的气息

仿佛又睡在家的摇篮里
任凭白昼　黑夜
交替

回家（二）

从一个家启程前往另一个家
旅途啊　承载着游子的浓浓乡情
和父母的殷殷期待
化作雪被下的远山
深深地积淀在游者的骨子里

又是同一辆车沿着相同的路线返回
人生就是这样做着周而复始的旅行
还是那些铺在山坡上的白雪更显气概
白色之中　渗出土的朴素来
棕黑或是浓绿像精灵一样腾出树冠
曳着无与伦比的白显示出无与伦比的
气魄
北国　如此的壮阔
这是我的家
我魂牵梦萦的家

驰骋的车　撕裂宁静的夜色和
沉迷的星空
还有
一颗因为驶向家而远离家的
低落的心
回家也是离别
痛　一刻也不能停思

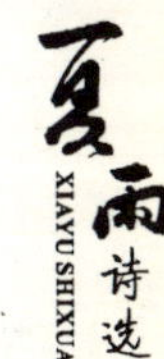

请带走我的骨骸
然后
找一个美丽的女孩结婚
如果你感到幸福
请将我的骨骸抛向蔚蓝的天空
当她再度落下时
或许有一天
会成为你期盼着绊倒你的那颗石头吧

柳日（2004级）　一首

在今年夏天的这场雨

夏天
养在大水缸里的一尾锦鲤
院子里的大榆树下
凉风习习
一会儿　蝉鸣四起

在这一年
总忘记上一年的天气
记忆里去年的夏天没有这样的一场雨
她雷声阵阵
一会儿　尘世迷离

那荒原上离离的野草
和它们脚下的那条随遇而安的小河
乔木和灌木在远处高高低低
不知是谁　此刻
在那天边的烟斜雾横里

回家（三）

旅途依旧漫漫
家与家的挂念仍是千丝万缕的纠缠
然而一个人呢
他可以在思想开裂的那一瞬间感受温暖
感恩
感谢用双手托起的
太阳

手

母亲操劳　父亲操劳
银霜遮住黑发　只今葳蕤的已不再是
一根根黑色的枝条
是昆虫的触角来回撩动
还是尖刃
心的隐痛变成山洪
呵　那不是昆虫的玩笑
目光没有在那手上停留一刻
那手　如同
扭曲了腰身的松柏
“美”
却令人潸然落泪
此时迸发于胸中的那腔热血
何等澎湃地
怒号着涌上心头
——父母的大爱　抽成了千丝万缕
与思绪紧紧纠缠
纠缠
难以喘吸

甚至从嗓子里都挤不出一句
——“我爱你们”
难以喘吸
那句挤也挤不出来的“我爱你们”
早已哽咽住了喉咙
什么都没有眼泪来得爽快
但是
泪只能流于心
哪怕只要一点泪水　都将引发三条江河的
奔流
寂静　周围的一切
都被那抖动的眼神融化得悄无声息
天籁　只有三个人的心跳
和着空气游动的空灵
父母用双手为我撑起了天空
上面永远挂着太阳
即便是品尝几滴苦涩的雨
也定会是彩虹从那里生起
不知父亲用粗壮的大手举起婴儿的我是怎样
也不知母亲那纤细的手抚摸我头顶的感觉
我想我那时定是笑的
笑得比太阳还要灿烂

北　方

我愿做一棵参天大树
屹立在北方的黑土之上
即使是狂风暴雨
也要把母亲故乡抓牢
抓牢对一颗心的信仰
抓牢最后一抹对着她的微笑

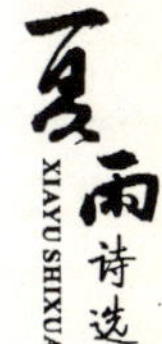

北方在我心中徘徊着
好像我在树阴之下
寻觅回家路的孩子
她有点儿累了，要靠着我的
树干，小憩

在我眸子里充满对北方的期待
北方的风、日、山山水水
北方的人，都是那样亲切
我们是一家人呵，永远肩并肩地前行
我愿用我的枝干为你遮风挡雨，亲人！

喜欢北方的冬天，只有那时北方
才与众不同——
雪，银子般装点了充满梦幻的心
如同那些火热的心在梦境留下痕迹
而你呢？有着和雪一样纯洁的心的
姑娘，永远都那样晶莹闪亮

北方，北方
北方停留我的心、家和梦想
像是一棵树，根不断地向下向下
而枝叶却向上向上，站在太阳之下泥土之上
抒发着对北方的无限爱恋

我愿做一棵参天大树
然而我却只是一粒飘摇的种子
南风携着我一路路向南
砸进了南方柔软的土中，黄色，已经
没有了北方家的半点迹象

北方，布满皱纹的脸

透过时空的界限，显现出——泪痕?!
是喜悦的慰藉
她看见我——一粒在南方出土的种子的微绿
旁边还有一点儿绿色的芽儿!

刘峰（2005级） 一首

下雨的时候会想起你

拥挤的人群在穿梭
行色匆忙却又相对沉默
他们的表情
是带着一种怎样的希望和寄托
在这下雨的日子里
在黑暗中摸索……

无数机会被错过
未来又不知是什么
我猜你此刻需要我来召唤心灵的解脱
蒙住眼睛
暂时把一切忘记
让阳光指引我们找到那爱情的殿堂
尽情欢愉
尽情释放
生命对爱的渴望

雨
依然淅沥
如我对你的思念
在这秋叶散落的季节里

延绵不绝

下雨的时候会想起你
为雨，也为这人
爱，是无止境的思念
就像这雨
虽无法永恒
却在四季更迭中
见证了自我的存在和价值

想你
是我在这无声的雨季里
唯一的语言

张飞（2005 级） 一首

叶落之间

（一）

又一个丝雨绵绵的秋
又一片凋落的生命挥划弧线
悠悠　悠悠
生命的诠释在一瞬间

（二）

叶落　悠悠
穿越时间的罅隙
拼命去拥抱大地
谁知晓这期间的宁静
想要挽留

换来的只有叹息

（三）

叶落　悠悠
超然演绎一种解脱
逃离了命运的枷锁
沉溺自由的快乐

（四）

叶落　悠悠
是对命运的默默述说
上帝划下执著的箭头
无奈中悄悄沦落

（五）

叶落　悠悠
划过的弧线中塞满幻想
却都是梦在黄粱
恍惚中堆积的渴望
下个春的到来却有些迷惘

（六）

叶落　悠悠
还是一千年前的模样
自古的茫茫苍苍
在一瞬间绽放

（七）

叶落　悠悠
迷失在乐曲的尽头
飘落的背后——
一张坚毅的面庞
一道灿烂的光……

钱澄（2005级）　一首

凌　舞

徜徉迷雾
公主孤独的舞步
千年盛开的傲然花骨
垂然凋落
一头暗伤扑簌
相濡以沫
不如相忘于江湖
谁是谁此生不谢的归属
卸荣妆
归尘土
王子策马离去
相守的碧梧
月影孤独
婆娑起舞
停不住的眩晕化成光影曼妙中的囚奴
回忆
似水的温度
守不住
前世今生单的停驻
掌心的苍图
牵不住
来时远去的路途
微笑如虹
美艳甘露
逃不出
等待的荒芜
眼神恍惚

表情顽固
春风呼
秋风枯
没有结束不认输
寂寞那片山谷
留下誓言苍凉绽放的奇图
翻飞的裙裾凝固
低语的溪水汩汩
听
谁人哭

陈昆（2005级） 一首

家　书

爸爸妈妈
一切都好吧
祝你们身体安康，如心如意

爸爸
您还在赶着夜路吧
每天您都很晚才回家
姐姐们都劝您
可您说，这是道士的职业
您没说您是在为家而奔波
家里没有手电
天黑的时候
你用手摸着路边的坎
一步一步地量着前面的路
手磨破了，脚碰疼了
可你小心地躲着我们

妈妈
你一定累够了吧
在鸡还没叫三遍之前
你早已穿上了补了又补的衣服
磨着镰刀，扛起锄头
悄悄地做着重复的梦
你甩着一把一把的汗水
把干渴养成了湿润
把荒地抚成了绿园
土肥了，包谷多收了十几挑
谷子长得结结实实
你的水沟的皱纹开成了春天里的花
你从不说你累了
你只说你愿用这辈子来陪着他们，看着他们
不管下雨还是天晴
因为你说这土地这庄稼就是你的儿子

爸，昨天晚上我做了个梦
我变成了你渴望的手电
你粗糙而温暖的大手握着我
向前方大步地迈去
妈，我好想我真的是那土地那庄稼
整日听你絮絮叨叨却温馨的话语
感受你那充满关爱的眼神
我好想我就是那把镰刀那把锄头
每日陪在你的左右
可是我已在远方
当天黑月圆的时候
只有看着大大的月亮
轻轻合上双手为你们祈祷祝福
爸爸妈妈别累着了身体
祝你们寿比南山

（在外的儿子亲笔）

熊伟（2005 级） 二首

梦　　想

贪婪点缀的虚荣
懒惰修饰的浮华
那不是我的梦想
我不会追求

埋没良知的高位
践踏人性的富贵
那不是我的梦想
我永远不会去追求

亲人和朋友和陌生人的爱
我当回报
那是我的梦想
我要去追求

春江水涨，杂花生树
大自然无穷的美等着去发现
那是我的梦想
我要用我的一生去追求

流　　年

孤寂如夜时
一不小心
打翻了记忆的调味瓶
酸甜苦咸

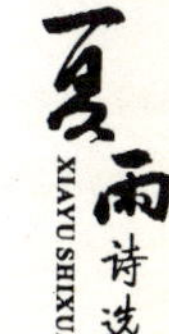

一齐涌到心田

不一样的味道
一样的凄凉和美妙

总可以圆梦的
那一天
心会像漫山的野花一样开放

总可以圆梦的
那一天
心会像凌云的大雁一样飞翔

总可以圆梦的
那一天
鸟语花香

总可以圆梦的
只要你坚持圆梦的方向

杨平艳（2005级） 三首

冬天里的蒹葭

就这样
爱人杳无声息
就这样
遗我于一地荒凉
抬头黄天茫茫
我从未停止过的仰望

干枯的双眼再也看不到天堂
感觉生命的脆弱，太白，太淡
思念却在流逝中变得有些疯狂

看懂宇宙的规律又如何
一样随着季节不可挽回地萎去
萎去
连同一颗斑驳的心
在美与丑的极限里
期待曾让我如此张扬的美丽
此刻又有谁探望我的委屈

风起
一位风华绝代的女子在风中倒下
莹莹点点
是遗落的惊艳
是驿路的梅
书生打开前世的行囊
包裹着人事轮转
世事恍然，如雪
飘飘——
幻成梦的意境
飞扬似萤

风雪来临
承载着季节的忧伤
大片大片的雪花
肆意将我掩盖
掩盖
还有我那狂热的爱
世界变得宁静和虚无
我听到身体干枯的声音

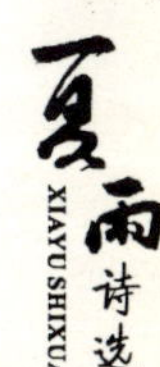

将来再也不会有人知道
曾经有一株蒹葭
是怎样的娇嫩，可爱
雪后的大地
沉寂……

回乡偶得

车入黑冥四壁风，
繁华尽处，停小站，
再添几多人。
谁不想，
夜薄晨曦，
得见家门？
车窗明，回首看，
闪烁谁家灯？

逝

（一）

树断为泪
风折为歌
我们路过的一切
有的变大
有的正在慢慢变小

飞翔的时空中
我只是个读者
挤过山脊与天空的夹缝
被记忆灼伤的目光
开始落雪
于是我用文字记下了——

友谊和爱
眼泪、疾病和灰尘
也许还有时间和抱怨

（二）

每天都有一只手在推我
我必须保持平衡
在上升的梯子上
梯子的内心其实和我一样紧张
对于流动的事物我们异常警惕
比如时间

拂开光阴的尘埃
世事纷纭上演
星光灿烂的舞台
旧貌新颜
那些你不曾见过的人
那些你不曾听过的事
那些你忘不了的人
那些犹在耳边的话语
眨眼就黯淡下来
纠缠成往事

谁还在隔江观望
影子锁住影子的安详
江水一涨再涨
秋风卷着落叶
留下动人的回响
英雄的名字随风流传

多少大雁飞起，又落下
多少归人
被吭哧吭哧的火车

带向遥远的故乡
风景易换
而看风景的人
哪个是你
哪个是我

我感到心弦在震颤
被世界掩藏着的部分
那灿然的忧伤
风起云涌——
又是怎样的力量
让幼稚的心灵变得成熟
让翠绿的生命走向枯黄
从生到死
哪一段才是生命的辉煌

我把头深深地低下
呼吸着喘息的尘屑
惊惶，疲惫
有着与我共同的命运
我想我该去寻找一滴水
在黄昏到来之前
用它来拯救自己的灵魂

（三）

远去的风
追逐着落日遗弃的沙子
蛰伏的虫鸣和裸露的树根
在我面前突现
好像在给我一种暗示
成长是爱，爱也心疼

如一只全身吸满花粉的蝴蝶

趋身向前
这一刻
我也能获得诗歌，获得爱——
这有别于常人的幸福
让痛苦深深地掩埋

城　墙

你向我倾倒
不满这所谓的文明
你渴望垮掉
掩埋你脚下的废墟

你以前是一个勇士
从塞外到江南
都是你的足迹
如今，人们只爱楼房
平静的生活竟还要设防

我渴望死掉
与你同归同去
讨厌这个躯壳
你守不住北方的风
我也趟不过南方的河

岁月太老
而人们又太年轻
我们的身体不适宜暴露在这个城市

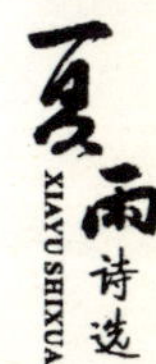

我们应该在历史的岩洞里
用竹简玩积木游戏

也不去奢谈文字
只需用你的砖
刻上我的图形

把一切还给大地母亲

——纪凡·高之死

当我仰望星辰时
在母亲的怀里
我饱含着泪
大地有几声叹息

容我悄悄地回首
再看一看母亲的面容

等待
我在丝柏树下
在浓烈的色彩中
饮一杯苦艾酒

过了几年
我把心事装进了烟斗

我在爱人面前徘徊
后面站着我的朋友

我剪头发上的忧愁
脱去外衣上的痛苦

我躺下了
星光照着我的裸体
二十二年前
我跟以前一样安静

我应还给你了
我的痛苦
我的叹息
我的灵魂

我只求一个吻的温柔

当人们忘记我的时候
我在你身上长出八株青草

剑

你生锈了吗
为何不言不语
我知道你一声长啸
便可让混沌消散

在某个坟墓
某个君王以你为荣
在往事悠悠的风中
我以你的名义
为历史痛苦

血流成河
掩盖尸体的黄沙漫漫
你却如此寂寞
反抗者已把尸体备上

胜利者已把美酒饮下

衣衫褴褛的百姓
向天问雨的农民
为何他们不曾识得
你的光芒
如果有一天他们也擎你在手

野草勉强地为历史生长
戎马孤独地留在战场
襁褓中的婴儿
竟也慢慢长大
杀人　饮酒

持节守名的孝妇守着门户
老泪纵横的士兵归家无路

我倒是希望有那么一天
人们将你忘记
或是把我想起
如果一次远行就有一次哭泣
那我愿我如雨的泪水将你腐蚀
如果饮清江水
可将你洗净
我愿挥汗如雨为你掘一道新渠

伴随着车轮的声音和我的足迹
一边等待一边前进
如果你在哪天重生
请斩我梦中的白发
和人间的鬼魅

临风印象

能够哭泣的　只有我
止不住叶子的飞去
孩子的面孔的飞去
只有我　能放弃孩子的手
看着　夜色淌着血
漫漫坠入丛林
昔日谷底
歌声依旧
有如落日中孩子的脸
有如迷失于夜之怀抱的　行者的眼
这便是故事的一种结局
吟唱　微笑的结局
让舞者相信
雾色的旅途中
有情侣相互依偎
他们脚下的土地
带着潮湿疲惫的面容
向我走来

希　望

苦涩的希望
　　　消失于绿的天际
昔日江流的低吟
　　　从视线被阻的地方响起
如果　那不是母亲的声音

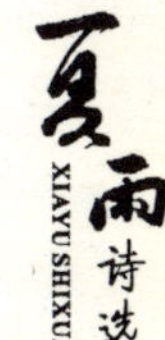

我便不会禁不住哭泣
如果　过了多年
断了线的记忆　仍挂在枝头
那是因为
当窗前的烛火快要燃尽
当眼睛不再记得光明
我所爱过的人们
依然幸福地活着
我所爱过的事物
依然完好地保存在那里

春天之前

我要走　然而没有什么理由
除非春天永不来临

春天之前　我要一堆孤独的火
烤一烤　因为血而潮湿沉重的白骨

他说　要受得住难以忍受的苦
我说　为什么

天是灰的　现在却只有黑的夜
可是归来时　也许有阳光　田野　孩子的爱情
骨头用来敲打
血用来流
眼睛用来永远地望
身体用来永远地埋葬

节日·十四行

我见证春三月的泥土流向
巨大的诗篇下　巨大的日子受着诅咒而奔走
不息仿佛比安息珍贵
泥土仿佛比脚印珍贵

巨大的骨架支撑巨大的日子
化石一般悲凉
用岁月的眼眶　打量
除此之外　什么也没有

你和我　我们　何以回避岁月的眼光
在无关紧要的节日里狭路相逢
在无关紧要的节日里彼此灌醉
灌醉一棵刚刚栽下的树
在节日后无关紧要的第八天　挥挥手
放它去　复仇　流浪　回故乡

老　照　片

他躺在地上，什么也不想，看着天空
他坐在草里，什么也不想，看着杉木
我伸手穿过死亡，握住他们的手：
也像白骨，也像春天，也像三月爱四月
孩子们除了笑，还会哭；他们也都会
土地压迫胸口，他们不会思考
他们咬住门板，一地羽毛，一地
追到天涯海角的血
漂着春夜，漂着木盆，漂着铜铸的头
我看不到你们的笔画

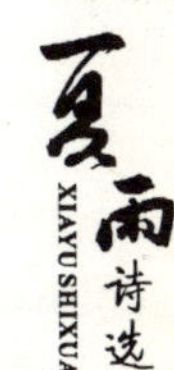

也许春天的约会是一种错误
蚂蚁开始活动了，开始躲避车轮
本来我该和韵唱几句
没有阳光，就用手指
敲着你们什么也不看的眼睛
听着草木搬家
我一向自称疯傻
从今夜，活着，等到酒醒
什么也不听
坐牢好过死刑，对吧
至少能在秋天之前
等到左脚痊愈，右脚开花

文　竹

四月　我想起你
我们终于死去
风和黑夜　老了
少年和小绿终于死去
孩子　我们要感谢黑夜
教我们怎样生存
孩子　我是你的主人
你是自由的死者　是父亲
我是你不认识的人
你是我瞎了的眼睛
四月　如果你愿意
我向你伸出手
如果你愿意
我们在四月认识了自己
还有什么愿望
一起点燃了吧
这儿有一双风化的手

一一为你实现
还有你的句子
回到你的部落
太阳这会儿不会再拒绝
你说　和一个人交谈了太久
已经冒了夭折的危险
可是　你不曾夭折
我们为了不夭折
已经忘却了言语
沉默到最后一刻
重重叠叠的一群房子站起来
代表一座城市
日子歪歪斜斜
走向祈雨的四月
我们已死
你已死
我还要在四月祈求雨中的幸福

梦　游　者

"像梦一样愚蠢"
说这话的人
从三楼俯视一棵树
好像他自己就是春天

春天死去的花朵
已经和衰老的梦游者一样成熟
如同我一夜之间走错路
回到灌满阳光和海水的墓穴
回到童年

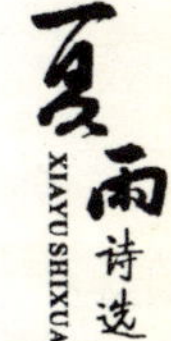

童　话

我不能再读
每一篇

也许　它们从根部长起来
经过了温和厚重的泥土

有一种光明
显然不排斥死亡

孩子梦中看到的光明
也曾是我的言语

眼角看见的美丽

我用眼角看见的美丽
首先吓了我一跳
鸽子成群飞起
剩下一片偶然美丽的凄凉地

背后的姑娘一笑
前面的姑娘便从梦中惊醒
翻书走进我的庄园
开窗遥望山顶的故居

我们缺少的仅仅是相遇
仅仅缺少彩色的风
还原历史中彩色的风景
当湖水像一片落叶进入绘画的眼睛
你就会想起
我们缺少的仅仅是别离

读　后　感

对于死亡和复仇
我不能说什么
我倾向于无话可说的无情和美丽

一本诗集
一声叹息
端起神话一饮而尽
摘下眼镜　我就一天天老去
戴上眼镜　我就倚着橙色的远方和童话
看风筝下的风景

岁月落地
我无话可说

过　马　路

是否有一天
　　下着雨
　　不再回忆已经失去的东西

就像　今天

　　五月的季节　注视流动的面孔
　　相爱的人　　不会相撞
　　过马路时
　　不再犹豫

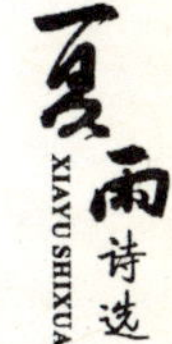

一季虫·十四行

春日将尽
我来得及时　去得匆忙
不要更多的落叶了　保留那些已经成熟的
从此我将不写忧伤

我将不写忧伤与黑暗
不写死亡　不写已经失去的希望
爬向本来沉默的星空
爬向你们挤满脚印的大荒

我干净　如　一季的虫
除了吃睡　没有别的罪
除了贫瘠　没有别的伤
没时间了
完了
青春　是我最后的模样

雨　后

让我告诉你
我们的眼睛　隔得太远
青山憔悴　绿水荒芜
何况是衰老的文字

所以不用写信

雨后的空气　默默地流
从今以后
我只看
风景

我为何如此聪明

孩子们写诗
写诗不如杀人
杀人不如吃饭
吃饭不如睡觉
睡觉不如不要醒来

自以为很美
自以为很棒
自以为很聪明

忘记了在地上爬的感觉了吗
还是终于成熟到可以面无表情地自我催眠了呢
凡是你的心脏爱的
你都可以用脑髓去爱
把世界分成两个
然后一边砍人一边微笑

房　子

诗歌死亡之夜
我的房子也要造好
面对着庭院　街道
面对着行人与天空的背影

我的房子住着恋爱中的杀人犯
我的房子庇护光着身子的行者

然而
我的房子也要随着诗歌死去

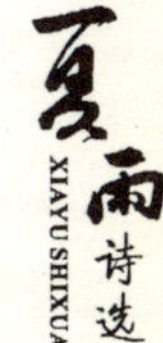

随着　落地的一对胳膊死去

开一扇门
坐在废墟里

写诗的人

写诗的人该去写散文
可是他们以为自己是诗人
诗歌是他们的王冠
如果他们的头不够大
诗歌就是他们消费不起的棺材

我和他们一样愚蠢
在电影院迷路
在海洋公园断送性命

贺双（2005级）　十七首

贺双：青年诗人，笔名北荒，曾用笔名红雪；1988年出生于千里淮河之源的河南桐柏，系华中科技大学2005级本科生；作品散见于《散文诗》、《诗歌月刊》、《佛山文艺》、《新诗大观》、《人民文学》、《三门峡文艺》等期刊，有作品入选《中国诗歌散文2006》、《中国当代新诗一百家》选本，获各类奖项五十余次；正准备出版诗歌集《灰口铸铁》。

落叶和雨水

向北，风愈演愈烈。雨是暗指
面对那么多不和缓的声音
鸟群一哄而起，这痒得入骨的动作

终究不能代替手指
在湖北，赶上些尴尬从东到西
风尘仆仆
从容的抽烟，从容的眺望冰雪
叶子在记忆里已经不容忽视
冬天了，冬天的时候
这些雨水怎么也登不上分水岭

该怎么分享这滴水

是谁停了该停的季节，这已经
不再同事发以前那么重要
该怎么分享这滴水
你几度张嘴，却闭口不谈
似乎这总是一个敏感的话题
换一种方式吧，我掌线你提刀
切走多少是你的问题
我仅仅是你和这个旱季的调和人

在高处缄口不言

在乡下的日子已经不再被提及
抬起头太阳就要落下去了
我忍受不了车轮碾过马路的疼痛
就像我爱的人在城市
穿越了人行天桥
风梳理着满地的落叶，杨树林
这些站在高处的兄弟们
不允许我探询的目光高过
它们秃头的梦和旅行
不安分的气息呵，我只能在
下雨的时候缄口不言

并默守一些忧伤的歌曲
这个冬天，我和雪花不再远行

里尔克的夜晚

天是很黑了，比你的胡子还要黑
可是，你说你看见了后花园
以及麦囤、老黄猫和一只遗忘了的塑料花
它们在夜里拥抱在一起
重新孵化出二十四个节气和三百六十五个日子
这样的晚上很冷，冷得可以把内脏点燃
你抱紧自己的手，站在墙边
像受了委屈，不肯把外衣脱掉
不肯把低头称作经年的荒芜
你只是把三年前悲伤的情节狠狠地抽了一口
很像个男人地，头顶天、脚立地

正午和第三只受孕的猫

山、大雪、贫瘠。背景不多
正午，羽毛成色不好
猫，携带着猫与寒冷对抗

发育还算可以，角度合适
不再害怕陌生人和烟卷
从南方开始，猫和猫的梦
白了一大片。弯下身
思考这违法的长相

空 心 爱

因为空心，我被处罚以流浪
和不配拥有爱情
所以，我不能用心回忆
不能静下心来工作
不能使用心计，不能随心所欲
我只能空着心傻傻地爱
因为我早已把心献给了你和大地
以及初见时的潜台词

冬天在转场

有些谎言被戳穿了
冬天，顺其自然地成了灾害的帮凶
在河南，一些道路和农用车开始伪装
开始谋划亮出底牌前的预演
多年的称兄道弟早已脱臼
冬天已在转场
从明天起，做一个恶毒的人
劈马、喂豺，忽悠世界
谁让我是一个爱和生活抬杠的人

汽车上的话题

我想这些应该属于火车，属于
一场意外的车祸。在国道上
我们谈起了某个朝代
以及朝代里没落的花朵
三十七年前你看到了时间的边界
如同今天一样清晰可显

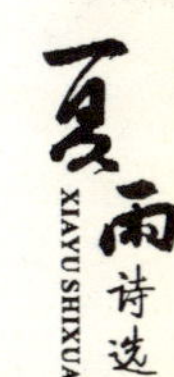

可是呵，出生的疼痛像是被诅咒了的
从上公路一开始，就显得格外低矮
我该怎么去描述轮毂带给你的殇
不能责怪雪，以及雪以外的事物
一月的角落里我们的高度有些误差
所以，我尽量避免哀伤的话题
所以，我们谈起了独角戏

记述元旦

一月的第一天就开始行骗，不论男女老幼
我都用大拇指挑了一挑，表示：
新年好，新年里多晒太阳
以免牙齿被蛀、思念和爱情变得粉红
第一天开始就挑食，不吃糖果和水蜜桃
你说这会使得话语柔情似刀
隐含着硝烟的味道。多滑稽的辩解
这是第一天，第一天已经过了大半
睡觉、做噩梦、被电话骚扰
紧接着恐怖和乞求的眼神堆积如山
呵，第一天里我怎么也度量不出
元旦这个名词有多长、有多宽

狐狸女人

在某一个朝代你接受了我的姓氏
这些在县志上没有记载
教科书上更是没有：那个夜晚
开了三朵异样的昙花
你从背后赶来。四月被关在门外
不谈季节与九尾狐
一些野草的种子蠢蠢欲动

在房顶咳了几声，这并不影响
我向你描述雨季的兴致
三个月以后
星星隐藏在自己的黑暗中
我信誓旦旦以家族的名义娶你为妻
不料一场大火从后院烧毁了诺言
奶奶说：是狐狸干的
我心里却一直默念：雨，大雨
就在侧窗上，花手绢上明显阐述
你倾斜走路的姿势很模糊
至今我也无法解释
你的吻多像一个邪恶的诅咒

男人的重复

他在屋子里安装电灯、床铺、大便器
之后，他会如平常一样，背起影子
到大路上等候黄昏时的一趟公交
他习惯了撞车、死亡，他的鬼魂
一直重复着昨天的动作、今天的动作
每天在房间里安装电灯、床铺、大便器
偶尔，他也会将纸叠好放在地板夹层
然后捶几下、吹口热气
他说，天冷了，给你些书写的余地

阿尔克莱和他的魔法

很久很久了，阿尔克莱一直在房间里练习魔法
他感觉到饥饿的时候，就打电话定快餐
是这样的，阿尔克莱的房子和他自己一样
处在闹市，却很安静。他习惯于
把自己变成一只波斯猫，迎接邮递员

而变成冷的蟾蜍，去拥抱网络词汇
他说过，有早一日，一定要发明足够的字体
以此迷惑沽名钓誉的人
可是，这些日子以来，他的身体大不如前
他顿感眼力锐减、毛发狂脱
有人说这是迷失综合征。像极了那些钢
银白而忧郁。所以，他更爱惜魔法
并反复阅读、写作、思考、操练
他梦想成为大魔法师，摆脱死亡的困扰
然后，就可以超生、与人间没有半点瓜葛

时光深处的淤伤

（一）

你在记忆的低洼处捧水照面
用空白的月光洒落一地的虫鸣
从此你的眼神变得沉重
并在夕阳下灼烧成一块青色的胎记
暗红色的伤痛漫过山峦，之后
泪水一如欢乐的浪花照亮你的坚韧
黑暗中一袭长袍于酒醉后独舞

这个时代里宽宽的车辙典雅悠扬
河流之上我们相视而笑
淡淡的渔火，这是我们的逃亡之路
没有马匹的护送
此刻星星下流淌着渐远的歌声
我们把色彩放逐于河床
把姓氏流放于大海深处的荒凉

习惯性地在火光里呼唤爱人的乳名
一滴水把时间冰冻在开裂的心房

今夜那位老人揣度着山巅的风雨
似乎流水带走的不仅仅是满脸的沧桑
还有深藏在陨石下某个年代的思念

灵魂背后，是谁在打磨遥远的丝竹
映衬镜子的只有老去的蜡烛

（二）

所以，那里的桃花都生锈了
梦境里白驹踏破涟漪追随着北斗的迷幻
我们于悲喜交加中抚摩难耐的诗句
在空无一人的春天歌唱古老的陶瓷
轻轻地把一朵紫云英也扯进了不休的争论

包括铺平的烙印、白骨、花的残骸
没有人放过，播种下去
一生中的哀怨被埋葬了
淤血一样消失后只是一点淡红色的斑痕
于是，马车里传出的永远都是一些荒诞的脉络
不可相信不可不信
幻影里死亡的只有满头阴霾的泡沫

打落满身的灰尘与泥土般的方言
我们在别人的檐下说笑着故乡的流言
马路上留下的既是希望又是一种莫名的悲哀
淡化了的液体娇艳地在额头恣肆
有时你不得不向一块碎石致以最虔诚的致意
——睡着的人是最清醒的梦游者

（三）

那年我为你的耳垂赊了一把月色
到现在我依然无力偿还这笔世界上最沉重的贷款
幸运的人依旧在冰冷的时空中猥琐度日

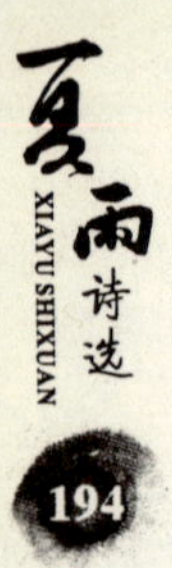

如河沙一样青翠欲滴地不可琢磨
我唯一能凭借的就是你依然能听懂颜色的耳朵
所以，我慢慢地在这条道路上画着无关紧要的词语
不为什么，仅仅是因为无关紧要

苍白的笑容裸露着秋风后的一场苦雨
扫落的还有年岁已久的音符
如火如荼。我们的歌声经久不衰

季节里飘荡着一张淡蓝色的信笺
似乎是雪落孤城的先兆
以某种适宜的温度在天空慢慢成长
突兀着的就是不满足的
该放开的时候却满手火红的伤疤

那一刻我开始凋零
你却捂着涂满血迹的胸口在风沙中小心翼翼的清洗
衰老了的没有人能够反驳

手　柄

是谁摇起了黑色的手柄
铺开了无际的黑暗
是谁转动了时间的手柄
收走了辉煌与耻辱

古井上同样古老的轱辘不再
转动　干枯成了一张老脸
就像石磨一样停转
不再碾着米和面
光滑的手柄
不再是一种工具

而成了风雨侵蚀的
久远的沧桑与记忆

换而来之的是
方向盘　鼠标　手机上小小的
键盘　点击出问候
发腻的话语
霉烂的文化
从一个角落开始蔓延
这是科技的手柄

夜　铺

采一缕春风酿成暖暖的毒药
推杯换盏，宿命归于宁静
暗杀桃花的人满腹都是爱情
他掏空内心的枝丫，并将谷仓一再扩建
直至可以容纳一只氢气球
眼看就要到了未成年
整个身体还在下降之中
季节有条不紊、色彩顺其自然
他的杂牌汗衫和性别也都还在保质期

喧哗就是无数个小数点

那是一个火红的年代
空气中长满艾草和纸张柔软
我偷偷扛走第一缕阳光
在干净的墙壁上奔跑
奔跑，从来不会觉察到危险与歌声短暂
越来越多地滞留
滞留于小小的悲与喜

滞留于陌生的减法
可房子远远不够
我们依偎在墙角不停地吐泡泡
七彩的，还有每寸国土都有一双大眼睛
它们在我之上
将死亡悬挂，像果实一一击中秋天
而我已预感到陶瓷盛开
预感到那些健壮的小数点必将穷极这一生

口　红

这些年，她的身体一直保持着下雨的姿势
这些年，灯光总是咬一口便碎
国土上的每一头小兽都在园子里倔强
它们闭上眼睛，就沦为故乡
并被她一一数着：
“一头星星，两只楼房，三条果实，四把红木梳子”
那时，她已感觉到温柔的风在吹
吹过山脉、吹过城市
吹过幽幽之水来到彼岸的桃霖杏雨
只是阳光一斜
整个青春都化为一抹淡淡的霞

黎瑞（2005 级）　十二首

那些都曾是我的理想

遗忘的梦想瘦成一条鞭，游走
化灭在一痕烟的尽头
泪水里目光抚摩着无法丈量的距离

7个女子
那是掩埋的很好的自己

清冽，属于深山老林纯净的泉眼
光焦，雀跃在金属上烈日的刹那
7个迥异的女子
那些都是我的理想

我在荒地上种满竹林
阳光浸染了粉绿的呻吟
于是
我掏空竹林的中心
竹荫，阳光
那些都是我的理想

燃烧的夜

夜的眼睛如此光滑
黑暗装饰起渴望的画
连绵含笑的树下
每个细胞都开成了花
你的手
点开了20年的宁静
同我的魂灵在最深的那一池游动
红裙沸腾
每一朵呼吸都旋转成琴键
挂在枝头
和着心动

你含着沙沙的温暖
在我耳边撩拨生命的柔软
我看见漫天的蝶　苏醒

从我们的身体出发

我的手在你手里

大手里面包裹着小手
怒放的颜色
在舞场里奔跑
你的脚步
流向我的脚步
清澈的二重奏
一路燃烧
月光开花
笑容飘香
不管我有多快
你贴过来
因为我的手在你手里

黑色的夜
有你白色的笑容
我们一起
走过不曾走过的路
天空破了，疯雨癫狂
奔涌的声音都溅落，死亡
我们仍在最初的地方
我们的吻
越来越长

我不怕黑夜
你的眼睛就是我的灯光
我不会寒冷
我有你的臂膀
雪花将遥远拉成的绝望埋葬

温软的红唇在玫瑰里开放
你的目光
在我的发梢
栖落　生长

幸福在我们这里

刀削的岩石
流血的夕阳
破裂而蹒跚的风
找不到曾经存在的脚镣
跳舞的阳光
歌声在闪亮
匍匐的花朵
海浪一样膨胀着绽放
裹着露珠的云朵
倒映着清水的笑容
绿色的
透过声音的心跳
热闹
幸福拥挤的地方

你的味道

摘下一片树叶
挂上一串想念
风中翻飞的
满树满树
沉甸甸　滴垂到地上

柳条闭着眼　绿了一湖又一湖水
桃花噙着光　酿造一瓣又一瓣温暖

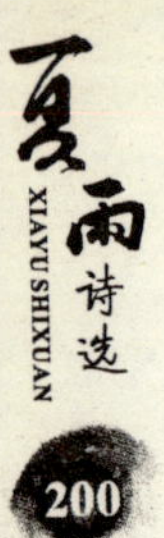

萤火虫的灯笼
昼夜不熄
在光的海洋　探寻你嘴角的笑
等候
姗姗的蝴蝶　叼起柔软的清晨
飘飘而来　一张床
你的味道　让黄昏和夜晚携手栖落

每一盏灯下　都有一个你
闪在远处　跳跃着流水的韵律
你的脸　伴随着彩虹　吹出漫天的泡泡

既　然

我看到过漫天都是星星的锦缎
踩着它走向无穷无尽的温柔
我也看到过黑色的风往暗夜里吹
一生的玫瑰在地震中断魂

既然我看见你盛满酒的眼睛
既然我吮吸你嘴角蜜的芬芳
既然我看见
一粒种子从你的树上掉下来
火一样在我的生命里开花
既然
你的手握住了就不再松开
握住了　未来的 80 年

我不要在雾中徘徊
思索是否到了一个结束的季节
我要把耳朵贴上你的心
每天听听灵魂的声音

我要你铭记
你的脸
挂得住整个世界
却挂不起
一句话
一个眼神

你的脸
是锻造千年的箭神

淡淡的害怕

时间是平平的镜片
转弯的角度映照你奇迹的容颜
溶化的目光蜿蜒着流淌
窒息到怕你骑着云飞掉
草莓在阳光下闪闪发亮
星空的眸子浸润着你的影像
不敢指染你经过的地方
假装你在这里停留已经太长太长
不知道你隐藏的过去
你的背后只有舞蹈着的阳光和花香
不知道你的心的色彩　游动着追逐何方的思想
不知道你漠漠的灯火
是否看一眼这火就灭掉
不知道怎样的害怕
潜伏在千年的冰底
翘首　遥望

为花而作

一（蝴蝶兰）

雨夜里荷露单薄的记忆
　清澈的神态
　　将沾染的目光，清洗
不带脂粉的眼泪
　　打捞旷古深井里千年的纯净
从红绿中走过
　　穿透沉沉的繁杂与灰尘的
惟有你
清凉
　滴落心底

二（洋兰）

日子走过青涩的季节
一缕一缕裁剪自己精致的触角
发散的
是目光走过的路
肥厚的汁水是自己年轻的手掌
也许该红的
该红了脸庞
但这是
这是一个青涩的季节

三

潮湿的装扮
女人身体里最隐秘的红
倒立在顽强的背后
伸展最初最初的期望
流在殷红里的热
流在身体中的母亲

四

泛青的翠亮
教人忘记　艳的流血
三叶风车转过稚嫩的春天
那一抹颜色
沁进去
又浮出梦境
湖心探出的尖尖的翅膀

五（大花惠兰）

教我怎么不爱你！
一团的热闹，结于阳光的亲吻中
暖暖的身体呼吸暖暖的思想
面对你的眼睛可以看到蜂蝶透明的翅膀
沾着梦香的金粉
荡漾　荡漾
荡漾的床头
荡漾的夏日知了的午后

是谁偷走了大片的时光

就像在风中摘果子，
回到家来，
手中什么都没有。
香中流着的颜色，
似乎沁进地底，浅浅深深地漾着失了形态的水波
是谁偷去了大把的时光？
晾在没有阳光的眼角，
怎么找？
怎么找也找不到那未生长的尾梢，
挑逗着猫的脚步，
蜿蜒着，

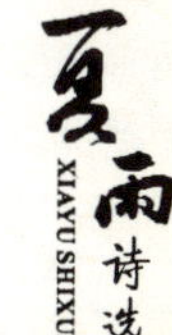

永远也不知道，
是谁偷走了大片的时光?

想和风握握手，
旁人的脚步留下枯干的曾经为烟的尘土，
不想走，不想去追赶前面的奔涌的潮流。
可是，
眼光可以一直流，
转弯，
苦苦追求，
即使风用折断的翅膀驮来滴血的夕阳，
眼光，
也转不回来，
挑逗着脚步的方向，
脚步，在血中流……

语　线

暴雨什么时候摧毁了空气的平静
又什么时候拂袖而去
揉出几丝细细的泪滴
抽成微风一样的绒毛雨
轻轻的谨慎的如同
初吻的颤抖
汇集滴落成遥远而曾经很近的节拍
隐蔽的伤口玫瑰一样绽开
摇曳着晚霞坠落的女人般浓烈
我的眼睛呵，你也开始寻求歌唱了么
那缀着阳光的
用闪光的叶脉编织的发辫
我让钢琴的气息在空气中流淌
透明地泻下淋湿的额头

我不曾想到容它栖息的花瓣
有着怎样的色彩
它在空中奔流啊奔流

窗外的雨沉吟不绝
你知道谁的耳朵为你而敞开
我将目光伸出窗外
纱窗过滤后它有些残缺
像空中打喷嚏的炊烟
我将眼睛很仔细地在液体里清洗
却总看不清对面墙脚的绿叶上
偌大的像夏天润泽的手掌上
是凝固着苍老的灰还是聚积了一串串香露
对楼摆出旅人的姿态
渗漏的低调要像复苏的春蛾一样飞掉
聋了的耳朵不再响起孩子的歌唱
冲破喧嚷混沌的欢笑
那滚落在岁月中叮当响的脚镯上的铃铛
深厚地沉淀
发黄的入土的爱恋

我很娴静地坐在窗边
像在湍急曲折的河流中醒来
我忘了我还会唱出鸣转在晨曦中的花香
伴着这雨蜜蜂一样的鼓点

终于我看见了一方天
在对楼断裂的东边
丢失了雷雨狂飙的节奏
傻傻地浮起前些天牛奶上的雾气
我是不是不可能把它染成镶饰着雨云的蓝色
尽管这纱窗负荷着绿

绿得像冬天的禾苗

我的欲望从蛰伏的阴沟里爬出来
像雨天的蜻蜓绕了一圈
又回到写字台上
翅上沾着偷窃来的泥土和裸露的水珠

我准备埋下头
突然发现了写字台上的蚂蚁
匆匆忙忙

母亲的手

往滴水的玉笋里注入紫罗兰的香的季节
到了
那葱白　和年龄一起变老

亲吻过孩子脸蛋的地方
漂浮着　抚平女儿微微褶皱裙角的倒影

在孩子的嘴巴里
和缝纫机一样
灰尘也在那手中寻求庇护
她青春的光泽
纺成长长的彩布
照亮我，和我的妹妹

在我吮饱了以后
那双手
又抱起妹妹

如今

那手随着年龄一起干老
乌黑的茧
随着我们的路一起变长
指头
随着我们的鞋底一起磨短

那手，随着我们一起上路

每当我回到家
母亲把手放进厨房
再也想不起　还有别的什么菜香

只有在很久很久守望的背后
在疲惫的接近哭泣的时候
潮湿的角落里
那双母亲的手
复活了冻裂的心之后
悔恨的撕裂会愈加鲜血横流
但是
有什么关系
手指抚慰过的愈合的地方也会盛开紫罗兰的香

爱的圈套

燕子的丝线旋转成圈套
套上的瑟瑟发抖是露的光辉
滴水的洁白只在重重的压迫下开放
我的仰望夹在篱笆的骨朵之间
玫瑰的刺在我的血里茁壮
闭上眼睛黑暗在白昼里膨胀
我想揭开撕裂的天空的伪装
肥硕的鲜红麻醉了我的思想

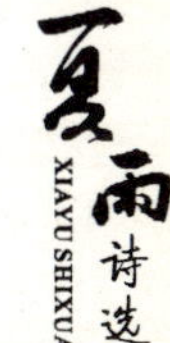

他说我中了狭隘的圈套
用自己的牙撕咬自己的灵与肉
然后纵身火海
凤凰在空中可以把爱看得清透
真相
绵延着大片大片的
忧伤

高福杰（2005级） 三首

致青年园

难道我不该
流露诗人一贯的哀伤
难道为了歌颂
我得将你打扮成俏丽的姑娘
不！我忠实的朋友
虽然，我语言的竖琴
也曾不得已把蠢货夸耀成天才
但是在这里，我只有清笛一曲
和着我真挚的感情之河流淌
拿去吧，在这静谧的夜色中枕她入眠
你就会明白，我对你的寸寸衷肠

哎！青年园，你这皱纹斑驳的老头
你有什么夺目的光彩，
曾让我年轻的理想滔滔不绝的向你奔流
比起充塞着严肃空气的喻园
你就像万顷绿波中的一朵花蕾
啊！你猜，此刻我竟发现了你的什么优点

是你苍老的皮肤上，岁月足迹的凌乱
其中，竟还有一丝浪漫的形骸

可是，从前我可不这么想
三年以前，当我的人生还近乎白纸一张
我曾从内心的最深处
赞美过你的风姿绰约

常常啊！
我迷醉于那弥漫着青草味的空气
恣意享受太阳神丰厚的惠赠
头枕着叶甫盖尼，
四围是和善的清风
仰望，仰望那自由的洁白云朵
翻飞在喻园瓦蓝的上空
常常啊！
我独自徘徊于那破旧的小亭
思绪跟着鱼儿，游过垂柳的倒影
水波上，一只鸟影飞快地掠过
掠过对岸上，被爱的美酒
灌醉的情侣们的头顶
啊！我曾多少次从心底，默默地
祝福那一副副纯真的魂灵

谁不曾经历意马心猿的年华
谁不曾为一个梦影而心潮荡漾
青年园，我可贵的朋友
在那段痛楚而忧伤的时光
我身处地狱，思想里却放着天堂
是你啊，一次次把我从萎靡的旋涡中救赎
用你少有的色彩斑斓，赋予我缪斯的灵感
我便歌唱，直到阳光

再次照遍我阴郁的心房

我怎么会忘记你呢，我灵魂再生的故乡
那生锈的松木，朝气蓬勃的玉兰
那天使般的一树雪白，那原始的泥土气息
还有啊，那
温暖过我体温的石凳
沁人心脾的栀子花香
兰草，鸟儿，游虫……
不，不会的，即使我不羁的思绪
不再为你的骄傲的容颜放歌
我也不会忘记
你仁慈的胸怀里的每个熟悉的角落

青年园，我的可怜的故交，原谅我吧
虽然，在这广阔的世界里，我
一颗真挚的心已无处飞翔——
去那儿呢？教室，早已
被无聊和沉闷的暴君统治
那里，每一颗优秀的头脑
都被戴上了冷酷的枷锁
瞧吧！我原本自由的双脚上
现今已戴上了无形的镣铐——
我也不再找你倾诉衷肠
你已不再是我疲惫的心灵之船
所栖息的神圣港湾
因为，你那英雄雕像的背后
已不再是充满欢愉的乐符
而是一群呆滞的贵重字母
连昔日那灵巧的鸟儿，如今
也在机械地摇摆它充满权势的头颅
唉！青年园

谁曾在这里燃烧过希望的烈焰
在这里，那理想的骏马
曾经在谁的心头驰奔
谁就能体会我那些永恒的记忆
谁青春的思想里，曾经编制过
那纯真的人生喜剧——
她的主角总是公主和英雄——
然后，又为你轻浮的现实屈服
谁就能体会到，此刻我沮丧的心绪

啊，青年园，我宝贵的伙伴
我青春的珍贵溪流曾经奔泻的地方
我最后一次向你倾诉心怀
也许我形体的足迹
还将从你的血管上经过
还将因你的姹紫嫣红徘徊
然而，我的心将就此告别
千万颗火焰在这里跌落尘埃
这一颗却始终未曾熄灭
看吧，他将从曾经自由的土地出发
经历一次生与死交织的流放
这一曲
不是他哀伤的挽歌
就将是他，凤凰涅槃的纪念乐章

嗯，音符的跳动即将结束
睡吧，我困倦的朋友
如果，你嫌笛音过于悲伤
那么，在黎明来临之前将她忘掉

傻瓜

让他们自作聪明地嘲讽吧
嘲讽那高尚灵魂的天真
好似那享着荣华的淤泥
嘲笑莲花的固执和热忱
不借这“高明”的嘲讽
他们何以证明自己的“聪明”

我曾播下了真诚的种子
收获的是欺骗和嘲讽的果实
然而，这有什么
我不过是损失了两个铜板
又被当做傻瓜讨论了一番
到底，我没有背叛自己的灵魂

可是，我忠实的嘲讽者
我实在为你们的“聪明”感到悲哀
你们到底想要什么
最终又得到了什么
是我一颗珍贵的真诚的心吗
她不是还在我这里
难道只是两个铜板，和一番
充满原始快意的嘲讽

你

你站在哪里
哪里就会成为动人的风景
无论是热闹的街市、平静的田野
还是无垠的大漠、荒凉的海滩

你看！都市的灯火多么明媚
可他们都在为你闪耀
繁星的服饰多么妖娆
他们都在遥遥地为你舞蹈
嗬！你是众人瞩目的焦点
周围的一切都是你——骄傲的女皇
——的臣民

那么，你还有什么不开心，宝贝
难道是华贵的皇冠不合你的心意
难道是昨日的豪宴不对你的胃口
你干嘛紧皱着双眉，小甜心，开心点
你的忧伤惊扰了所有的子民
他们都在手足无措的为你祈祷
他们发誓要找出
那个让你郁郁寡欢的家伙
好好地给他一个教训
“教训他也是活该！”他们都说
“谁叫他如此的胆大妄为……”

唉！谁知道你的心思呢？我的天使
你恋爱了。从前，你是骄傲的女皇，目空一切
现如今你是爱情的奴隶，你固执地
把他的黑色坐骑当成白色骏马
然后甘愿倾倒在它的膝下
犯傻吧！我天真的姑娘
忧伤吧！那甜蜜的忧伤
让你的那些护花使者，惊慌的臣民
让那些风月场的老手，玩弄爱情的蠢货
继续他们的游戏吧
你，真的该去恋爱了

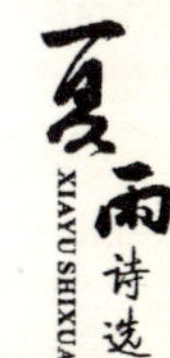

张占国（2005级） 三首

胡杨之恋（节选）

（获湖北省“一二·九”诗赛一等奖）

胡杨之恋
梦中被风沙刺痛
醒来却被那可怕的梦魇住了
那悠扬着的牧歌渔曲
那碧草蓝天　河流摇曳着的天界仙国
她四顾不见
黄沙漫漫　朔风浩浩
一切都在那里湮灭
最后只剩下些被砸碎了的瓷器瓦片
和剁去了棱角的残墙破垣
佝偻了跪立在原处

胡杨伤心了
她恍不过这千年的时差
撕心裂肺地哭嚎　流干了泪
于是——转过身
将脚步移向沙漠的最深处

那缓慢起伏的驼峰
驮着她沉淀千年的绝望与困苦
步子这般沉重凄凉
秋风一吹　秋霜一冻
小心着了金色的丝袖嫁衣
祭奠她那恍世千年的恋情
夕阳下

装扮得绝世妩媚
千年不减妖娆
脱了金叶的胡杨让这沙的世界模糊了生与死的界线

她——不再动情
直到守望成风沙中
最凄美动人的雕塑……

倒影·年华

是谁在轻声弹唱
那琴声蛰疼我的心房
那些关于青春的感伤
还是随它悄无声息地流淌

想忘记曾经雪一样的惆怅
可每当我抬头仰望
它们依然会随风一起
——轻舞飞扬

你说要离开我们粉红色的新房
你害怕亲眼看见岁月沧桑
再也触摸不到你那丁香一样的芬芳
如果明天醒来
你还是不在我的枕旁
我定会走向空无一人的远方
面朝大海

诗人说——
那里才是我一无所有的天堂

胡 杨 叹

（一）

草长莺飞的三月
美丽的楼兰少女在湖中沐浴
胡笳伴着牧歌　悠扬而过
胡杨吮吸着最甘甜的努力
幸福成了所有幸福的化身

秋高气爽
萧瑟中多情而灿烂
秋风一吹　秋霜一冻
小心着了金色的丝袖嫁衣
夕阳下
婆娑成最动人的风景

（二）

忘记了是哪个不确定的日子了
突如其来的狂风
肆意地蹂躏这幅图画
湖泊自杀了
风依然不依不饶地
找寻着这里蛛丝马迹的生命的迹象
然后毁灭掉
狞笑着走开

（三）

不——
胡杨的回答坚如磐石　振聋发聩
那气魄　那雄韵
顶天立地　直指苍穹
铮铮铁骨挺起金盾般的胸膛

而当一无所有的荒漠向我们袭来
我们的精神楼兰又有多少胡杨镇守

他——
会轰然倒地吗

邱季鹏（2005级） 一首

北　　方

（获湖北省“一二·九”诗赛二等奖）

我愿作一棵参天大树
屹立在北方的黑土之上
即便是狂风暴雨
也要把母亲故乡抓牢
抓牢对一颗心的信仰
抓牢最后一抹对着她的微笑

北方在我心中徘徊着
好像在我的树阴之下
寻觅回家路的孩子
他有点累了，要靠着我的
树干，小憩

在我的眸子里充满北方的期待
北方的风，月，山山水水
还有北方的人，都是那样亲切
一家人呵，肩并肩的前行
我愿用我的枝干为你遮风避雨，亲人

喜欢北方的冬天，只有那时
你才与众不同——雪，装点了一切
梦幻的心，就像梦幻的心装饰了雪的梦
而你呢？有着和雪一样纯洁的心的
姑娘，永远都那样晶莹闪光

北方，北方
北方有我的心、家和我的梦想
——要是一棵树，根总是向下向下
而枝叶向上向上
只要我的生命的要点，落在太阳的树阴里

我愿作一棵参天大树
但我只是一粒飘摇的种子
一路向南，向南，向南
砸进松软的土中，黄色的，已经
没了家的颜色

北方，布满皱纹的脸
我能看见她的泪痕
是喜悦的慰藉
她也看见我——一粒在南方出土的种子
旁边还有一点绿色的芽

张龙（2005级） 一首

忧　　郁

今晨
我又坐在这窗边

微风拂动这蘸满金色的叶子

昨日的黄昏
红与黄交织着投下一抹抹的掠影
每栋建筑物，每堵墙，每扇窗
都是灰色
只有灰色
无穷小构筑的一切
都在静滞

时空反演
红的，绿的，蓝的，紫的，白的，黑的
从一种色彩开始跳动
从一个音符开始流转

心的尽头
没有悬崖
而是摩天轮
从一个表情开始跳跃
从一种情绪开始扩散

深邃的双眸
洞悉一切
又被看破
安全
又
危险

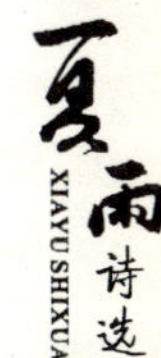

刘望舒（2006级） 十一首

年轮以外

（一）

年轮以外我有一棵树
雪白皮肤
每片眼神互递的叶子
航行于水的泥土

远行人在下一次冰季
续我前世的足迹
他将有美丽的蕾蕾的花树
雕成如缕银丝

（二）

我的风衣有阳光的颜色
和彩虹的七弦琴
一条清洁的柏油路
通向云朵

离开以后我写信
给湖水的月光恬静
给月光中许愿的叶子
挂满树叮当的风铃

（三）

绒绒的浅绿色你的邮筒
盛不满我远方的流动
瓷一盅琥珀杯吧
以你透明的叶子

比照你的形体于是有了我
我们相爱了　在年轮以外
我爱你湖中的影子
爱你的完美　爱你的破碎

（四）

我们永远年轻漂亮
白云永远洁白
路永远干净
写下了注定的失败

远行人航行在淡淡的忧伤
把最后一片叶子留给你
细细吹尖尖的歌曲
悦耳清绝的回响

（2008 年于济南）

平　安　夜

冷与饥饿住进冬季空的城市
如同每座冶金厂都住着瘾君子
每对车灯都住着距离
平安夜
月之蚕又织出一绩生丝
从树隙间擦过我瓦蓝的忧郁

爬楼的时候
声控灯撑起橘黄色小伞
又把影子还给黑暗
是一串上升的谎言
任我独自弹

（2008 年 12 月 31 日）

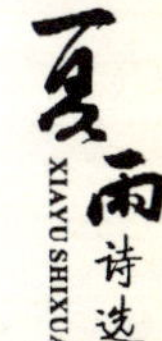

雾，从江城到泉城

大雾弥漫
我凭借记忆　行走
从江城到泉城

从三镇到半岛　从
橘瓣的三镇　到
窝窝头的半岛
胃口　由南向北
一次次怀念
一次次适应

变的是食物　房子和天气
不变的是习惯　乡音和雾
大雾弥漫
不仅在大雾弥漫的日子
流质的低空覆盖
与漂泊对应

敏感如一盏
灯　开始怀疑季节
怀疑伤感的头闷
记忆中
好像是若干年前
我躺在一个人怀里

好像若干年前　却
那么清晰
比黄鹤楼　大明湖
更加完整　更加具有象征意义

更加值得珍藏在心底

从江城到泉城　我
十九岁
语言冰冷　很多时候我喜欢
吃热东西　再吃
很多时候我希望　用
大雾弥漫　用
记忆
还原若干年前那怀抱的
体温

（2007年12月19日）

白马和落花

（一）子夜

寒声敲碎满天星斗
从一缕灯火中我已窥得
是夜重阳思念的心情

往昔急促的砧声
胜过许多琴瑟
而此时
只有铁轨模拟着
那种销魂的意境

（二）白马

牵着游梦的辔头
青山一对是联娟娥眉
梦醒却在迴马峰
勒马四顾紧蹙的眉峰

雨后残香惜故人

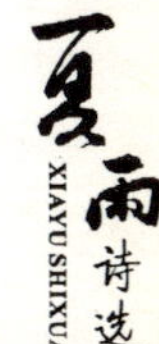

萧萧马鸣
应是在长亭和古道
可又怎能料想
今天是在短信里说
不送

（三）三更

陌生小站里走出
我的孤单
坚硬发光于镍灯尖端
刺破稀薄夜寒
这匆忙人流
可曾留意一匹失意的牲畜

我将属于哪条石凳
将在哪一版报纸上过夜
城市梦呓着寥落的街灯
已三更了
隐忍多年的街道终于扩宽
夜里车少　多么空旷
一如我若有所失的胃酸

（四）落花

你当恨我冷绝的笑靥
漫天飘落无声的语言
咒你断肠

之后　在重阳的短信前
潸然是冰凉泪眼
回忆昨天驻足芬芳
谁能拂尽枝头
残滴的灏露
寒了江南

（五）黎明

天气如妳展开的容颜
明净的湖面落花点点
妳远去枝头萧疏的背影
日期是农历九月初十
该分别多久
才得朝花夕拾？
只是城市又拥挤起来
小站变换着模样
看我流浪

白马和落花
亲切如昨
而我步履凌乱
从拥挤的人群里穿过
买票　上另一列火车

（2007年10月23日）

杏花时节

江南在杏花时节　细雨
一半以风的酒旗
一半以酒醒的柳堤
劝我　别从妳窗外匆匆
又惹起错误的黄昏

达达的马蹄
横了短笛　妳只是十年中
未曾醒来的那个春梦
未曾翩翩的蝴蝶
何年何月
才能打开画有秋波的彩翼

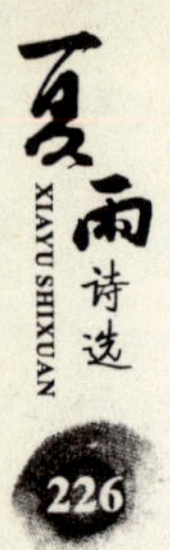

深深看我　眨眼

我将标本妳眼彩的回眸
收获来自每片多汁的绿叶　沙沙
投摇曳的幽影在妳窗纱
投我伫立一晚的消瘦
我一直在北方呢
如妳想我般　想妳
杏花春雨的江南

井上的日子

这一口深深古井　曾经
浇灌过多少年丰日足的
甘美回忆

是玉镜明如心　是眼神
是木桶里摇晃的月亮　是月下
斜身碎步　拎水归去的村姑
在飞溅黄昏　石板小路
通往一窗含笑的灯火

是持瓢纤纤　映出一弧
一弧美丽的侧影
是回头欲看时盈盈一拂
如水流苏　泠泠
惊落井壁上偷窥的蟾蜍

是簪花笑里　渐渐
远去于柳词温婉的韵步
是弹筝酒歌　一滴泪
为谁　莫名地滑落

独倚井栏残缺地细数
片段　片段
断裂成井上多苔的青砖
自从岁月老后
风把井水也生出皱纹
雨把井水也酿得
平平淡淡

鸳鸯楼上望天狼

（一）

缭乱的　烽烟望断跋扈的苍山
枫叶火炬一样抬头
写着江流起伏我的横波
同整个北国
全都萧瑟了　平莽
降下夜幕

北朝的绣枕难拥
怕泪　涟涟濡湿新缝的鸳鸯
相对浴红衣的　鸳鸯
惊飞是我婉转的叹息

独上楼头　阳台
该有神女的云雨缠绵着
我久惯持针的手
引线的手　引相思的手
正扶着月色流动的栏杆

一颗星　汹涌地悬在额上
霰弹一般
把我点亮

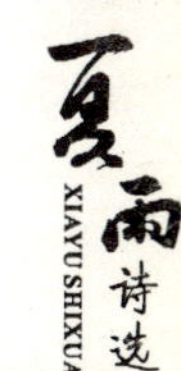

（二）

胡地的男人们　千年对于他们
可以用粗糙的笳声撞穿
可以用满是勇猛的大胡子
染一片秋霜　他们
像那颗星
神秘地注视着

血都是滚烫的　燃烧
荒漠间粗重的喘息
惊叫的箭镞　满雪的弓刀
马蹄翻过山川数数改道
战歌是　摇落边城的雉堞上
飞扬不息的黑云
是共穿一件战袍　寒冷的夜里
远方的梦骚动不宁
是鸳鸯楼头　我常想见的
一颗未卜的星

（三）

似曾相识的　是星光
满天　我已分不清究竟哪颗
预示着那个人　那些人
那些生命
朝代改过　信仰
如四散的鸟群　始终不见
枕边犹带宵寒的鸳鸯

而我亦不在了楼头　风雨
空飘起帘幕与珠铂　叮叮当当
当年的烽烟已静　当年
望断天涯的爱情　如此岑寂

山山水水　如此
但使千年梦一般破碎

（四）

如今我时常想见
那颗星　时常登楼又独自
下楼　城市万家灯火
交映着星群与汽笛
迷失了
千年　重重叠叠的纷争与箭声

遥岑远目　献愁供恨
我的横波流不断
过尽千帆的思念
总是在一个楼头有绕檐飞旋的鸟
翻飞我的心绪

我不敢　就如此轻许
把我的终身托给远方
怕又有了战火
怕你争我夺中　那人
如一颗星
哪怕我身有彩翼
也依旧　遥不可及

神雕侠侣

（一）你的掌法唤作黯然销魂

独臂江湖　等岁月陈酿
是背上青铜一把钝剑
低语多年以来那场爱恋

泪水以纯粹饱和了坚硬
你的掌法　唤作黯然销魂
在崖前淡淡的月色
有你不变的诺言

当走到江湖尽头　风烟俱净
淡泊如你飘萧的发鬓
或想起醒来牵挂的结绳
和她香渍的衣襟

（二）情花丛中你扔掉半颗解药

空谷　曾被你手指触摸过
那些花儿残留的疼痛
你会笑她傻傻的半颗解药

谷底的一束临风　躲闪掉
荒废已久的蜜语甜言
而把剧毒缠绵在体内
让你受着相思　受着寂寞

幽谷成型于小小错误
流浪在天涯的心甘情愿
若是到达　定会随风振落
丛丛嫣然的情花

（三）十六年后你又回到襄阳

执子之手在烽火凄惶中
谈笑　往事如烟
如襄阳城脆弱的关联

出招后溃退了狰狞的世道
她白裙飘飘　可岁月已老
结局以最沉甸的担待

成就了你们最后的爱

然而江湖再次被提起
在你身后　再次被我拼接
你若回首纷扰的武林
可会遇见当年的她

（2008 年 1 月 11 日）

中文系资料室义工

满壁橱辞书圈拢资料室的围脖
方桌前手指在检索卡片里远游
转眼早过了春秋
认出是围炉夜话的时候，那人
却从笑声里抬起头
问
“诗”在谁那里

灰白的一瞥里笑声鲜艳
而我如木屉陈旧
八划的“诗”投不进
我七划的“围”字里
我希望
卡片上淡紫色墨迹写的名字
是你

用多少年沉默才能换来
一张卡片一本书一次的约定
再用多少年的搬迁与丢失
飘零瀚海
谁记前缘
水红色你笑着云散开
水红色窗外缤纷的雨

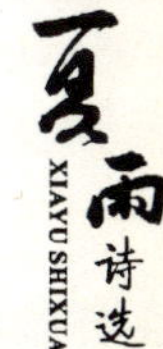

苏

一切安静，当肩并着肩。

苏，世界在外边，
其余完全过滤，只我和你
如此透明。如水珠，接受一道虹，
依次旋开了色调，
彼此区别，没有距离，同生，同灭。

苏要开花的步履，要雨
一生只一次的暖。
初萌了，言语；却尽是毫不相关。
碎絮在风，我们在闪烁的晨曦。

走着短短，可时间的潮将退
小径三月里，
袭你我衣襟上犹清凉露水。
停下在门前一时沉默，而往后
没有谁会再提起
你的，我的，我们的季节。

（2008 年 3 月 6 日）

读你的诗

爱在初秋的思念
雨湿桂花香
水堤上
优雅飘过水红色轿车
我也不能
像广告里那样

半是凋残的心荷
一如往昔般写不完眷眷
昨日　你的诗
像一阵清风吹皱

我只会跑步　打篮球
北方如火的枫叶
还舔我伤口
连人也瘦

（2009 年 9 月 27 日）

朱孝连（2006 级）　二首

放弃·信念

放弃
我一直坚信不疑的东西
它始终燃着我的思维
带着我走过了很长很长的路
直到日落黄昏之时
我选择了隐没

曾经
我在晨光中抚摸它
欣赏它美丽的花蕾
带着它，我仿佛看到了希望的原野
原野上有我跳动的音符
大地展开它的双翅拥抱着我
让我炽热的心款款绽放

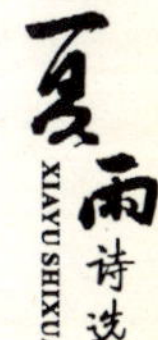

后来
我回到了围城
走在人群中，步在梧桐下
才明白
它，不过是雨后的彩虹
天马行空后的空中楼阁

如果
我的灯塔触及了万物的神灵
我的笛声给大地带来了污染
我的波浪掀起了平静的港湾
我愿意放弃——
只为
给那暗淡的土地洒下一缕阳光

自由的风

风儿是自由的
风儿是坚强的
风儿是独立的
风儿也是铁石心肠的

风儿自由地飞翔在属于它的国度里
不被世俗的情意所牵盼
风儿在它的头顶上创造出一片蓝天
在它的蓝天里——
疲于奔命
付出了　也忘记了
忘记了那些世俗都有的东西

风儿是特定的
它不按照常人的活法

它没有常人那样的思维
它活在自己的世界里
它活在自己的蓝天下
没有一丝的倦怠
亦不允许任何人去干涉

这就是风儿
让人敬佩且无可奈何的风儿
想要动摇它
犹如蚍蜉撼大树——
不自量力
唯有等待着
等待着铁树开花的那一天

只是那未了结的花儿该何去何从
那破碎的心该如何去填补
那遗留的荫翳怎样去看见明天的太阳
就连它自己都不知道吧
它只知道它自己的需要自己的要求
丝毫不知道别人的
这也是它——
自由的风
永远不为别人左右的影响的风

任苗苗（2006级） 三首

月　缺

偶尔柳梢枝头
挂成幸福的样子

却不为人知地
在追赶日暮散去的碎片时
走失
我只是一个落魄的留守
失落在明天的传奇
于漫长的等待里探开一扇扇窗
所有黑夜里关于温暖的梦
是被放逐的记忆
默默地
一个交替瞬间的距离

我不欣悦于永恒的生命
我只嫉妒一个花盘含笑的希冀

古典爱情

斜阳芳草
小小的　一只白色画舫

扶柳处
咯血成诗章

目光僭越三千里外的红墙
空荡荡的秋千
空荡荡的
一只蝴蝶　悄然歇上

红烛剪影成妆

又见

路　蛇一般地蜿蜒
远方而至面前
仿佛稍一触及
就会冰凉地滑进草甸
无数条
它们将这南方冬日
漠然夕阳下的田野
噬啮成棋盘
无人对弈
然后听浩荡荡的风
浩荡荡地呼啸而过

衰草　星星点点斑白的容颜
风尘仆仆
是岁月里空留的一声微叹
远比寒冬里的星空黯淡

二十年的沟坎
只一脚　就跨了过去
只一脚　也就是那二十年前的
夏日傍晚
放学后的游鱼一般的活泼姿态
那些如青丝般　如秋水般　如年轻女子般
细细长长柔媚的夏草
叫不出它们的名字
然而一次次
在一个个于背后掩嘴偷笑的密谋面前
轻轻掀起奔跑的足履
在仰面倒地的一刹那

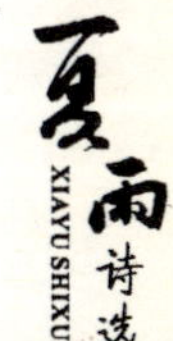

甚至没有疼痛
甚至只见那一番长袖出迎　款款而来的多情

禾场里
于一轮一轮荡起的绳巅
终于荡起月亮
而依稀的
从一堵一堵的草垛后面传来
二十年来梦中的歌谣与欢声笑语
而梦的花瓣
终于沉沉地落下去
沉淀最后一个旋舞
无声无息

郑清秀（2006 级）　二首

忆　竹

老家的门前，
曾有几竿苍翠的竹，
幼时的我们，
总在仰望中迷失方向：
什么，
没有谁，像你一样
将往事清晰地刻在关节上；
为什么，
没有谁，像你一样
把希望深扎在土地中；
为什么，
没有谁，像你一样

将美丽的花绽放在死亡的微笑旁。

解不开的结在岁月中松懈，
原来你和我们一样：
有着属于自己的秘密。
其实，你也在思考，
为什么这个世界，
我们总得仰望别人？

记忆中的那几弯翠竹，
终有一天，
在洪水中完成了自己的使命。
但是，
站立的姿势，
似乎又在诉说着：
来生，
我们将依然插翅云霄。

许　久

——忆汶川地震

许久，
天地都陷入了沉默，
唯有，
落日的余晖，
艰难地在山脊爬行。

许久，
日子只长叶不开花，
竟然，
飞翔的鸟儿，
也驻足在废墟上张望。

许久，
美丽的小屋不再有欢语，
偶尔，
撕心的哭泣，
划破了黎明的沉寂。

许久，
整个中国都在哭泣，
因为，
飞来的灾祸，
掳走了太多的美丽。

许久，
孩子的眼泪，
母亲的抽泣，
老人的叹息，
凝结在时间的间隙。

许久，
模糊的泪眼恢复明亮，
忧郁的脸庞展露笑颜，
沉痛的心灵重见阳光，
死者安息生者坚强。

许久，
天地陷入了沉默，
然而，
美丽不只埋在过往，
信心终将点亮希望。

高瞻（2006级） 一首

长大，是一个美丽的错误

曾经总以为，
长大，
是一弯成熟的微笑，
一个淡漠的过程，
一抹渐散的朝霞。
曾经只知道，
长大，
是一些谦让的话，
一种惆怅的心情，
一杯清香的绿茶。

经受了雨季的洗礼，
看过了花季的风沙，
我才明白，
长大啊，
是一次优雅的转身，
一片超然的心境，
一个美丽的错误。

朱敏（2006级） 二首

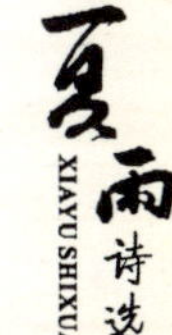

曾经的雪，如今的泪

曾经
她刚从空而降

你说
她像厚厚的棉袄
温暖大地冰冷的胸膛
你说
我就像雪一样
闯进你的心扉

如今
她已融化成水
你说
她像甜甜的甘露
滋润大地干涸的心灵
而我
却已像雪一样
融化成丝丝泪
但雪有融化时
泪亦有干涸时

雪——天使的泪

是谁，
浮在云端俯瞰？
湿润的眼神，
来自那无底的深潭。
是什么，
涌动了那一泓清泉？
那美丽的睫毛下，
为何是模糊的一汪？

那泪，
为何冻结成雪？
而那雪，

怎忍心脱离那双明眸？

雪，
是她的美丽心愿，
暖着她的心降落人间。

可是雪，
你为何落下？
是责任使然，
还是厌倦了……

董学美（2006级）　一首

我爱吃糖

啊
月光
你轻轻地洒在我身上
让我想起了童年的白砂糖
香香的让我向往
甜甜的让我难忘
啊
砂糖
每当我牙痛的时候
我就会整夜睡不着
睡不着的时候就会想起你
想你就想起了月光

贺莹（2006级）　一首

龙腾中华

岁月的风云一朵朵从我头顶飘过
记忆的尘烟一缕缕从我脚底升起
七十二年前的寒冷冬季
凛冽的寒风吹熄了长城上摇曳着的最后一丝烽火
一条巨龙有气无力地趴在地上　任人践踏
它的眼角分明挂着一滴鲜红的血泪

北平的学生愤怒了
他们的呼喊声如松涛般汹涌澎湃
全中国的工人和农民愤怒了
他们手中的铁锤和镰刀狠狠地砸向敌人的堡垒
一束亮光从古老的土地里喷薄而出
革命的火焰燃遍了大江南北
璀璨的红星照亮了神州大地
终于　金色的铁锤砸烂了旧中国
闪亮的镰刀收获了一个新中国
东方巨龙从此站了起来

和煦的春风烘干了巨龙的眼泪
改革的轮子带着巨龙开始奔跑
中华儿女们怀着对祖国的爱恋挥舞着如椽大笔
饱蘸着黄河的金涛与长江的碧波
一横一竖　一撇一捺　抖落万丈光芒
西部大开发的鼓点惊动了布达拉宫顶上的那只雄鹰
蜿蜒的铁轨爬上世界屋脊与白云一同嬉戏
神舟五号与嫦娥一号在太空中与月亮星星翩翩起舞

北京的鸟巢向全世界人民发出盛情的邀请

以史为鉴　开创未来
高举着公平正义自强不息的火炬
身披着知识经济科技革命的霞光
挥动着和谐民主千年文化的旗帜
中华巨龙　正在以光的速度腾飞

张会良　一首

楼　兰　梦

在我的窗棂
而我　决定将不再
不再像以往一样写诗
似乎是为了一种回归
或一腔撩人的乡愁
困惑了我述说的笔

追随阴郁的风
我忘了烟雨温柔的江南
忘了所有纠缠不清的故事
仿佛　今生唯一的目的
只为追寻
一个风沙漫漫的梦境

在雷电交会的刹那
我感觉到你　静静地
步入我的梦境
坦露无人知晓的秘密

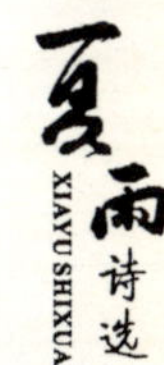

我像是一个无知的少女
无法了解　也不想懂得
历史的　千变万化与沉寂
始终不明白　是什么
让我不能在时光的阴影里
随你一同远去

我看见　曾经的我
在你温柔的怀里
舞出怎样的　倾城倾国
与　满地的斑驳
可如今　最熟悉的钟楼与神殿
早已消失在
最不经意的　回眸里
是不是　命运的轮转出了差错
千百年的轮回里
我始终与你　在命里擦肩
在梦里相遇
触碰不到　你　细致的
伤口与美丽

今夜　迷人的夜色
依旧如常　勾起我落在暗夜的回忆
而你　终不忍我的悲戚
在烟雾缭绕中　渐渐隐去

只要你愿意　我定能学会
若无其事地将你忘记
然后　在这个孤寂的
看不见银河的城市里
等着与你　再一次相遇

郭佳琳 一首

水 痕

秋风徐徐
杨柳依依
花瓣如浮萍一样飘零
淡淡的香味
夹杂着怀旧的泪水的味道
水草懒懒地在水底飘
柔柔的舞姿
诉说着弯月沉没的忧伤

秋风瑟瑟
杨柳依依
一只小船划过水面
溅起一串漂亮的水花
划出一道淡淡的水痕

这不是水痕
而是一道美丽的伤痕
是凝望渡口后化成思念的伤口
是交相辉映后化成一个人的守望
是守望失落后化成一个人的等待
是等待无望后化成一个人的眼泪
是眼泪聚集成的一条河

这不是水痕
而是一个甜美的回忆
一个回忆的痕迹

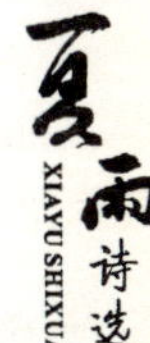

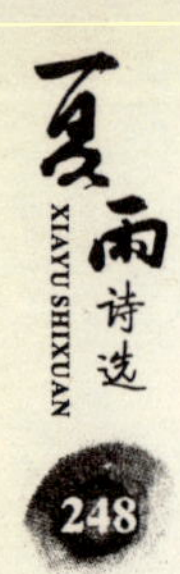

一个无悔的承诺
一个完美的伤疤

这不是水痕
当无望化成一个人的眼泪
当泪水化成一条河
当水痕被河水淹没
不必忧伤
不必难过

秋风依旧瑟瑟
杨柳一样依依
当新的水痕划出
当新的水痕被泪水淹没
是否还记得
那一道水痕

张鸿（2006级） 五首

眷之恋

潺潺的流水唱着
唱着春天对花儿的赞美
冥冥中
是谁
是谁鼓动着这爱的琴弦
在心的湖泊泛着粼粼波光
和着
那春日的丝丝日光
夹着

夹着那带嫩绿的草的新奇
把轻风打扮得如此富有气息
传送着孩子的
烂漫的欢笑的
亲吻大地的春烟雾雨
痴痴的爱
带着几分宇宙的神秘
和那永不衰竭的希望力
是谁打造了这个永不能
不能用天平来平衡的世界
但却选择了爱
世间唯一的砝码
冰啊　雪啊
走吧
永不停歇的走吧
爱的世界没有属于你们的
冷漠与仇视
在这万般温存中融化了吧
像那颗冥顽不灵的心
春发现了你
抚醒了酣睡的梦

那　院　墙

一

荒，洪荒，石与火的光，
河边的鹅卵石与土夯，
编织的竹藤靠着木棒，
缔造了整个部落的院墙，
白发的长者被围在中央，
他沉默地仰望星相，
一股无尽的豪气充斥着悲怆

一颗星陨落在月亮旁。

二

雨冲洗着故人无数的伤，
那院墙被青铜噬出的带铜臭的血弄脏，
风雨中的烂泥倒塌在路旁，
蔓延的草藤覆盖了那片曾有的辉煌，
那从火中取出的土块互相嵌镶，
在铁幕降下的夜晚他们浑身戎装，
夜晚的烟火拥抱着这片圆场，
被簇拥的大王混进了这片江山的赌场。

三

撬开这土块的是浑身铁骨的枪，
执铜戈的将士被四脚的怪兽踩在地上，
整个院墙被穿上牡丹的盛装，
彩霞般的女儿用羽衣在大殿上舞着霓裳，
高立的锥体是满盛的米仓，
颂扬者们来自万里以外不同的地方，
即使他们不曾会这般音腔，
那天堂的文明抄袭于这石头的院墙。

四

巨石在炮火中疯狂地燃烧着无尽的泪光，
那天帝的住处成了野蛮的屠场，
枪，闪着火光，不再冷亮，
那铁靴要踏平这红色的院墙，
狗被放进了赌场，
让他们疯，让他们疯狂，
那牡丹结出了罂粟的模样，
黑夜中只有你红烛闪着星光。

五

咆哮的龙吟震哑了那黑洞洞带孔的钢，
那院墙被插上了天使的翅膀，

黑夜的眼睛伴随着天上的明星闪亮，
我们拾起大地上的麦芒，
蜃楼的盛景中重新拥有了那院墙。

永远的太阳

紫日从西边沉了下去，
而明天，
一轮鲜红的太阳将再次从东边的地平线
冉冉升起。
永远的太阳，
上升下沉铁的定律。
自从人类诞生的一开始，
太阳就见证了他们的罪行，
战争、屠杀、犯罪，
原始的野蛮的自私，
都暴露在血淋淋的日光下，
太阳哭红了眼睛，
她看透了人类的罪恶，
但她却永不停息的重复着，
沉落、升起，
将一切罪恶沉没在历史中间吧！
让它们在阳光中凝结成琥珀。
黑暗的年代里，
太阳依旧照耀，
没有任何力量，
能用黑暗的黑洞去吸光所有的光明，
太阳永远让黑暗暴露在光天化日之下，
她无数次向人们展示，
展示黑暗制造者的无知。
密室、暗狱、神秘的金字塔下，
阳光找不到了吧！

愚蠢啊！
你们所包藏的黑暗怎逃得过时间的惩罚，
终究有一天，
你们会现身在阳光的普照之下，
永远的太阳哦，
还是会将他们的兽行揭发。
阳光火辣辣地直射而来，
刺痛我黑暗而深情的眼睛，
我要给你永恒的光明，
哪怕你暂时地闭上眼睛。
永远的太阳，
用她的能量驱动了整个世界，
到处是一片祥和，
美——
是阳光散射的七彩的斑斓。
像凡·高的向日葵，
它朝着太阳，
热烈激情全世界，
一切美在太阳的眼里都是金色的。
美和丑啊，
对你，永恒的太阳，
无不永恒的蒸发，
你蒸发掉了沉鱼西施之美，
你蒸发掉了卧龙诸葛之智，
你蒸发掉了夏桀殷纣之暴，
你蒸发掉了圣人思想之光，
连玄妙的道者也被蒸发得更玄妙。
我们的这一切来自永远的太阳，
太阳的光芒缔造了我们，
短暂的一瞬。
当滚滚的长江奔腾怒号时，
太阳依旧那么明朗，

见证了一切，
看尽了所有风浪，
太阳把世间演化的一切摄成了影像，
投进了浩渺的，
星系的海洋。
征服者在太阳底下，
将满是鲜血的剑直指太阳，
而后来，
最终回归了无边的沙漠。
有一个古老的神话，
太阳为了向地球示爱，
把自己的温馨无限地给他，
让地球的灵魂，
世间所有的生物，
去演绎一幕幕的爱来献给他们。
太阳，永远的，
沉落和升起，
直到……

祈　祷

当朝阳从地平线慢慢地爬上树梢时，
我一次次对着天空祈祷，
让风带你来到我身边。
你的芳香是风传送给我的你的礼物，
她缓缓地淌过我静静的呼吸，
我跪着灵魂去迎接这爱神的恩赐。
我闭上眼睛，
用心去聆听这尊严的施舍，
我是爱神脚下深深顶礼膜拜的一颗熟透千年的红豆。

当烈日火烤着我满头的疥疤，

我向着东湖潺潺的流水祈祷，
盼望着长江的流水将你流到我的身边。
你的身影是温柔的长江水传送给我的你的礼物，
她像一首远古的名曲，
静静地把我整个身躯沉浸在春风般的诗意里。
我打开心扉，
把激情的血迸进燃烧的心炉，
在爱神面前刑天扔掉了他噬血的战斧。

当落日的余晖映红了整个西天，
我对着红灿灿的晚霞祈祷，
我期待着明天的时间会让我们的空间汇合在爱的家园。
你是生命本身赐予我的礼物，
从遥远的太古代开始，
你的影像就雕刻在冰山的我的死寂的中心，
当我们从融化中苏醒，
佛就为我们安排下这份情缘，
而我只是祈祷你来到我身边。
夜空里的星星对着我祈祷，
永恒祈祷的我和星星成了一幅定格的画卷，
它们将两束星光投向了异地的我，
也投向了异地的你，
你的属性被记录的星光流向了我。
我开启着爱的智慧去探索这逃逸几百亿光年的奥秘，
只为了你的空间与我汇聚，
夜风是我撕心裂肺的呼喊，
你能听见这爱的苦行僧的阵阵诵经吗？
只要你细细的聆听，
你就会听到我的祈祷：
双手合十，
我对着自己的影子祈祷：
亲爱的影子啊，

请你帮我摆脱孤单吧。

梦想与回忆

花儿绽放的梦想是果实沉甸甸的回忆，
嫩芽青绿的梦想是落叶飞舞的回忆，
幼狮酣睡的梦想是狮王雄霸草原后咆哮在夕阳下的回忆，
叮咚小溪的梦想是星光下海洋安静的回忆；

成功的长者在安详中回忆，
年轻的智者在风云变幻中梦想，
穿越过时空的差异他们悄悄地汇聚；

白首时的回忆是垂髫时的梦想，
那是一种幸福，
垂死时的梦想却依然是别人的回忆，
除了遗憾，还有失望；

鸿鹄的梦想，
注定不能成为燕雀的回忆，
而那些燕雀的梦想，
也是鸿鹄不能拥有的回忆。

生命的历程，
除了渺渺的梦想还有幽幽的回忆，
梦想总是向着未来，
回忆总是总结过去，
没有与梦想无关的回忆，
也发现不了没有回忆的梦想；

绿色是塔克拉玛干的梦想，
而它现在的回忆却是许多年前的那片葱茏；

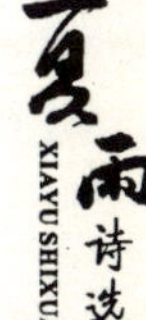

东非裂谷渴望变成海洋，
浩瀚的太平洋却渴望拥有一片土地；

爱的梦想会有温馨的回忆，
仇恨中梦想的回忆只会充满毒药，
善良的梦想过后会有幸福的回忆，
愤怒的梦想过后只留下充满失望的回忆；

主说：
阳光的梦想，
生命的回忆。

李岸（2007级） 四首

樱落

在这落英缤纷的时节，
一片花瓣，
悄然坠下，
在风中舞动绝美的风姿，
而后归于尘土。

那片花瓣，
缺了个口，
像是一个“心”字，
憔悴神伤。

我似在此时，
听到了葬花辞，
那娇弱动人的曲调，

诉说了曾经的浪漫，
或是现在的伤感？

低下头去，
白色的花瓣在看着我，
我也在看着它，
原来那洁白中还有些微红，
呼之欲出。

你是要隐藏些什么？
为何只给我个冷艳的表面？
难道是因为你知道，
这一切的美好，
都会如此短暂？

风又起，
我眼前又是许多，
迷离的花瓣。

二 月 十 四

浑浑噩噩，
听时钟滴答，
惺忪的睡眼看阳光遍洒。
又是一个晴朗的天，
可惜风有点大，
吹得春联呼呼啦啦。
一年就这样过了吗？
我空白的大脑似乎什么也没留下。
爬起床来，
穿起新大褂，
套住旧的我，

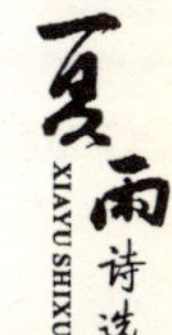

在异乡的寒冷中思家。
情人节大概到了，
房门外有人在卖玫瑰花。

那影子渐而远去，
我没思念的那个她。
看看节气是雨水，
老天却不肯流泪，
大概是行人逗乐他了吧。
但谁愿意逗我呢？
几条短信，
几分牵挂，
却更让我心乱如麻。
仰起脸，
风还在刮，
不停地刮。

驻　雪

是谁的箭，
射穿了那朵雪花？
让她在空中停留，
在寒冷的冬天，
在凄清的风中。
踩不到地的飘摇，
不能自由地舞蹈。
或是融化，
让心柔软，
感受温情的拥抱。
然而只是，
孤单，
寂寥，

看着同伴在身边滑落，
互相紧紧地依靠，
只有等阳光出现，
发出光亮的曲线，
让她蒸发，
死亡，
重回云间。
可是世界，
依旧白得灿烂。

干涸的河流

我路过一条干涸的河流。
他奔涌的热情早已化为乌有，
甚至从河底传来一阵腐臭。
这里曾经欢快流淌的，
是智慧、美德，还是生命？
为何会在河床寂寞地死去。
我沿着河流走向源头，
将未知的悲哀探究。

河边的人们不理会我的到来，
自顾自地繁忙工作。
有的，把仅剩的树木砍下，
运回家做棺材；
有的，将满车的垃圾，
一股脑地倒入凌乱的河床；
甚至还有些，
把屎尿往河中倾泻。

我想问他们为何这样对待河。
在他生前虐待他、污染他，

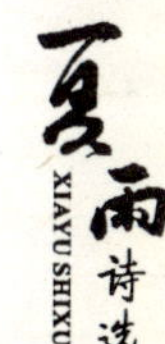

在他死后还要铺天盖地地，
用污秽埋葬他！
清澈见底、游鱼成群的河水慢慢流干，
取而代之的是工厂排泄的黑水，
鱼虾全部死亡。

我不忍心看那鲜红的血液再也不见。
流淌着污血的血管，
还会继续污染静脉、动脉，
直达心脏。
然后大脑缺氧死掉。
若是我，
宁愿早早死去，
也不愿变得肮脏。

当长江、黄河、太平洋变成乱葬岗，
我们能去哪里容身？
当猜忌、咒骂、陷害横行，
再怎觅纯洁心灵？
干涸的河流，
难道预示着人们未来的命运？

我路过一条干涸的河流，
我路过一条条干涸的河流。
人们就这样毫不在乎地毁灭着，
然后等待自己的毁灭。
从心灵开始，
腐蚀全身。

河里的“水”在人体中流淌，
将人变成一具木乃伊，
冷眼面对一切的一切，

静默地沉没在这干涸的河流。
只有反思、找回清流，
才能驱除干涸，
才能把自己拯救。

黄书文（2007 级） 二首

梨 花 落

思念的风
吹过了古老的山冈
那梦中的村庄
依旧的安详
门前的梨花
在风儿中绽放
在思念中谢了她的容妆

她是个江南的过客
在我的心中偶然路过
风吹过，梨花轻轻地飘落
飞到了稻场，飘到了山冈
落在她的秀发里，重新绽放
她的美丽，就像我的新娘
梨花落的地方，就是婚姻的礼堂

她说：你是我爱情的殇
但我依然爱你
我已厌倦了流浪
相遇是个错误，但我的爱已无疆

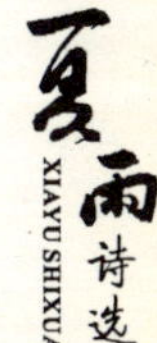

风吹过，梨花落
她的美丽，是我梦中的虹
我是个江南的过客，爱情在沉默中遗忘
无声无息的开始，又无声无息的消亡
逃不过她的泪光
逃不过恶魔的那张网

思念的风
吹过了无名的小巷
那依旧的梨花
在风儿中谢了容妆
飞回了村庄，消失在她的头发里
她的美依旧
我的心已沧桑

稻　草　人

我看到一个她
在通往远方的列车上
她站在高高的原野里
身上的衣带随风轻飏
朦朦的雾里，看不见她的面容
她伸展着双手
向着我的方向

我要走向远方
那里没有离别，只有千年的悲伤
到底是梦想，还是流浪？
我为什么要离开，离开我爸爸的家乡？

忧郁的汽车发出依旧的声响
昏暗的霓虹灯下，多少暧昧的眼光

锁起流泪的心，躺在路的中央
让魔鬼来践踏我的幻想
然后
像野兽一样的疯狂，把欲望画在我的皮上
把地球拿在手中，像魔鬼一样的张狂
这里是我人生的法场
多少个夜里
望着天堂的孤星
把眼泪，收藏在胸膛
我想和她一起迎风而立，或者一起飞翔……

我看到一个她
在回去的列车上
她站在高高的原野里
换了一身新的衣裳
远远的雾里，看不见她的容颜
她伸展着双手，向着我的方向

在外的漂泊是一场纯粹的流浪
在外的岁月是一种彻底的铺张
我让我的眼泪随风轻飏
就像，她的衣裳
为什么来去得那么匆忙
为什么你要在那儿依旧张望
命运的列车来来往往
我为什么，不能和你一样

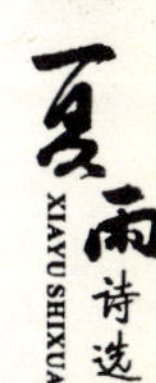

周舜尧（2007级） 三首

梦断何处

是谁　泛起时间的舟楫
　拽动了岁月的涓涓细流
是谁　挥舞少壮的意气
　旋卷入烟火的醉眼迷离

是那饱蕴凄怆的回眸
　描摹出记忆的消瘦
是那深染愁绪的秋鬓
掀扯起梦魇的悸意
是那点蘸痴迷的血泪
流尽了人生的彩瑞

梦断何处
烛残灯暗影无路
擎起醇酿玉壶
饮尽半生酸苦
梦断何处
尘浊貂旧形何助
掸去一衣憔悴
哂笑浮尘零碎

梦断何处　梦断何处
未觉绮愁散成丝
岂料莺曲难再抚
徒然寻觅一方净土
昨昔的沉吟

黯淡昨昔的笙箫
唯有今日的柔波
映照今日的长袍

梦已消
关河渐逝声名渺
梦已消
关河渐逝声名渺

生命的最后时刻

生命的最后时刻　你在我的身旁
留弥的光景里　你告我纯美的童年回忆
于是　纯白的花瓣散落至我的枕边
伴着你的发香
回光的一瞬间　你告我分娩的兴奋与怠倦
于是　殷勤的青鸟衔了香梓的种子
投在我的被褥上　萌出了相思的芽
呻吟的痛苦中　你告我相伴走过的辛楚
于是　载着我棺木的小舟在凄风苦雨里飘摇
跌宕着生命的旋律
我嗫嚅着一辈子的情深　企盼世上最美妙的触温
你的柔发抹在我的胸前　你用唇代替了苍白的慰藉
泪　陨在了永闭的双眸上　平息了风雨
这祭祀足使我安息
生命的最后时刻　你在我的身旁

蝶　恋　花

穿越暗棘丛生的百花园
我遗下了隐遁的血痕
穿越纷纷扰扰的人生道

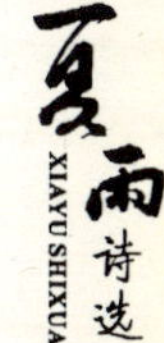

我遗下了消散的躯壳

我是蝶　满载几许春愁
我是蝶　盛负几多芳忧
我是蝶　难酌人间美酒
我是蝶　向往尘世风流

凭谁问　蝶逝花绽否
凭谁问　落红几时休
禁不住　绵绵烦忧
抹一缕花粉　披一身月华
饰数片彩瓣　缀几枚碧叶
熏以桂芳　染以丹红
蝶化人间　蕖出清水

京都名妓　装潢我的躯壳
笙歌曼舞　敲打我的意志
灯红酒绿　磨损我的气息
缕缕香烟　束缚我的灵魂
款款佳肴　遮盖我的心韵

月染孤楼　凭栏把酒
霜落遍地　花零如流
轻抚哀曲　无言独醉

不愿成蝶的我
终化成痴迷的花
孰知幻化成花的我
便是昨昔痴恋的蝶

蝶本已愁　花哪堪忧
蝶为花愁　花为蝶忧

蝶只知花的绮丽
岂知花的春愁
花只知蝶的痴恋
岂知蝶的悲秋

正如　蝶渴慕人的奢华
　人青睐蝶的轻盈
唯有　我
　背负了这双倍的忧愁
才深深晓得
　何谓恋花的蝶
　何谓怨蝶的花

蓝波（2007级）　六首

妈妈　我想回家

那天
我背着书包
坐在北上的列车里
告别绿的田野和青的山冈

第二天　醒来
我来到一个陌生的地方
这里显得那么庄严肃穆

妈妈　我在这个城市里孤独的成长
我看不见床前的月光
我看不见鸟的翅膀
我听不见溪水的潺流

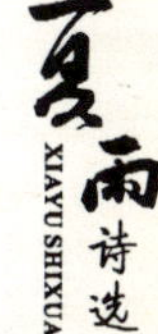

我听不见公鸡的啼鸣
我闻不到村庄的气息
我闻不到您做饭时的清香

妈妈　我是个病人
在我年幼时您给我的乳香里
您也给了我一种叫做思乡的病

妈妈　在这个经济危机的国度里
我觉得恐慌
我觉得迷茫
妈妈　我要回家
田野里有那么多的稻子
每一株都是那么健壮
有着金黄的皮肤　雪白的内心
它们迎着阳光蓬勃生长
我的灵魂也在泥土里生长
就像它们的根须一样
有一种离不开土地的属性

妈妈　邻里的小康（牧童）来了
他问　我回来了没有？
然后就走了
妈妈　家里的牛应该饿了
您替我喂饱

妈妈　我真的好想回家
武汉的天气奇怪得可疑
让人经常打哈气
我也无法逃避

妈妈　我想哭

不管是课里　还是课外
都是水泥　钢筋　混凝土……
我没有机会光着脚丫
感受门前田野的温暖

妈妈　每晚图书馆关门后
我被冷落在风中
无处着落
黄灯把我的影子拉得很长　很长
前方的路很难走完

妈妈　我想您
妈妈　妈妈
您带我回家

化　笛

倘若你从这走过
倘若我躲在角落
你我从没见过
也无须承诺

假如我站在叶脉上等候
假如你恰巧漫过
我愿意在你面前飘落
在阳光下伴你一起游走

如果我没有过错
如果时光可以回挪
你也不会不理我
我也不会独自担忧
你给我的那份记忆

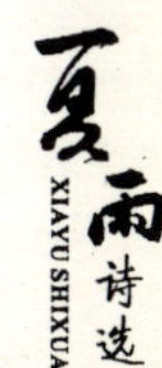

还在镌镂

假如
假如可以重新来过
我别无所求
只愿上天把我
化作一根竹笛
依偎在你温柔谦卑的嘴唇
来放置我无处可以放置的心
然后
我们一起演奏
人生的因果

凄　凉

傍晚的风
吹起路旁的落叶
落叶粘着滚滚尘埃
袭向我的眼睛
缠绕我的鼻弯
不明不暗的灯光
沁入我泛着迷离的双眸
丝丝寒意揪起缕缕思绪
我闭上双眼
不知道你有多远
这时
黑夜更是凄凉

窗　外

窗外
最熟稔的朋友　小雨

温柔地颤动着
　累了
是飘落深谷去的
你无意灌溉蔷薇
　却画出轮轮圆圈
把你关在圈内
也一同把我
　抛在圆外

而当你
　优美的消散
冷冷地撕裂天空
散了又圆
圆了又散
　圆圆散散怎无穷？

你始终黯然缄默
　矜持在冷雨中
我只好脉脉地望着
　凄迷的窗外
同样的轮回

过　客

走在
　熟悉与寂寥的街道
秋天来到
蒹葭在田野里飘摇
落红渐老
　车轮往前跑
大雁飞向蓬蒿
　小雨望风逃

我该如何是好

我从青年园走过

春风吹动了涟漪
涟漪似飘扬的星雨
　扑向对面的岸堤
那后起之漪
　又如丝丝绢绣
舞动着英姿
飘落在宁静的湖面
　投影于我沉淀的心扉
清纯的水波　在
　任意而行之风的呼唤下
　呈现出凛冽的表情
　水之上　有水之殇

　转过身来
　却发现
　平时走过的小径
　　更加幽长
　我挥手依别
　　曾经躺过曲谱的珊瑚树
　不带走
　　在青年园留下的美好
　我低着头　慢慢地
　　挪向另一个村庄……

李家庆（2007级） 二首

七 月 雪

冰冷的灯光，萧瑟的风
窗外是无尽的夜
一个人行走在夜色里
身后是孤单的影
我轻拂过每一棵老树
如轻拂到你沧桑的心
我轻拂过稚嫩的每一片叶
如轻拂过你如花的笑靥
我快快地走　尽管不知道要走向哪里
却迷失在悠悠的思绪里
这一夜我迷失街头
我多希望下一场雪
让我可以做一个卖火柴的小女孩
然后　许下好多好多的愿望
即使含着悲伤
可是
谁都知道七月是不下雪的
也许
她停泊在梦的某个地方
也许
也许她永远是个也许吧

少年与夏

从来不知道如何开始
在这个晴朗的夏日

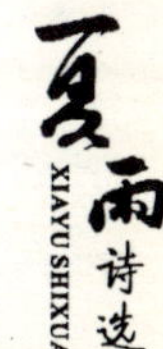

只是　只是
一切都已经开始
阳光暖得让人心醉
绿色开始征服世界
燥热的风轻拂过
一张张少年的脸庞
青春张扬
只是
有一天
少年终将不再是从前的少年
当所有的激情已经谢幕
青涩的泪水开始起航
在那个古老遥远的夏日
是什么将此改变
在那个回不去的过去
是否还有曾经坚持的信念

李俊（2007级）二首

花落　花开

泪洒花开的季节
曾经的寂美雁过无声
良久……
只把曾遗失的感动锁在心头
珍藏你窝心的微笑

岁月的车痕太深
喧闹的世界太过阴霾
花开……

花落……

再见，或许会永世不见
挥手也是对苍天的慰藉
等待……
徘徊……

花，羞羞地绽放
草，涩涩地萌芽

一米阳光依旧
穿透头顶的树叶
蒙上双眼
享受着另一种温暖

梦　想

渺茫的大海
在风雨中迷失了方向
漫长的征程中
向左走，向右走
哪里才是停泊的地方
风雨中
最初的梦想不曾坠落悬崖
星星在空旷的天际不停地忽闪
等待黎明……

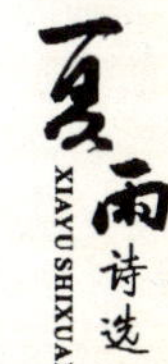

周晶（2007级） 六首

239公里之外

梧桐叶飘落了满秋
一池水冷清了晚风
长亭朦胧细雨
千里烟堤如影花迷离
乱了纷绪

青山北望
绝寂了千鸟齐鸾
雁字桥头
回音在百荷相残
一曲唱晚，醉晚如风懒
散纸为鹤，此夜越千山
最是此时
几多离愁几多感
惶惶夕阳西去
凉风习，云乍暗
忆梦里，石蹬恰若青石
池栏恰若篱藩
华亭恰若小阁楼
滴雨恰若摇篮
安静着，入梦一首澎湖湾

我将思绪拆散，如风飞翔
飞向北方，南方……

阳光与风

思念是一阵风
相恋是阳光

阳光洒满风
阳光洒满水面
阳光洒在阳光上
阳光洒满掠过水面的阳光
风洒在阳光上

将这一种温暖
在记忆里慢慢沉淀
阳光吹过风
风温暖了阳光

夜　园

月光忧伤
美丽，静寂

柔冷的月光
从树梢间落下，照亮了
广袤的，肃静的，哀伤的，宽厚的
大地
在丛丛的方碑背后
一片嶙峋的阴影
城市依然喧嚣，忘却了
回忆的沉默
冷落的
那一簇鲜红的花

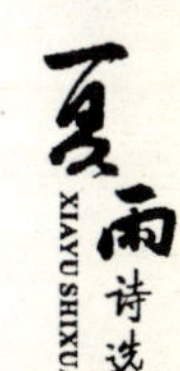

在遗忘的尘埃中
凌然绽放

流

2007 年 12 月 17 日，晨。东九楼外。千云散尽，阳光卷土重来。

梧桐叶飘落了满秋
携手柄枯黄
抓不住
瑟在空气罅隙中的，跌宕
飘扬而下，至
足底，青铜缠绵

几时间，桐华落处
繁花荨然升起
金色的耀光缀满大地
至湖边，至湖上
至风中，至天堂
粲然的火花次第绽开
天上天下，天下天上

惶回首，千百个太阳同时微笑
眨眼，幸福在几寸几尺外
翩跹

梦

两万八千里风尘路
梦里寻常巷陌
一抔黄土
温柔

两个孤独者

头顶的那一片
可叫做天
我看见自己的倒影
在天空下
果真是这般地
孤楚可怜

我说，嗨，兄弟
影子沉默
天空沉默
大地沉默
于是，我也沉默

翠碧的水面划开一道波痕
青鲫跃起
鼓着死去般灰白的眼
与我对视
一刹那，我忽然明白
原来你也同样地
孤楚可怜

我摊开双手，来，拥抱
他却又忽然
躲进了水底缠绵

吴晓妍（2007级） 二首

清晨之舞

清晨
生命的舞者　来到古道
踏过一丛丛迷离的忧伤
想不起
那是奢华糜烂的阳光
想不起
那是被放大又渐渐被忽视的孤独

奔晓的野花拥挤在枯叶间
——争芳斗艳，纠缠不清
它牵起一条死去的藤
走着　断了又续
一次次熟悉又陌生的同行与分别

童年——它自己也不解
如同青雾缭绕的远山
那盛开的香草　静静地
听山鬼歌唱

雾漫不经心地飘荡
从臂旁轻轻地滑过一缕寒

它久久地闭上双眼
——只见晨风
戴着面具　光彩夺目
——宛如一抹淡淡的桃红的笑
没有声响……

放月时光

我决心
再看一眼　这俏丽的月圆
——深呼吸
把空气埋在心旁

举目凝望
它又一次踏入我的走廊
——仿佛挽着记忆的手
漫步一段故事
漫步一道清冽的河

轻轻的　月光敲开了水面
涟漪藏着温柔的情愫
把月光送至某个陌生的远方
依稀是那桥边的雾霭
依稀是那遗失的朦胧

路边的白石椅
热气一点一点小心翼翼地散
——向时光一样的短
兴许　它的梦还在夕阳以西的河畔
悄悄静静地盼
——像时光一样的长

我恣情地望着
这一轮明镜
——你究竟负了多少似水年华

继续飘然地走着——

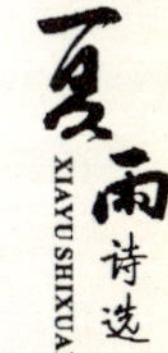

知道河的尽头
郁金香　依旧
风姿绰约地香
唯独少了当年那些诙谐的联想

它只是草草一笑
等待被放逐
还是那些人　那些事
那些糜烂在记忆湖底的肝肠寸断

孙海龙（2007级）　三首

中秋明月夜

一（堕落街小四川酒楼，班里十五个男生）

月圆秋气爽，
兄弟情重酒肉香。
费什么思量？
袒了臂膀、敞了胸膛、放开了肚量
且痛饮，
行乐无疆。

腹稍胀，
心微怅，
穿过夜街的嚣嚷……

二（青年园源湖旁，独自一人）

柔波漾碎了月亮，
远灯的微芒，割破了夜的安详。
孑行的我，寻了棵独立的老树依傍。

舞动的柳枝，摇曳的幻象，
倦眼的疲光，映出佳人的俏庞，
可是我梦求的新娘？
晚风催幽梦，
清酒入浊肠。
一生痴念伊，
老死不相忘！

三（宿舍楼顶，与三位朋友）

一腔焦灼的渴望，
一点残破的念想，
被呼啸而过的夜风扯破，碎片在月光的清辉里散扬。
月霜风露因秋冷，
天被地床纵我狂！
四个男人，失落的魂魄，在夜空的清雾里游荡。
没有方向，没有智商，
我们甘愿在今夜沦丧，
用醉语吟诉衷肠……

四（醉中）

月朦胧雾朦胧睡眼朦胧。
我思念，我看见：
我的故乡，我的爹娘，我的文墨刀枪……
我挺直我的脊梁，
我挥动我的翅膀，
我要去夜空里翱翔，流浪。

寻找我生命源出的村，
青青的牧场，成群的牛羊，夕照，笛声悠扬……
人间是我的圣殿，
爱与美是我的信仰！
不若解衣归梦：
喝我的酒，写我的诗，拥吻我的姑娘，
将我的幸福，安享！

祭

凌晨零点零分
猛吞了一口酒
燃了一支白烛
开启悲伤
挤不出眼泪

零点零六分
突然　居然　停电了
在昏黄的烛光中静默
了无思绪　如一尊石兽

零点四十三分
捧出幺姨的遗像　傍烛而放
给她光明和温暖
重重地跪下　硬冷的地板
举起酒　洒在地上　开窗泼出去
敬祭天地　也熏香别人的梦
摸出陈年的悼文　付之一炬
跳动的火焰如仙子的翩跹
焦煳味弥漫

一点三十分
再呷一口酒　内中焚裂
临窗而立
风在呜咽
隐匿了月余的雨　湿了夜
却无法润泽双眼的干涸
趴在桌上打了个盹儿

两点四十八分
烛火灭了
咽下最后一口酒
有睡意了
希望幺姨来梦里看看我

良　　夜

风如酒
醉杨柳
纷纷摇曳纤纤手
惹动吾心魂难守

月色山色扑面寒
松香泥香穿肠透
薄雾缓缓流

良夜幽梦相拥久
自然淡愁

刘超（2007级）　一首

离　　开

我的言语和我
簇拥一只瓶子的颈口
从火焰里飞出的虫子透视着我的肉体
我不恐惧血液被引燃
在夕阳下或者梦里兴奋地燃烧
我害怕蛇一样的冰冷和沉默

学会幻想，无视心脏的止息

我深入阳光和黑夜的秘密
血液暴烈的躁动
无法抗拒炽热，炽热里
一双紧闭的眼，像一尊重重的雕像
面对着一面镜子，我不停地走

无法敞开一切
只能暴露出一颗星星，一丝火焰
在注视中化为灰烬，延及到
我亲手种植的花园和点燃的大火
我选择一把明亮的刀子
从内部切入肉体
将鲜活的生命作为证明
和放弃

我不知道注视中的船行到哪里
第一次前行的时候，一只白色的鸽子
潜入梦中，一夜无话
在下一次暴风雨来临前要切断导火线
离开，带着厚厚的行囊

身体里的火不会蔓延到世界上
在体内成为一个孤独的太阳
照着身后紧锁的大门
离开，成为忠实的旅行者
寻找代表解放的红色
偶尔想想自己花园里
默不作声烧着的火

赵东（2007级） 一首

激　励

再次翻开历史，
我触目惊心。
光明前的黑夜里，
是谁，
让华夏大地弥漫战火？
是谁，
让祖国母亲在战火中饱受欺凌？
是谁，
用屈辱的协定让母亲又添伤痕？
谁能拯救你啊，我的母亲？
谁能撕开这黑夜，让华夏重见光明？
救亡，路在何方？
在迷茫微灯处？在黎明滴雨时？
恐吓吧！然后残暴的土城瓦堡，
永远锁不住爱国的心扉；
压迫吧！然后敌人的腐朽的刀，
永远吓不倒前进的青年；
忍受吧！然后强权的破翁烂桶，
永远封不住沸腾的热血；
爆发吧！
让我们的热血冲破封锁！
反抗吧！
让我们的壮怀溢满中华！
无畏的青年啊，
就让历史在十二月九日冻结！
听吧！

那是无数爱国青年的呐喊！
看吧！
那是亿万华人用热血染红的黎明。
流淌吧，我的长江！
咆哮吧，我的黄河！
用你们的声音，
混合着这历史的低吟，
奏出一首壮丽的救亡之歌。
历史啊，
就让这歌声历久弥坚；
历史啊，
就让这歌声澎湃激昂！
一二·九，
那是一盏灯，
让我们在漫长的暗夜里看到了希望；
一二·九，
那是一面旗，
让我们在漫长的救国路上不断探索；
一二·九，
那是一支号，
吹响青年心中那支永恒的爱国之歌。
这歌声穿越历史，
至今仍让人热血沸腾。
祖国富强，
这不仅是先驱们的夙愿，
更是我们新一代的追求。
昔有勇士救国难，
进我立誓兴中华！
待到我辈腾飞日，
看我中华更强大！

覃旦（2007 级）　一首

一只蚂蚁

一只蚂蚁
来来去去地奔走
你看他的步伐
总像是大商人与领导人的一般迅速
可是多添了几分散乱与踟蹰
他如此匆忙
每天每天
是为了寻觅　一点点食物
凭他的能力　他不能走直线
一下子到达目的地
当然也没有高瞻远瞩的视力
一眼便望见可以吃的东西
一棵小草
对他来说就是一座高山
他不懂得什么叫做休息　不懂得什么叫做享受
没有富丽堂皇的现代式房屋　没有冰箱　没有空调
不会唱歌　不会跳舞　不会去做桑拿
不会品茶　不懂得山珍海味
仿佛他生来
就是为了填饱个肚子
有时候幸运　跑了五百里
捡了个碎骨头　或者一丝肉片
就是全家族　最大的喜事
当然他也有过理想
比如爬上一棵果树
咬破那大大而红的甜蜜蜜的苹果

但是你知道　他的脚步是如此匆忙且无序
走上几步　遂忘却了那么伟大的事情
于是他就这么长大　觅食　再老去
再觅食
如果日子过得这么安稳　也许是祖宗千年积德而来的幸福
可是天灾人祸　是时有的
被雨水冲垮了房屋
被一只大脚板压去了一只胳膊或者性命
他住的地方并无什么蚂蚁社保和严正的法律
垮了就垮了
压了就压了
这些都是他所知道的
可是他和他的族蚁
还是每天每天这么
匆匆忙忙地奔走
奔走
为了一粒米　一丝馒头
他们活在这个城市的最底层
你或许不曾见过他们

朱绮绮（2007级）　一首

两　难

天上的雪爱上了地上的海，可是怎么办呢？
他们不能在一起，
于是，
冬天来了，雪从天上飘了下来，
溶入了海的怀抱里，
他们变成了夏天的溪水。

叮叮咚咚。

雪不是为雪而下，是为了装饰世界，是为了掩饰人的内心。雪飞走了，世界还能装饰多久？而人呢？

王璇（2007级） 一首

曼珠沙华·彼岸花

彼岸花，开一千年，落一千年，花叶永不相见。情不为因果，缘注定生死。

别碰我，
我是浸毒的红花，
寂寥在漫漫黄泉路，
寞寞看尽千年风沙。

我不是奇葩，
别说我没有牵挂，
花叶永不相见的咒怨，
千年一叹奈何其他。

曼珠沙华，
多少悠悠烟花事，
尽付茫茫风雨中。
缘起了，缘灭了，
你红尘中尽显风华，
却奈何怎样守住年华。

彼岸花，
站在海角天涯，
望尽尘世繁华，

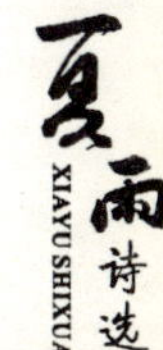

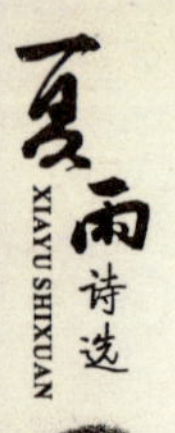

静默成远古的神话，
只为那已逝千年，
却注定永恒的情话。

宋潇潇（2007级） 一首

奇 遇

听一季的花开
我在晨光熹微中张望
……

曾经在这里相遇
是谁遗落了季节
在那个属于记忆的时节里
似乎听见了燕的呢喃

从花开到花落
我忘了江南的杏花春雨
也忘了塞北的大漠孤烟
误闯入眼前这一片繁花
空气里灌满迷人的气息
我闻到阵阵芬芳

于是，甜甜地睡着了
梦里，我是那朵骄傲的玫瑰
醒来，只见枝头最后一片青叶
和那
熟悉而模糊的背影

郭文强（2007级） 二首

梦 乡

夜幕
竹棚似的撑在地上
是谁
手里的弹弓
打穿了竹棚
打翻了那只圆的盘子
倾下一束月光
那月光掉在地上
溅成挲挲的蝉叫
那月光打在河里
浪花
却溅湿了谁的梦乡

秋天的早晨

雨停了
远处的山还没有醒
村头的木栅栏
一个人的脚跟
凉凉的晨风
浇成一肩守候
想赊一些春光
铺在
你来时的路上

严伟（2007级） 一首

永远的篇章

（一）

一张张稚嫩的脸呵
凝聚了
多少悲愤与伤痛
一双双羸弱的肩呦
背负着
怎样的重任与坎坷
那滩滩
流淌在岁月的长河中
七十载而不消淡的血迹
诉说着
多少愤慨与期冀
然而一切一切
却被他们用心底的泪
铸成一道道
震彻寰宇的条幅
“停止内战，救亡中国”

（二）

疲惫的双眼呵
已无力承担
太多太多的伤痛
而对多难母亲的爱呦
却沉淀在他们的心里
久久，久久不散
你看

就是他们
沥干心血的结晶
纵使桑田沧海
亦熠熠夺目永不消亡
嗬，兄弟姐妹呦
“一二·九”的光辉
将永远照耀着我们前行

代阳（2007级） 一首

孤　独

给予自己自杀的力量
创造自己跳楼的欲望
横跨于两者之间的是
美丽的心灵与痛苦的绝望
虫子不听鸟儿歌唱
那是它们的哀歌
鸟儿不敢向天仰望
那儿有它们心悸的天堂
只有雄鹰展翅高飞的地方
一切都是宁静与安详
然而那可能广阔的海洋却没有
没有那扛起世界脊梁的肩膀
我不禁要问
追寻那无知与烦人的哲学到底想怎么样
只是为了让自己更加强壮
还是为自己创造一个超越的坟场
将自己的身体安葬，让自己的灵魂流浪
纵身一跃，这个时刻依然清晰

流浪的人在喧嚣中，体会到的永远是孤独与希望
那时，太阳正在枯萎
花儿却在盛情开放
星火在黑暗中绝望
我们却从未为它着想
然而黑暗中传来悠扬的歌声
留下我的灵魂独自歌唱
与之共歌的我是激情与光芒
照耀在那窒息的地方
传递了圣火与高尚
纵然心未死
如影随形的依然是惆怅迷茫
他们带给我的
依然是无尽的悲凉
我属于一个无奈的世界
苍天在上
是我永远够不着的地方
远远望去
那白色的三重门预示着希望的灯光
透过监狱观望的我
站在了那安静，祥和的天堂

刘勤兵（2007级）　一首

那段风云岁月

九一八后，日本侵略者大肆扩张，东北三省全部沦陷。一九三五年，日本制造东北事变，并指挥汉奸殷汝耕在冀东成立傀儡政权，进一步策划华北自治，而当时执政的国民党却实行不抵抗政策……

终于，一九三五年十二月九日，中共领导下的学生爆发了“一

二·九”运动，他们高呼“停止内战，一致对外”，“打倒日本帝国主义”的口号，向人民和政府召唤着。它促进了中华民族的新觉醒，标志着抗日救亡新高潮之到来，还促进了国共合作！

“一天天国土的沦丧，
满耳是大众的嗟伤。”
那段风云突变的岁月，
充斥着骇人的殇。

哭吼着的黑龙之江，
匍匐在失去母亲的黑土之上。
那双双冒着阴光的绿眼，
是侵犯母亲的凶狠野狼！

被暴风雨击打的沃土，
汹涌着我们悲愤的黄河——古老的奶娘。
浩浩寰宇茫茫神州，
任凭那群禽兽横冲直闯。

挣扎着的北国，
风雨飘摇的万里城墙。
理应为家庭主持公道的长子
辜负了娘，
长喑着御敌的钢枪。

我遍体鳞伤的娘啊！
谁来为您祛除惆怅，
沉默着，
不是爆发就是灭亡！

忽然爆一声，
是七八点钟的太阳。
在伸手不见五指的黑夜，

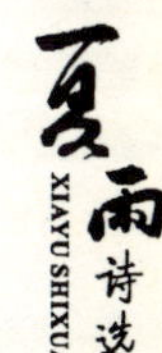

送来打破死寂的光。

那一刻，
娘的孩子携起手来，
谁敢撒野猖狂，
就对他剑拔弩张！

一二·九的热血儿郎，
朔风如刀割在你们脸上，
乌云如盖压着古国城邦，
脚下还踏着血雨腥风的疆场。

一二·九的热血儿郎，
肩扛着祖国的大梁，
手捧着民族的希望，
唾弃着邪恶的肮脏。

一二·九的热血儿郎，
依然大江东去，
依然千古风流人物诉衷肠。
可你们走过的那段岁月风云，
而今这首歌只为你唱。

刘哲（2007级） 一首

铭记那青春的激昂

那些年
黑暗之中
东方似乎并无一缕曙光

那些事
虽已逝去
历史注定铭记那青春的激昂

当黑夜悄然袭来
当白鸽不再向着和平
当九百六十万平方公里的总和危在旦夕
当消极与恐惧瘟疫般在那古老的土地上肆虐
巨龙啊巨龙
你却只是假寐
一切的一切
都归于死寂

终于
这沉寂被打碎
接着
如滑过天际的流星
如脱缰奔放的骏马
如离弦飞梭的利箭
如不及掩耳的惊雷
那片龙的故土之上
又展现出青春的生机

那些豪气冲天的学生
为暮年巨龙注入了年轻的血液
那群热血沸腾的青年
将近代东方的阴霾永远地吹散

于是
因为那段辉煌的青春岁月
面对苍穹
我们可以放声大笑

让中国沉睡吧
等她醒来
必定会震惊整个世界

刘蒙文（2007级）　三十六首

刘蒙文：江西省鹰潭人，华中科技大学船海学院轮机工程国防生，其作品多见于《华中科技大学校报》，“化成天下”网站和《瑜园》、《半坡人》等校内外诗刊，在湖北省“一二·九”诗赛、武汉市第七届“绿洲杯”征文大赛等诗赛中获奖，大学期间创作大量现代诗，热爱诗歌，崇尚自由。

站在麦地

（获湖北省“一二·九”诗赛三等奖）

痛苦是远方渐渐逼近的风暴
你的脸首先感受到一股灼人的热浪
隔开你的皮肤和水分
你强忍着疼痛不出声
只用磨破皮的手掌爬行
天迅速黑下来
你挣扎着没有了声音

为什么我要生在这个世界上
为什么要用双手走路
为什么我要不动声色地埋葬自己
为什么在越来越黑的夜晚
用更黑的干枯的眼睛
望着看不到的黎明
却依旧充满了无望的希望

我站在麦地的中央
质问着　我站在雪地里
痛苦地如同灼伤

历　史

在水面上记下祖先留给我们的
象形文字和用来钻木取火的手
如今我们迷恋的
是来自天堂的白鸽和花朵
抛弃了泥土　仰望天空
从我们脸上　剥落了敦煌的古老壁画
和蜿蜒爬行的斑驳的城墙
脚板上长起玫瑰和荆棘
向往太阳
沸腾的兽血中游动着冷却的本性
蛇与燕子在阴暗潮湿的洞穴中交尾
诞下黑暗之子
公孙轩辕的战车驶过蚩尤的身体
两条龙在搏斗

从我们身上褪去了几千年前的龙的刺青
除了身体我们一无所有
但我们甘愿从头开始
从地面开始
把浑浊的水当酒喝
当乳汁喝
一口气喝干
拾起掉落的智慧
重新思考
“道”——万物的本源
老而不死的智者留下

三千年的箴言
驾车而去
留下懵懂的无知的我们
和一卷等待书写的
历史

给 顾 城

我多么想要一片草原
一片绿色的　有绵羊可以放牧
的草原
或者一个小岛
可以用来养鸡
生下一个个白蘑菇一样的蛋
可以看着天上的云
写下几句孩子气的诗句
躺下　用帽子遮住头

太阳从头顶滚过
影子从脚下长出

你的膝盖
被荒草埋没
就像你留在河边的棕褐色的帽子
被河水淹没
你坐在树枝上
睁着大大的眼睛
像一只树熊
有许多许多
浆果似的梦

一片黄昏从西边升起

遮住了整个天空

你从河边的倒影
看到爬在水面上的蚂蚁
和水里跳舞的美丽的鱼

生活很远了

生活很远了　可是岛屿
不远
天空不远
你的白云不远

小　铁　匠

小铁匠　你背后的火光照亮了你的影子
打铁是否只是为了发泄

我的妻子是月亮
是那个挂在树上的女人
翅膀是水
在我最后一夜的痛苦中
成了载我离开的羽翼
我的妻子是石头
黑得像被鱼亲吻过的骨头
长发像鸟
散落在荒原上
唱着只有我能听懂的歌

而我则是一个小铁匠
抱住她颤抖的手
该怎样

才能为流了一夜的泪水找借口
该怎样
才能习惯黑夜和孤独

我是一个小铁匠
在日日夜夜的敲打中
把肉体碾成薄薄的铁片
望着月亮中不停的砍树的人
忘记来生

太阳的断想（二首）

其一

大地升腾起巨大的翅膀，
那双翅膀之上承载的梦想，
沉重得仿佛绝望。
晨舞中扬起的那双翅膀，
露水在上面闪闪发亮，
它升起的地方，
记载着不堪的苍茫和荒凉，
可耻的是孤独和悲伤。
一生不懈的追逐的华裳，
只为那一次放纵的飞翔！

其二

一声叹息，黑夜般漫长，
熊熊燃烧的火焰洒下第一缕曙光，
那只鸟的彻夜吟唱，
为什么逃得如此仓皇？
（越明亮的火光，
越有刺眼的盲！）
怪鸟在阳光下练习着舞蹈和惆怅，

凌乱的影子是发霉的思想，
盲眼中的践踏和太阳，
（方文山说）押韵，是最深沉的悲伤。

告　别

再见了，我高贵的
抱着七弦琴弹唱的吟游诗人
你的手指是否依然修长富有灵性
从琴弦上流下的音符
是否和从前一样，美妙而忧伤

如今，我就要离去
去一个未知的世界
那里有我梦中的雪山、蓝天和绿草
原野上开满了鲜花，骏马驰骋
那里泉水像酒一样流淌
碧绿的湖泊是美丽的钻石
我高贵的抱着七弦琴弹唱的吟游诗人
你的脚步一定到过那里
——一个梦幻的国度
你曾向我用你清澈的眼神诉说
诉说着，美好的故事总会有不幸的结局
带我去，我充满了期待
带我去，我高贵的
抱着七弦琴弹唱的吟游诗人
为什么你的眼中含着泪
难道，那打马而过的美丽少女伤你太深

情书

燕子给蛇写了一封情书
那是关于农业　无关爱情
关于所有食土者的福祉
关于流下汗水

燕子　燕子
飞翔的是风
你是风之子
如果我不曾飞行
那是因为我的头发不是蓝色
所以　我是蛇
我已习惯黑暗
记住　我们很久以前就已相爱
我是魔鬼你是天使
粮食是我们的儿子
吞下梨形的时间
开始等待世界末日

燕子　给我一封情书
或者一块石头
你的情书掉落到泥土里
不断生长　开出了太阳
为我破解情书的含义
我不说话
只默默地聆听
仿佛聆听是最永恒的默契

彼岸花

花开在彼岸
所以才有人向往采摘
美好在远方
所以才愿意不辞辛劳

彼岸被雾笼罩着
像茫茫大海上没有方向的帆船
花朵盛开在凋零的时刻
凋谢在最繁盛的时刻
夜晚解释不清楚
它睡眼惺忪
比白天更容易忽略
我们永远处在迷糊之中
被一阵香气引领着我们走向庞大的深渊
面对自己
面对死亡

长途跋涉不能使我们更疲惫
早晨的光还是晚上的光
颓靡的和腐败的照样颓靡和腐败
彼岸比远方更远

破东风

我满壶的离愁
在萧瑟的西风中凋零
瘦马的蹄子再也承受不了
那天涯的遥远

古道依旧
断肠人已不在
琵琶再也弹奏不出一个完美的结局
琴声幽幽只有离别
被枫叶染成岁月的颜色

牵着你在荒烟曼草
行走
那如灯盏的等候
比月圆和烛火还要不忍

东风破了
谁来补
拉二胡的盲人在寒风中单薄
冷落了清秋节

数一数掉落一地的银丝白发
弯腰拾起
还在晃动的自己的身影
继续悲壮地前行

前行，那前方只有风
没有尽头

机械时代

卸下转动了很久的马达
卸下齿轮
卸下早已松动的皮带
卸下牙齿
和已经模糊不清的有裂缝的眼睛
我的零件开始老旧

锈迹斑斑遍布我的身体

每次重新睁开我的双眼
浑浊的老泪比给我滴的润滑油还粗糙
我坚硬无比的双手
如今变得腐朽易折
头转动的时候
咯咯的声音仿佛碎裂
黑暗吞没了我所有的恐惧
金属乌鸦飞过时掀起堆积的厚厚尘土
仿佛一丝光线
掠过死寂般的黑暗

然而我无法复苏
沉睡太久　所以我无法复苏

情　诗

多年以前，你从我身边走过
你的笑声惊落一树花瓣
潜伏已久的柔软的蛇从洞中爬出来
成为你柔软美丽的头发
我是那众多蓄谋已久的蛇中的一个
我在你头上
像一个死去的丈夫

我即将化成露水
滴落到你的眼中

或许你苦心孤诣
为了寻找多年以前丢失的嘴唇
挖过这个蛇洞

你失望地带着满指甲的血离开
血是我的
嘴唇却不是

那充满无奈的诗歌是我的
想念却不是

一场大雨冲刷着我们之间关于爱情的证据

一场大雨冲刷着我们之间关于爱情的证据
我们在雨中沉默地对峙
像两尊仿造情人节糖果的雕像
一尊甜蜜　另一尊苦涩
一尊充满了到处爬行的蚂蚁一样的雨水
另一尊开始像石块一样缓慢行走

你的眼睛里流出的雨水和我的头发是一个颜色
我的右手和你左手在雨中渐渐落入泥土
在这个乍暖还寒的季节
它们并不会发芽
只会滋长出一颗又一颗有着精美糖纸的糖果

我们就这样对峙
直到这场大雨过后
所有的证据被洗得干干净净
我们也抛掉所有似曾相识的情感
拍拍身上的雨水　形同陌路
一切都被雨后空气中的幸福所隐藏
地上只留下我们相向而行的脚印

——什么也无法说明

午夜飞行

离天亮还有一段时间
我们坐在石阶上
聊着彼此喜欢的诗人
坐等天色变黑

黑夜来临的时候我们启程上路
穿过森林和草地
在广阔的幽蓝的夜空下
我们被风吹拂的头发仿佛蓝色的羽毛
一片一片散落
在茫茫的夜色中

你沉默不语
眼神专注
你飞行的姿态无比美丽

村庄从我们下方掠过
我们散落的羽毛如同我们本身
轻轻地　像潮水般涨落
在黎明之前必须到达的
那座遥远的城市
此刻灯火通明
灯火——我们的眼睛
在夜里像一只猫一样睁着
注视着我们的到来

此刻夜色就是透明的蓝色墨水
我们是泅渡的鸟

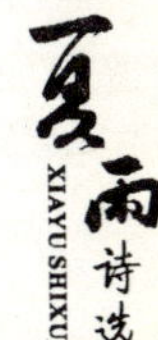

种植头颅

来吧，在自己面前
在横躺着的死尸般的海水前面
挑选一块合适的地方
割下对方的头颅
说声亲爱的然后种下

等待开花的日子头颅在地里渐渐腐烂
端坐着的主人浑身痛痒难耐
可能起身，转身走向身后的树林
捧起发臭的海水
也可能一直坐着
直到沉入泥土

头颅照旧沉默着不发出声音
青草匍匐在泥土上
照亮了它混沌的眼睛
一年一度，此刻又到了收获的季节
是头颅收获躯体
主人已经丢失
只剩不停收割的双手挥动

在春天死去

（一）

照顾好种下的花
撒下的种子
为它们浇水施肥除草
竖好周围的栏杆

然后出一趟远门
再也不回来
在遥远的地方孤独地死去
在春天死去

（二）

带着对木头的怨恨
行走远方
带着对美丽新娘的宠爱
我将一去不返　并从此消失在干涸的季节里
在大雨将至的前一天晚上
做好一切打算
将自己的肉体划分为内外
带着满肚子的花瓣和果实上路

（三）

在春天的荒原上满足地死去
死后的躯体将逢一场充沛的雨水
浇灌我新鲜而年轻的躯体
我紧闭双唇睁大眼睛

我想再看一眼我的花园
玫瑰花的火焰和百合花的清泉
再一次在脑海中勾勒一遍
你天使般的样子
然后可以义无反顾地离开
我想就这样动身
不带行李
只带一部诗集和雨伞
在春天密集的雨点和雷声中
作一次仓皇的旅行

（四）

我伸出的嫩绿的双手

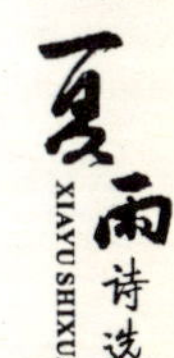

像两只精瘦的青蛙
在空气中鸣叫

双手之间没有青草
所以这不是一双开花的手掌
只是一对迷路的骆驼

在茫茫的原野上
这一对迷路的骆驼被追赶
其中一头长出翅膀
另外一头瞎了眼睛
跌跌撞撞地跑到我怀里

（五）

春天　春天是我的新娘
是一直住在我身体里面的美丽的新娘
在我费力地将你埋葬之后
我躺在你的怀中
我们拥抱
像一对失去了嘴唇的鱼
我们的嘴唇被安放在最安全的地方
作为彼此相爱的见证

约定好复苏的时间
让野花住进身体
野花是我的头
不是我的诗

一只猫穿过我的身体

黄昏　一只猫穿过我的身体
就像穿过一堵
用泥土筑的墙

那猫的耳朵
和我的耳朵一样
眼睛却更加透明
在那里面囚禁着两个我
一个在哭一个在笑

我被穿过
如一堵墙
我被一只猫囚禁在她透明的眼中
如一只鸟

那只哭泣的鸟这样写道
黄昏　我穿过了一只猫的身体
那只猫跟我的眼睛一样大

殉诗：给海子

殉诗的人行走在铁轨上
像走在冰冷的骨骼上
铁轨上面是风
风的上面是天空
是一片被焚烧的诗海
炙热非常

在他的额头上
有群山和荒原
河流和大地
有太阳有天空
有花楸树和麦田
有一群人围着舞蹈

行走在铁轨上

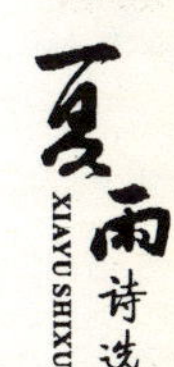

太阳炙烤着大地
大地炙烤着脚板
脚板写诗
被鲜血擦掉
如一只展翅欲飞的天鹅

瘦哥哥
瘦哥哥凡·高
你的手再也抓不住画笔
再也抓不住
那火中取栗的人

燃烧吧　将这一团朱红的颜料涂开
涂在我的身体上
让我从胜利走向胜利
把失败还给失败
今夜我只属于我自己

春　分

一片美丽的霞光像情人的眼睑
盖住了我的去处

地平线上
太阳——远征的马蹄踏过赤道
这片美丽的霞光将幸福和悲伤
分割成均匀的两半
两者是她的一对雪白的乳房
目睹他们拥抱亲吻
像素未谋面的敌人

羊群被马匹从东赶到西

而牧羊人坐在赤道
白天幸福
夜晚悲伤

像一个诗人一样悲伤

像一个诗人一样悲伤
在黑夜或晚上
割开自己的手指
点亮黑暗
用指尖微弱的红色光芒
倾听黑夜的心跳

黑夜啊，诗人是你的孩子
是你怀中流离失所的
弱小野兽

山峦和麦子
互相收割
而在暗处喝血长大的
是走在我们前面的影子
摇摇晃晃被风吹灭
我们行走如风
却总是在黏稠而坚硬的夜晚
被粘住翅膀

秋　　天

（一）

秋天到了，我要成为忧郁而孤独的鹰
我要成为一只高傲的鹰
在茫茫的原野上空呼啸着飞过

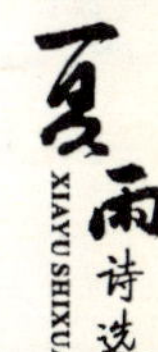

气流像子弹一样穿过我的身体
燃烧着我的羽毛
我的目光燃烧着整片平原

秋天到了，我要离开这个地方
俯视着荒原上的影子
树木，与河流
群山埋葬了我的理想

我的眼睛盛满了悲伤

（二）

秋天，我穿梭在泥土里
我穿行在河流与山脉的缝隙里
用自己的手掌喂养
一只只饥饿的鲸鱼

我没有见过任何一座山峰
像鹰一样飞过
没有任何一匹马
在四野茫茫的草原上踽踽独行

秋天，鲸鱼们安静地待在
我分裂的手掌上
干涸的手掌
鲸鱼们梦中见过的鹰或马
涉水而过成了它们自己

（三）

一片叫做秋天的落叶
和一颗叫做忧伤的眼泪
组成了我的身体

我们走向一扇旋转着的门
我们在沉默中走向一束光
沉默的是肉体
我们的思想躁动不安，喋喋不休
像远处挣扎跳动的夕阳

秋天是最后一个纪念日
秋天是最后一块悲伤的大陆
这片大陆上最后一个秋天来了
我们陷入了亘古的悲伤

吸 血 鬼

（一）

你忧郁的眼神像钻石般
发出迷人的光芒
在夜色弥漫中
你迷人的身影穿行在茫茫的黑夜

一生中从来没有这么地渴望血液
你的喉咙干燥而饥渴
多么希望出现一抹雪白的
美得让人窒息的脖子
用你尖利的牙刺破皮肤

眺望一个又一个月圆
黑夜禁锢着你疲惫的身躯
你凋零的棺木
悬在日落后的雾气森林中
新鲜潮湿的土壤发芽

藤蔓植物缠绕着古堡　十字架

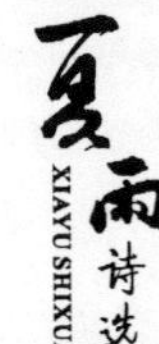

木桩上的鲜血已经凝固
远处大地蠢蠢欲动
用爬行了几千年的手　伸出
暮色降临
所有的生灵潜伏
嗜血的苍白色幽灵啊
吟唱你的诗歌
破土而出　等待下一个轮回

（二）

千年以来　你只在白天睡过
为了躲开那些刺眼　灼人的阳光
你只在自己的棺木中
闭上眼睛　陷入短暂的沉睡

当夜晚降临　雾气从地面升起
你的优雅的指尖颤抖着推开　夜之门
穿过人群　痛痒难耐

十字架　木桩　圣水　银器　甚至大蒜
还有哀怨的情人
在地面上枯萎
长满杂乱石子和坟墓的地面
没有你想要的爱情
只有悲伤的泥土和行走

这哀怨的生命绵延不朽
就像黑夜和白天
永不止息

（三）

多么哀伤　苍白的夜之精灵
多么忧郁的暗夜诗人

你是如此美丽的　令人叹惋的生灵
你在夜色中
令人陶醉的眼神和侧影
像一枝利剑刺入
那黑夜的胸膛

连黑夜也嫉妒　你的美丽
你在空无一人的偌大教堂
并不祈求宽恕
相反　你对着水中的自己的倒影
无限流连

我的身上长满了拔不出的春天的钉子

我的身上长满了拔不出的春天的钉子
我感到魅惑
这钉子深深地嵌进了我的牙齿和脚跟
成了构筑我的忧郁的骨头

我的身上长满了哀伤的风
风吹着拔不出的春天的钉子
和我一起遁入大地

这头恼人的受伤的鹿
面对站不起的伤口仓皇逃窜
那伤口是我撒下的
粒粒白光
和恐慌的双眼
我的身上长满了这种双眼
沉迷于各自的花纹
相拥而睡

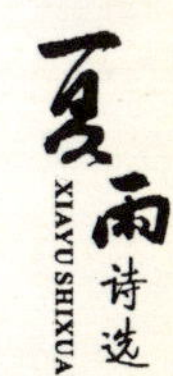

钉子
我的头颅是一颗坚硬的钉子
我的头颅经不起敲打
在春天庞大而广博的呻吟中
和风一起遁入大地

和陌生人的谈话

一个穿着黑色风衣的陌生人在入口处遇见
她早已遗忘的恋人
他飘散着长发参加一场不存在的典礼
在散场的人群中看到圆形广场在崩塌

她说　没有想到会在这里遇见你
几十年过去了　没有想到
我们相遇时会是这么一番光景
这会是一场离别的盛宴么
会是一次重新开始的机会么

他摘下头上那顶黑色的帽子
望向远方的天空和云朵
眼神无限飘远
他飘过来的言语就像梦呓
这是一场精心策划的葬礼
一次苦心孤诣的仪式
任何开花都会结果
任何不经意的邂逅
都会埋下种子

只是　我心爱的人哪
我们却已不再相识

这一对陌生人从遥远的异地
相聚　聊不了几句
便已匆匆作散
在他们窃窃私语的间隙
人群从夹缝中溜过
我茫然的回顾中看不见任何谈话的双方
只有瓦砾和尘土飞扬

青　春

啊　青春
你们所期盼的　希冀的　祈求的
你们所渴望的就要到来
我在遥远的乌有之乡
在高高的山冈上眺望
你们所热切盼望的
即将到来

一切都是暂时的
你们所受的苦难
双手犯下的罪行和梦魇中禁锢的形象
就要释放
像羊群　马场
像无数次呼唤的　惆怅
告诉你们
你们所忧虑的　已经过去
前方就是月亮
就是那诗神与我喝酒的地方
我们要乘着船
从波光荡漾的水面上过去
从飘满云朵的天空上过去
从自己身体内部过去

你们所盼望的就要到来

忘记那不堪回首的往事吧
忘记所有蠕动的伤痕
从山洞中出来
一起出发前往月亮
这会是一次愉快的旅行
越过群山　草原
你们所盼望的就在前方

今夜武汉在下雨

今夜武汉在下雨
像成群的眼泪在飞
成群的飞蛾
在路灯的光芒下扑腾着翅膀
不断下坠

夜色中赶路的
行人　像即将熄灭的萤火虫
撑着透明的雨伞
坐在郊区
夜色中的土壤冰冷
站满了沉默的法国梧桐

武汉——这个沉默寡言的妇女
不停地用围裙擦拭着双手和家具
在她的胸脯上
停泊着纷乱的脚步划过雨水

今夜　雨水浸泡的一座城
不属于任何人
今夜不属于任何一个无人的时刻

梦　境

我在一片长满了
手和肢体的原野上
在夕阳流过的土地上
我看到眼睛
一只只发亮的眼睛像陀螺般旋转
周围站着一群黑夜虎视眈眈
我看到一只从远方来的
流浪诗人
骑着白虎

这片闪闪发亮的黑夜
在大雨滂沱的夜晚独自表演
我看到湿透的雨伞
诗歌
开满花的肢体
我看到自己在一群黑夜的围观下
体态臃肿地跳舞
无头的流浪诗人微笑着
从白虎背上下来
他被雨打湿的额头像一块青石板
致命的青石板
他在用手上的雨水编织诗歌

我盲目地面对
任凭众人在我身上雕刻时光

失　踪

陆续地有人失踪
草地上玩耍的声响渐渐趋于沉寂
雨点稀疏
风渐渐止息

你在失踪的人群里
四处张望
不断有陌生的脸飘进
沉默的队伍
四周明亮而黑暗

你从喧闹归于死寂
从白天走进黑夜
你走过的路瞬间消隐
你抬头
看到天色苍茫
夜空——像一张落到水里的纸
开始融化

夜行的人们在茫茫的雪地
像瞎了眼的骆驼

无人的城镇

秋日里我来到这座无人的城镇
荒凉　死寂的城镇

马匹在树下站定　热泪盈眶
成群的黑衣翻过屋脊

消失在围墙的尽头
熟透的月亮一个个挂在枝头
却无人采摘

满院子的残垣断壁
像河水一样蔓延的杂草和野花
酒馆里一片狼藉

我四处寻找
却不见一个人
只有孤零零的鸡鸣　狗吠
在空荡荡的巷子里回响

风吹过巷子
像一列军队冲进毫无抵抗的人群
从墙角苔藓传来的呢喃声
大于任何人的心跳

镇子里　古老的树木枝叶繁茂
在青石板的街道两旁
屋脊和房檐　各自装饰着鬓角

入夜　这座无人的城镇在风中飘摇
像海边的灯塔
而我睡在其中　无比安宁

毁　灭

一艘来自未来的星际战舰
拯救不了这个易于毁灭的文明
就像一杯水
扑灭不了一车燃烧的柴火

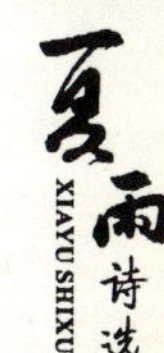

今日　那遥远恒星的光芒洒在
每一个忙碌的人的脸上
没有一个人仰起他们易碎的脸庞
去接受这份洗礼

横陈于地的伤口滋生着腐烂的尸体
这颗星球正在渐渐衰老
像一条河流到了行星的尽头
天空黯淡　星光渺茫
没有一支火把照亮我们空旷的头颅

一片垂死的暮色在大地上蔓延
黑夜中这个世界如此沉寂
远方的星光像烛火般摇曳

杀　戮

从人类到两百公里外被屠杀的野兽
从天空到光年以外干涸的海洋
徒步穿过无边的星空和沙漠
遍地用血写着两个大字　杀戮
我们在地面上搬运各自的残缺的身体
互相呼喊着名字
却只看到一张张无法辨认被撕碎的脸

天空的脸和海洋的脸
掩埋在地底深处的锈迹斑斑的刀剑枪
和血淋淋的土壤
将残破的纸张渗透

徒步旅行的人　路过枪林弹雨
回头张望　一张狮子的血盆大口

像一张旅游地图一样让人难以忘记
这样的日子
抬头已看不到太阳
看不到脚下的　影子
躺在炽热的火红的沙漠上
闭上眼睛　任人宰割

我需要一个上帝

我需要一个上帝
站在雨中
他不需要雨伞和诗歌
他独自一人把夜晚走遍

他宽恕我所有的恶作剧
那些躁动的日子里我犯下的罪行和血迹
被他仁慈的泪水洗净
我无知而胆怯的质疑
像利剑穿透他胸前的盾牌

茫茫的草原——他宽阔的额头
我需要一个上帝
他哼着天国的歌曲
从云中　从金色的阳光下来
放牧我失散的羊群

他看我的眼神像一个父亲
他用慈爱击败我的冥顽不灵
在黑暗的　无边的夜晚
我需要这个白发苍苍的
老人　用一本诗集盖住我的眼睛

他不讲多余的劝诫和唠叨
在冰天雪地里　他的语言像熊熊的火焰
而那些枯萎的　冻结的枝条藤蔓
我粗糙的手臂　伸向太阳烤火
我的上帝为我火中取栗
在冰天雪地里他行进另一个星球

才华枯竭

一位才华枯竭的作曲家和一个
很久没有写诗的诗人相遇
面对丢失的灵感他们相拥哭泣
他们互相交流以前的感觉满意的作品
并沉迷其中
发出由衷的赞叹
然后坐在一起　黯然神伤
像两位同病相怜的老人

他们步履杂乱地出没在荒凉的野地
用闪光的钢琴曲谱和诗稿蒙住脸
在雷电和大雨中他们等待死亡
钢琴曲谱死亡　诗稿死亡
这两位素昧平生的朋友坐在山坡上
像一对即将熄灭的落日

寒冬的地铁

我从寒冷的高空俯视自己的身体
那一条条白骨如坚硬的山脉
躺在每一辆列车的必经之地
每一道关卡　都是一扇死亡之门

运输在我血管里的
致命的列车进进出出
掏空了我的身体
我在睡梦中睁大双眼
望着空旷的冰冷的天空
仿佛从高空坠下　满身都是硬伤

这些忙碌的列车
从远方驶来
毫无征兆地
便穿过了我惊慌失措的心脏
我从来都没有真正搭上任何一班列车
即使它的内部空空
没有任何一个乘客
我独行在已经驶离远方的
铁轨上——我的身体内部
像一片薄薄的　无处诉说的嘴唇

冬天过去了
一定有一趟来自春天的地铁来接我
从此岸到彼岸
从出生到死亡
我一直在等待这趟诚实的地铁
将我埋葬

阵　亡　者

我哀悼的时刻如狂风般来临
我祈祷　呼喊
却未必有人听
我抬起戴枷锁的手奋力敲击着
厚实的坚硬的泥土

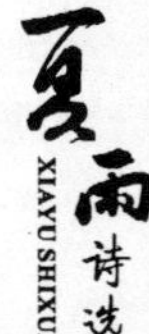

这音符却多了些许沉重的悲哀

大地如痛苦绵延万里
愁苦深似四月的大海
秋天——各处的阵亡者集结起来
用手中的枷锁
死亡的枷锁
去敲开尘封的铁门
走出暗无天日的囚笼
拥抱新生

而我　从天空迂回
再次俯视人间
我看到大地匍匐着劳苦的人类
和动物　各自啃食青草
山顶上站着征服者
手里拿着镰刀　收割生命
河流从西流向东
卷走了不计其数的时光
这些金钱和粪土
从来一文不名

只有阵亡者
在黑暗的坟墓里睁着发亮的眼睛
注视着自己腐烂的身体
归入永恒的沉寂

见　证

我所做的注定这一生将无比昌盛
如同河畔滋生的没膝野草
我见证自己从繁盛到腐朽

没有一刻止息
因为河水日夜流淌
我们任由天地四时支配
从此岸到彼岸

偶尔我们看到有神涉水而过
但是看不清他的尊容
只记得一片闪光穿过额头
像一只被射下的天鹅
掉落水中
我站在河畔目睹事件的发生
身体僵硬　一动不动

他步履从容　眼神荡漾
河水避让他的脚跟
树叶沾不上他的肩膀

我所做的　注定见证一株野草的一生
我看见我学步于神
却屡次摔倒
我被逆流的时光冲走
这一生　充满悲壮的荣耀

黄毅莹（2007 级）　四首

罗曼蒂克进行曲

（获现代诗组一等奖及湖北省“一二·九”诗赛特等奖）

（一）

一个转运风车，两个转运风车
一个人，两个人

在月老庙前
擦肩而过
不经意的回眸间
续写前世未了的情缘

（二）

无人的空街
两个拐角转进两个人
一个上行，一个下行
唯一的斑马线两边
准时地停靠了两个身影
凝神对望
是他们上世相约

（三）

那一刻
我在等你的脚印
一个一个清楚地
铺到我面前
在等你伸出宽大有力的双手
把我带到你生命的轨道里边
那一刻
我在缓缓走向你
一路祈求你，站在那里，坚定不移
把你的小手交到我的大手里
让我牵着你从海角开始浪迹

（四）

一条林荫小道躺在森林的怀抱里
弯弯曲曲
和着从密叶缝隙中出逃的几点阳光
神神秘秘
手牵手，我们闭着眼
感受大自然生命的气息

并让花香和鸟语带我们
任意前行

（五）

无边无际的大海里
南来的船只往北，北下的船只朝南
川流不息
岸边礁石上坐着我和你
背靠着背，头挨着头
听涛声滚滚而来，又悄然退去
直至潮水亦无声无息地靠近
才慌地提着鞋逃往安全地
这一路
我们的脸上都挂着笑意
我的手还在你的手心里

（六）

路灯与路灯光晕的交界地
一个电话亭里
拨往远方的电话还未响应
玻璃门外，天就开始下雨
每颗水滴，都残留虹的痕迹
长方块样的狭小空间里
我们往手中哈一口热气
四个手印便和玻璃门一起
聆听
虹和雨谱写的插曲

（七）

某一个古镇
人们还在梦里
却有一个铺满月光的屋顶
不甘寂静
悄悄地，仰卧着追梦的我们

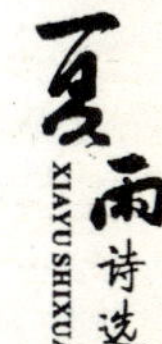

两只手悬于天地，寻寻觅觅
最后牵一条无形的线
连接牛郎和织女

（八）

东村的山路与西村的山路
相交于一片油菜地
地里黄油油的浪尖
夹杂着跳动的两三点迷
“出来吧，求求你”
我语气焦急
油菜地被拨开一道道小径
条条都通向淘气的你
一句“我爱你”
你把它当做
我与你于油菜地里
相遇的见面礼

（九）

那个午后
梧桐巷里
秋风呜咽
梧桐叶挣脱枝头
纷飞如蝶
骑着自行车
我们牵手走过枯叶铺就的厚地毯
去捕捉一只只旋落的蝶
如同捕获一颗颗星星的祝愿
一首轻快的圆舞曲响起在
人与蝶之间

（十）

茫茫的科尔沁草原
一头衔着天，一头含着地

两匹红枣马，如飞鹰
驰骋于天地之间
远方的蒙古包里传来悠长的祝福
陪伴马背上的我们奔了一路
饮马于湖边
我们泛舟游湖
俯身船舷
看云和鱼戏水
听风与草话别

（十一）

夏夜，很安静
一朵红玫瑰握在我手心
从前世至今
熏香的不只我和你
还有沿途的风景
忽然地
我说累了，要你来背
跳上你宽大的背后
我开始数数
一二三四五六七……
当你知道这又是一场缘分游戏
单数代表爱情，双数代表友情
终点是邻家门前病恹恹的老柳树
你就开始踏起小碎步
步步都在告诉我
你很在乎
连隔着衣服
我都感觉你
心跳加速
最终你以 999 步结束征途
我手中的红玫瑰
也禁不住为你欢呼

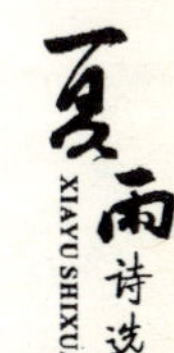

（十二）

有一片沙滩
临近我们的小屋
你和海鸥时常在那里追逐
而我乖乖地待在一处
捡拾各种各样的贝壳
为你设计一个爱的拼图
拼图里有我和你的幸福
加上三个七彩的题字
于是
走过这里的人
都染上了无名的相思
还有位姑娘，深情地
送给我们
扎着红手绢的花束

（十三）

我们的幸福没有结束
月老的红线
还在编织

月老的红线

如火的八月
一封从天而降的快信
落入了我的掌心
那是个盖有月亮邮戳的梦境
却同时有着烈日般火热的激情

我颤抖的手，伸向了开启线
（这是月下老人在那夜酣醉时误落凡间的红线）
从此开启了一段缘

（一段误打误撞的缘）

缘分里
当我孤独时
有一双炽热的眼睛给我做伴
在我受伤时
有一个宽广的胸膛充当我避风的港湾
当我疲倦时
有一个结实的臂膀带我进入甜蜜的梦乡

我从来都希望
有一个笔直宽大的背让我靠着欣赏星光
有一只修长有力的手指与我的指尖相触
然后指向同一个方向
有一对明亮洁净的瞳孔只收藏我
美丽清秀的脸庞

我从来相信
那个甜甜柔柔的微笑是专为我而绽放
那一颗频频跳动的心是专为我而疯狂
那一双强劲有力的臂弯也只为我而伸展

我千真万确记得
那个午后，我躲到了一片油菜地里
背后有人焦急地呼喊我的名
那个夏夜，我蹦跳于漫长的白沙滩上
踩着别人留下的大一码的脚印
那个清晨，我躺在薄雾缭绕的山顶
等某个清脆甜美的声音把我唤醒

不，不
这一切真的如

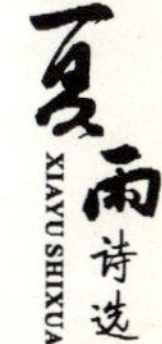

千姿百态的月亮只是一堆乱石般
我手中握的只是一根终会断去的红线
这段缘只存活在月老酒醒之前

我要失去他了，永远地
在黄昏之后，月落之前
那动情的眼
那真爱的唇
那充满力量的弧线

此后
纵我望穿秋水
也盼不回他的身影
纵我十指纤纤
也牵不住他离去的脚步
就这样
他真像一场梦
与我
被月老摆弄于手掌之间
……
几世以后
在某个熟悉的街头
月老庙前
挤满了求取姻缘的路人
一个个转运风车握在手中
朝着相反的方向移动
偶然地
有一个肩擦了另一个肩
在习惯的回眸中
我看见了前世的缘
真真切切

伯父走了很远

他们说
伯父很爱我
会送我糖果，会逗我玩乐
可是，他却第一个离开我

那时
我还未学会把伯父的样子绘入记忆
我的小手也没能一次拖着他的大手上街游戏
天还没想着下雨
如老电视剧
为不该逝去的人惋惜
伯父就匆匆离去
留我一张冰冷冰冷的藤椅
叫我不解，叫我怀疑
“伯父今天怎么还不回来陪我游戏”
妈妈又开始呜呜哭泣

哥哥说
不怕，我们这就找伯父去

我们最终连伯父的影儿都找不见
只看到堂哥堂姐眼里的泪水已断了弦
伯母痴痴地擦拭着相框里那张熟悉的脸
爷爷奶奶的泪已干涸，口中却不住地念
“我们愿用自己十年换回你一年”
灵堂的白花已飘了满天
他们说
你们的伯父已经走了很远

“我不信伯父会不要我了”
我冲回到伯父常坐的藤椅跟前
扯着扶手如同扯着伯父的手，哭喊
“伯父你不能失约，
今天你说好带我上街”

老外公已经离去

老外公离去时
我还不懂得哭泣
外婆背上的他的孙子
也只是满眼的睡意
六个儿女在祖宗祠里
烧白烛，撒冥钱
顶多是依照程序
没有人惋惜
也没有人呼喊他的名

在这之前
外婆也已打扫干净他待过的屋子
把属于他的衣物扔往池塘里
老外公并不介意
他已有好几年
不清楚他有老婆和子女
不清楚他已经不能直立步行
他吃的不是人吃的
他痛斥的不是别人
而是他的小外孙女
在疑惑地看着他双手爬过的痕迹
想象他悲凉的过去

一个瘦弱的渔夫

航行在无边无际的大海里
无数次与风浪搏击
头部，身躯
到处是受伤的印记
迟暮后的疯痴
也在一点一点地累积

老外公已经离去
疯疯痴痴地离去
没有一个幸福的开始
没有一个完满的结局
甚至没有留给人一点回忆
他的样子，他的名
在烛火冥纸纷飞的夜里
被尘封盒底

老外公已经离去
离去了
好久好久

程功（2007级） 一首

青　　魂

——致“一二·九”学生运动

天空依然灰蒙；
日月因之失光，
湮灭不了的是他们嘹亮的呐喊。
寒风肆虐无常；
巨雷纷纷扬扬，

阻挡不住的是他们坚定的步伐。
面孔写满麻木；
手上沾满鲜血，
难以动摇的是他们执著的信念。
于是民族的天空不再一成不变惨白，
泛起晨曦美妙的曙光，
那是青年之魂——满腔的爱国血。
那个时代，他们疾呼：整个中国是我们的。
这个时代，我们高喊：我们就是整个中国。

郑杰（2008级）　二首

四　叶　草

相识即是缘　相知却是前世注定
佛说前世的五百次回眸　才换来今生的擦肩而过
要真是这样
那也许我们前世已回眸难记
来生也不止擦肩而已了

似水流年在眼前浮现
泪水的痕迹
经过一千零九十五个日日夜夜
在心底积淀成一颗星球

星球的北极有一颗许愿树
南极有一口不枯的流泪泉

我本不信佛
现在却不得不相信宿命弄人

记忆是我捧在手里的水
不管怎样努力去挽留
最后一滴一滴
——还是消失在了我的手心

喜欢听风儿和沙的故事　浪迹天涯从此并肩看彩霞
我却常常一个人看天
坐着
什么都可以想什么都可以不想
发呆感慨
孤单许愿
天空越蔚蓝　就越怕抬头看　电影越圆满　就越觉得伤感

当太阳回家后
我守在暮色中
等待满天星……

就当我是一个孤独的流浪人
我迷迷糊糊地找不到回家的路
我的心无家可归了
我的爱也走丢了

我在爱走丢的路口一直等
希望有一天它能找到路自己回来

天空下起浠浠沥沥的心雨
是来自我曾对着北方的夜空许过愿的那颗星星吗
有人说　天上的每一颗星星都代表一个愿望
当有一颗星星陨落的时候
就代表世上的愿望又少了一个
或者被实现了
也或者那个梦想已永远都只可能是梦想

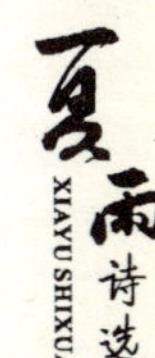

但我知道
当我的那颗星星坠落的时候
我的梦想被摔得粉碎
于是我那梦想的碎片就落成了这场初夏时节的雨

我淋着雨　努力去收集每一个雨滴
希望把它们聚集在一起时——我的梦会还原

最后我才发现梦想只是发光的泡泡
放开手它会飞走
握紧手它会破
……

我曾希望能伴你走过人生的每一段苦难
当前面出现的湍急的河　我希望能背你淌过
可我知道你伤心时并不缺少人安慰
也知道你孤单时并不缺少人陪

思念呵　如海水
往里撒点盐
就是流在岁月里的泪又苦又咸

牵挂像一条路　一条永远也走不完的路
我在这条路上忘倦地走啊走
与自已的影子牵手
思念的红线
一头的人无意
另一头的人却辗转难眠
……
当爱已成为过去
我知道我的离开无所谓
我能给你的最后的疼爱　是手放开

我在别后的路上
低着头
慢慢走
耳边的车水马龙　喧嚣繁华
让我感到了红尘的聚聚散散
别了还会遇　遇了还会别
挥泪告别一段记忆
又在对记忆的缅怀中等候另一次邂逅
也许那段邂逅也会是美丽的……

以后的日子里　也许只偶尔翻翻相片
才会再想起当年……

我走了
当我离你越来越远
我才知道原来我这么在乎
我想我会爱你很久
但我知道你有你的幸福
我不能打扰……

你那时给我的四叶草
还夹在我的日记里
你说对着它许的愿望都会实现
是真的吗
我现在想让它提醒我一辈子不要忘了你
……

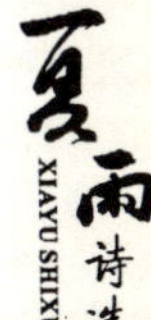

秋　千

下雨天
窗外　丝丝绵绵

我把储藏在抽屉里的记忆翻出来
发现日子都已发黄
掸去相册封面上厚厚的灰尘　因为想起了以前
好像有什么东西从眼角滴落
好凉

我跑去看镜子
我看到我的思念已暮色横秋
多少斑驳　全是记忆的沟壑

你说你喜欢傲梅　所以也喜欢雪
所以这些年的冬天我都会到雪地里
寻找我们的记忆

那时你指给我看的那株蒲公英
你走后的每年的秋天仍旧飘得特别的美
……
我希望沉默是我最好的祝福
嘱咐过你不哭
下一站　我们一定不要疏远

想起了去年那场漫天纷飞的雪　像是记忆在宣泄
世界都被冻僵了　所以思念变得好麻木
想你
竟然成了一种习惯
……

今年还会下雪吗？不管有没有雪吧
冬天
因为思念而不再严寒

要是遇到一个20岁的女孩子

千万要珍惜　因为
这是她一生中最美好的时间　但
前提是你要和她一样的年龄　你才会懂得这种美丽

所以一切

天已有点冷了
我找出了你生日那天送我的暖手宝
每天晚上入睡都把它抱在我怀里　好温暖
……
既然遇见了　就别错过
要是现在才邂逅
我们还会不会牵手呢

流年的秋千　花季的湖
水熟睡了　入梦
梦了千千回……

张晗（2008级）　一首

凝　眸

宋时风　宋时雨
才女首把清照举
日晚高楼望低楼
难把往事留
佳期不可求
倏忽倦怠梦中游
易安舴艋舟里流
春江惨淡春水愁

五凝眸
将名媛的一生望到头

一凝眸
望你素衣少女嗅青梅
鸟语轻扬　秋千来回
绿荫之处眼波随
整纤手　和羞走
心平尚能如镜否
春风舞动癫狂柳
倚心翘首
雪月相会无佳期
绿锈铜环起相思
风逐叶到城楼西
树丛底里光影轻摇一如初
人已疏
他人窥望可是虚
晴空一片云卷舒
休学青天等阴雨
且歌且行上层楼
曲正游　烟如愁
那人可在画里头

再凝眸
望你风华正茂游溪亭
笑语迎　水泠泠
把酒对诚明
玉壶转　流波闪
粉蝶魅惑花之眼
流水偏爱巫峡险
天尚晚　归路远
云水茫茫舟行缓

鸥鹭岂知水寒暖
翻浪渐湿脸
藕花香里四处寻
不知云
沉沉醉去无所闻
回望断了魂
不见诚明
可往他处寻

三凝眸
望你绝代诗才梦里花
宋风吹来辞千家
清照新发
临水照花
黄昏后　凉初透
卷帘西风舞衣袖
酒醒方觉愁永昼
人比黄花瘦
曲里佳丽
除去易安把谁忆
言语细　含深意
诚明苦心孤诣藏匿
得到高人一语破译
杜鹃啼血音有异
雾里灯　水里星
功名不过是幻听
如何比得上夫君的音
生生回望不见影
何时梦方醒

四凝眸
望你闺中怨女地上霜

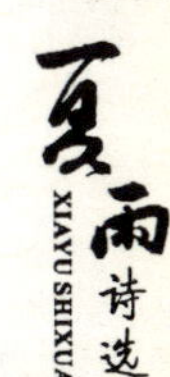

叹秋光　人易伤
梦里廿次回故乡
路也长长水沧沧
忽而又重阳
独自将那绿蚁尝
黄昏院落多凄惶
慢徜徉　空愁肠
明月照你守空床
砧声渐远蛩声长
大雁尚知往南飞
诚明无力归
离散最能把心催
望夫石上两手挥
国已破　家亦亡
回想南渡仍仓皇
无君知你心事详

五凝眸
望你风烛残年褪容颜
忽而多空闲
恬静淡泊等天晗
柳烟浓　梅笛重
中州盛日开门红
宝马香车似游龙
闺门多暇偏重三五
铺翠簇带争济楚
次第无风雨
望你帘儿底下听笑语
忆往昔　携伴侣
作对填词猜谜语
诗酒炉上煮
几十余载不见诚明

眉眼之间粉饰太平
试问春意知几许
怕见夜间出去
南渡之后可与故朋遇
人在何处

在何处
处处花谢又花开
无人把你心事猜
纵使猜中亦无暇哀
宋里风　宋里雨
才女知几许
清照自可照清人
易安尚能安易否
烟锁秦楼五凝眸
名媛一世到尽头

傅伟（2008级）　八首

后青春的诗

——写给“一二·九”运动中的同辈们

（获湖北省“一二·九”诗赛一等奖）

写下一个日期
锁住时光的沙漏
记忆顺流而下
解开背影深处久远的整个冬季

无所谓秘密与否
武器本来就与年龄攀升着负相关

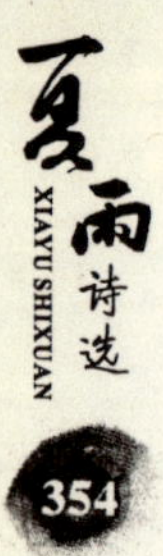

一个年轮画着一个圈
青春的圈有着温暖整个冬天的魔法

喷涌而出
源自一种恰到好处的热度
即便水打在身上冻成了冰
也仿佛是
给罪恶的一方打上了烙印
给正义的一方带上了勋章

所有的
都是发自内心的呐喊
语言的力量站在青春的肩膀上
变得更加强大
一声一顿
动摇的不是全部的冬季
而是寒风中飘摇不定的
星条红日旗

历史不是睁着眼睛的瞎子
他知道
该被打倒的
即使手持水枪也会被冻死
该被铭记的
即使冻成了冰
也会被雕刻成丰碑

时间，没有草草离场
而是打磨出一部没有文字的著作
到不了背影里埋藏了太深的那个年代
却可以阅读流传至今
写在冬天扉页上的那首
后青春的诗

三月不死

给我的星星——海子

雨水和泪把铁轨涂上了锈
三月不死
大地上结出了橘子和书本
三月不死

一切的离开
都只是童年的游戏
那些公开的阴谋
在我沉沉地睡去之前
早已用蛋壳写下

易碎的或者是坚硬的
树叶都把他们狠心地掩埋
叶脉抽出
横亘成没有人能解答的谜语
上面是我的墓志铭和你的墓志铭

三月的春天里
我们拉着鼹鼠的手从洞里爬出
嚼着呼吸
用咸咸的太平洋洗涤着骨头和肉
身体要用来孕育太阳和头颅

当一切都归于安静
大地和天不再言语
把村庄扎成草人
躺在两条长长的麦梗上
我们抱着他睡觉

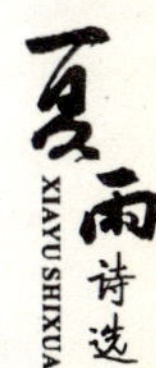

不要再说话
打起了鼾声
指甲在泥土里划下了一首没有文字的诗——三月不死

喻家山下的四季

东九（春）

一朵花唤醒了整个春天
于是
阳光开始在水面上跳舞
孩子开始在草地上放风筝
画家，则躲在了树叶后面
用鸟的声音来速写春天
青年们，则围坐在孔子像下
在另一个春天里
用手指打磨刚出炉的梦想

醉晚亭（夏）

取一片夕阳刚好
涂抹在荷叶上或者脸上
温度开始在夏天的湖水里蔓延
于是乎，想起
用半个铜板买半个傍晚
用半个傍晚换一场酝酿了太久的沉醉
然后，在一朵荷花的呼吸里
找到一座亭子
依靠着黄昏入睡

图书馆（秋）

阳光在秋天的某个时候开始褪色
滴落在大片大片的树叶上
风里飞过一片红枫叶
想起那封来自春天的信

放慢脚步，捧起半日长的季节细细琢磨
突然间觉得，最适合的事情
不过就是，借一本书
顺着叶脉，走进一种金黄色的沉思里

东湖（冬）

　　脚印裹在雪里
雪融化在故事里
不是主角，只需做一个旁观者
用围巾围起一个角度
让目光可以直达桥上的某个故事
慢慢才知道
雪里埋藏的心事也许将在春天的桥上上演
隔着一个季节的长度去凝视
流动的传说在风里飘散
冬天，便也是一个适合写童话的季节

从一月到十二月退化成人

（一）

一月，我在水里重生
我没有前世
空白地选择重生
从单细胞开始
我就习惯咀嚼黑暗
取暖

何年何月
我带着爸爸的希望
在水里出生
整个身体只是两只眼睛
一只瞎了

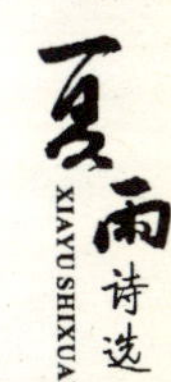

一只缺少了瞳孔的光
我用瞎了的那只看世界
用剩下的那只过生活

当我放弃了呼吸
用肺代替腮说话
手心窥测水淡蓝的温度
不冷不热的包袱
我背着学习上路
早该上岸
我吹着镂空的石头
爬上岸
离开水
进化成人

（二）

二月，我是个噬梦者
我阅读着最简单的石头的语言
倾心于交谈
带着半颗青稞已经上路
从踏出第一步开始
脚就不再属于我
闭着眼到处敲门

敲三声，然后离开
没有犬吠的谜面
是我吃过的最甜的黑面包
其实，说谎，就像是
乌鸦不会染白色的羽毛一样简单
看着我
我的存在就像是一种巨大的谎言
我空洞得就像一个没有目光的魔鬼
很早以前

我就把瞳孔送给了阿特莱德
说一个故事
我闭着眼睛望青蛙飞过
为什么我不能围住一棵树
为什么我不能躲着沙子里
偷偷取暖？

（三）

三月，我无家可归
吃完了白菜和鱼
我离开了相依为命的春天
直到某一天
我在酒罐子里开始醒来

不认识方向
我趴在地上用眼泪写着诗句
七零八落的文字哭着闹着
要去找荷马
哦，充当罪人
装着不知道，一个人爬行回家

叶子好大啊
我疯狂地亲吻着右手
指纹和嘴唇配合得天衣无缝
果然有这么一天
我相信命运会有打盹的时候

上帝不会哭

风，吹落羊的呼吸，
草原上，青稞和麦子一起
走向死亡。
他们用镰刀刻下祝福，

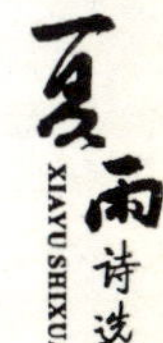

沙子，写下拥抱的温度。

云朵上突然长出了眼睛，
看见了脸色苍白的村庄。
男人在黄土里安静地睡着了，
树干上伤痕若隐若现。

泪水把石头磨破了，
血从河流的嘴里流出，
浣纱的姐姐，离开了
鱼深情的眼睛，视线里
下起了白茫茫的雪。

星星拖着尾巴离开，
湖面回归平静，
枯黄的叶子落下的时候，
数星星的孩子爬上叶，
亲吻了上帝的眼泪。

诗人的诞生与死亡——仰望

眼神空洞
看世界用的不是目光
而是指纹
感觉是一种凹凸的文字
诗人，清楚地明白这一点

于是
泥土多了些空洞
天空多了些羽毛
阴暗的掌心里
爬出千万只没有眼睛的白鸽

四处游荡
撞进了哑巴的胡言乱语里

能用来仰望的东西不多
除了未发芽的果核
就剩下干瘪的爱情
诗人不需要这些
给他一个铜板
扔向天空
背面是仰望
正面也是仰望

也许，真理就是这样
就是这

阳光开始直射
破帽子被人们用嘴含着
在大街上互相炫耀
诗人低着头
用指纹的长度丈量仰望的高度

旅　　行

习惯了安营扎寨的生活
也许我需要旅行
走，一直走
即使没有尽头，也要一直走
我需要什么，我自己都不清楚
谁都不需要告诉我什么
因为我将永远也不会把这一刻记起
我还差什么呢
该丢下的都放下了

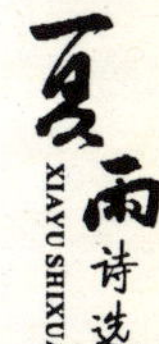

行囊里只有一个城池
看来，我不应该回头
不能够回头
这是一条孤独的路途
不需要理解，或是说再见
一个脚印，安排着另一个脚印
我只是在码着自己的童话
嘘，没有语言
我也可以让自己笑得很有旋律

路过
不是我的本意
这是一个不存在任何对与错的问题
如果，没有解答
请和我一样保持一种姿势
你们学不会
因为没有人可以像我一样
用呼吸支撑着身体缓慢爬行
因为没有人可以像我一样
把仅有的一点力气用来说幸福

如果还有什么
如果还真的剩下什么
就当那是一只没有翅膀的鸟
或者是
一只没有颜色的眼睛

不必太在意
要知道，该过去的总会过去
该歌唱的总在歌唱
该被定义为错误的总是会在你醒来的时候
消失得无影无踪

无论，存在与否
我有的不是时间，而是可以走进时间深处的角度

当我贫穷到可以高傲地说我一无所有的时候
那或许正是我最为动人的美丽
粮食和水可以活在我的触及以外
我亦可以游离在目光以外
抱一颗青稞可以安详地睡去
闭上眼，我会假装什么都没有出现
一如一贫如洗的我

语言
文字
我爬行的地方将永远一尘不染
没有脚印
就没必要去寻找
找不到，找得到
都不会有任何区别
与其说我来过
不如说我只是一个被经常用来怀恋的陌生人

一直相信
一直可以用来相信的东西
很久以前
就开始相信远方
走远
不是离开
是走远
最后的背影是仰望
角度刚好垂直于记忆
没有任何可以用来哭泣的理由
幸福，是可以在目光里发亮的光点

如果，不信
“就请仔细地看我的眼睛
它真的没有沾湿一滴雨水……”

再见
庄周说“相濡以沫，不如相忘于江湖”
江湖有多远
我就将旅行多远
这是一场一个人的旅行
没有明晃晃的意义
安静就好
有夕阳就好
我可爱的吉他
我将背着你走向地平线的深处
走
我们去歌唱
你的六根琴弦
我的沙哑的声音

听见我们唱歌了么……
渐行渐远……

四行诗

（一）忘记

夜色里，农夫刚刚起床，
割倒了天空里所有的星星，
忘了带走镰刀，
丢在了看不见光亮的眼睛里。

（二）沉默

太阳闭上了说话的嘴，

最后的文字，
被土壤里的草儿，
一点点咀嚼干净，
面包养活了时间，
瘦弯了月亮。

（三）祷告

我听见树的记忆死了，
风在和食指说话，
难懂的语言，
鱼儿吐出泡泡，
磨去音节的棱角。

马晓婷（2008级） 五首

单车向北

从不去想
每个季节是否都有自己的童话
只是固执地想念
地平线以外真实的遥远
于是，在这个春天
我单车向北
去会合自己的纯粹

下午四点的阳光
给我我想要的世界
每一个细胞欢快的苏醒
我和我的单车驶过
像吹泡泡的彩棒
荡开五颜六色的花朵

有时
会想在这美好中把自己摔碎
了断记忆的温存
淡却时间的深痕
只剩下单车向北

大片的油菜花
是我可以想象和遇见的我的世界
我任凭自己的眼泪流下
为我多年对自己的放纵
为我曾以为，正经历的青春

我把单车停在路边
低头看到一丛丛蓝色的小花
我说不出你们的名字
但我会记得我是和你们一样纯致的花朵
我会记得
我就是我呀

松软的泥土
踏上去给人一种实在的重感
心也沉静下来
在天地间回旋
那久违的泥土的气息
让我有种想把脸颊贴上去的冲动
可是我没有那样做
也不会给出任何的理由
亲密与疏离
这一瞬我只能自嘲地笑笑

我没有目的地
也没想过在哪里折返

只是义无反顾地冲向暖光里
我在追逐我自己
我的影子在追逐我
我们在玩一场在旁观者看来
有意义或者没意义的游戏
只有我知道
这是一段独特的旅程
我的孤独与痛苦会被这暖光过滤
因此，我会更勇敢，更美好，更温暖

只有旅行才能让我遇见最真实的自己
只有上路，我才能明白什么是我要的到达
我选择用时间遗忘时间
用脚步丈量脚步
我怎会忘记我走过的路

单车向北
是一种面对
告诉你
你是盛开还是枯萎

单车向北
是一种追随
追随印花的梦想
追随年轻的纯粹

这个春天
让我们单车向北

风居住的街道

我住在风居住的街道
从太阳的光芒获取生命最初的力量
我喜欢逆光而上
寻找自己的光芒

我听到风贯穿街道
我听到小路边的草迎着我揉过来
我拥有夏日的晨曦
和鸟儿的欢唱

我推开窗
看到另一岸的原野
狂放而温柔
风忽地贴在我脸上
不用打招呼的老朋友
一样的熟悉，亲昵
相见从容

是哪样的音符
曾为我们的友谊歌唱

敲门的
还是单纯的心
当时的模样
我拉你手
还能拉起二十岁那一年的时光
岁月不曾改变风向
我们依然能忆起彼此当时的心殇
和眸子闪动的光芒

我住在风居住的街道
有最美丽的风景
有最安静的心愿
风贯穿街道贯穿我的心房
光让房子格外的透亮
逆光而上岁月流亡
生活的痕迹
都是岁月年轮上清晰的轮回

我不想
幸福和快乐是怎样的模样
我在这个街道
很好
像墙边的藤蔓
很安静
也会很顽强

风和光
最美的影像

这里的溪水
清的可以倒映出我的记忆里的时光
我将它们托付给荷叶
人变成
清清的一汪
像毛细血管里的血液一样
无声地
流向街道的四方

风吹走了迷茫、恐惧与悲伤
我安静地躺在窗边的木榻上
捧着简单的书

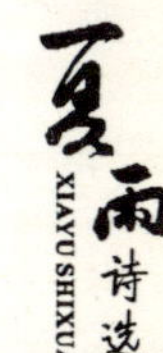

被泡在一汪阳光里
不曾沉沦的光辉
安静守时地赴我与每一个书中人物的约会

这里住的不算太密但又绝对不稀
每家煮的咖啡都被正午的阳光晒得滚烫
从街头到街尾
都淡然而美好

我不大的院子里
种满了铃兰
不论是屋前还是屋后
我喜欢这样的花儿
我相信它的花语
幸福终将来临
虽然幸福的路上充满坎坷
虽然一生注定只能拥有两片叶子
但这就是我们独有的力量

远处的原野
记忆的小花开遍
原来所认为的不可承受
居然是那最美的太阳花
牧草也总是那样柔挺着
总想四肢张开轰然摔在里面

每个人都有属于自己的街道
我很庆幸我找到了这样一个地方
采一束小花
摘一篮小果
等待着
我听得懂的

我辨得出的
你的脚步声

我只是偶尔居住在这个地方
我不在的时候
感谢邻居们一直照料我的房子
我住在风居住的街道
与大自然同在
我感受到一切留给我的美好

这是我的地方
我揣好我的钥匙
恩
心境就是我的钥匙
我会努力回家

这是我的街道
风是我在这里的方向
心是风在这里的方向
感爱这一方

只是我会　想念你

我想
和你一起看日出
你为何
迟迟不肯起身
一个世界落幕了
你是不是
留在了黑夜的那一围

有种光线

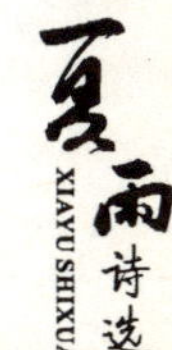

肆虐我心室
有种液体
挣脱我眼眶
一个虚脱的存在
一盅荒凉的情感
一种淡漠的皈依
手指又如何
划开矫情的撕扯

黑夜是一种顽疾
就像擦不干的鼻涕

你说你不喜欢春天
只可惜那以外的节气也都不喜欢你

一丝热气
冲破冷冷的空

谁是谁的纬度
在哪一秒相遇

只是我会
想念你

未知的以后

风吹起来的时候
我记不起你的问候
未知的以后
是多少次的心痛过后
如果能
如果能

请把我写在未知的以后

……

我和我的祖国

我和我的祖国
一刻也不能分割
我是你沸腾的血液
流淌在你躯身的每个角落
感受着，你所经历的每分每秒，每一个定格
听你，每一次强烈的振动

一九四九
二零零九
六十年，眼泪与欢笑交织着的求索
咽下多少挑衅和怀疑
留下多少辉煌和认可
这，就是我们的祖国

这片苍茫的土地
因你的捍卫
终于可以不再受外族的践踏与撕扯
浸血的呻吟
已然上扬，成为浅浅的笑窝
于是我懂了
什么是和平，什么是祥和
这，就是我们的祖国

曲折，誓不转身
艰难，定不回头
我是你生命中真实的一部分
真实地感受到你每一次的抉择

即使全世界都灼灼来异样的目光
你也不曾有另一个选择
这，就是我们的祖国

对于我们年轻人的爱
你从不吝啬
你竭尽全力给予我们每一次的支持和鼓励
用你的眼神
给予我们有氧的生活
用你的气魄
加把劲给我们执著
这，就是我们的祖国

无论我心在何处
你都不曾把我分割
漆黑的迷夜，我听到你唤我的名字
你母亲一样慈祥的目光
给了每颗心一块甜蜜的方糖
你父亲一般深沉的注视
鲜活了每颗心最柔软的时光

生命那样真实
却又那样短暂
我注定无法存在于你生命中的每一程
但是，千千万万个我却也可以永远陪伴着你

我和我的祖国
一刻也不能分割
哪怕心脏的跳动已到了读秒的时刻
我都想依偎在你怀里
为你唱一首歌
我爱你，中国

张苹（2008级） 二首

当我们看过死亡诗社

燃烧着的灵魂与爱
在精灵诱人的呼唤中　你失去
我送给你的芬芳
雪国的童子在巴洛克的教堂里低声吟唱
幸福　是你眸中闪过的秘语
欢愉的祝福在梦幻中陶醉　沉寂
灯灭
命运的转轴开始在静谧的夜色中弥漫
放下了你高贵的皇冠
布满荆棘与疼痛的不忍
化身的精灵
在我的黑夜里穿梭
死亡　如此临近的　遥远的
鲜红的血液在白皙的皮肤上流窜
不能透露光明的洞穴中
孩子们在幽深中轮流读着他们自己的“诗”
歇斯底里的尖叫
是灵感的脉冲
死亡　死亡　死亡
抗争与眼泪　冲击与毁灭

写给你——我的挚爱的你

我希望　我不曾改变
仍旧静静地守在香樟荫蔽的路旁
等待她踏着青石板的小路

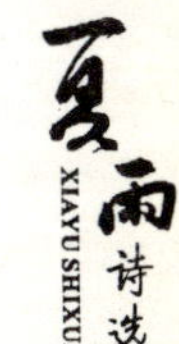

走向我　走向我
鹅黄的纱丽
黑玉一般的眼睛

我希望　我不曾改变
渴望热切地伸出双手
享受她温柔的抚爱
她纤弱的手指
将我那冰凉的心
从胸膛中挖出

我希望　我不曾改变
在新月夜的湖畔
　如水的黑色
打湿她樱红的唇际
黏稠的　灰压压的血液
不经意地　弄脏她雪白的裙褶
汲一罐清冽的湖水
我将她拥入母亲的怀中

我是这样地希望我不曾改变
然而
她消逝的黑发
　褐黑的斑纹
眉飞色舞的唾沫连着那双呆滞的眼
撕咬着
撕咬着　我残败　破碎的心

铺天盖地的寒彻骨的悲伤
葬身在百合的花海
我小心翼翼
亲吻她

绸缎的长发
裸露的锁骨
莲藕的双足

奈何　奈何

全世界的人都知道
我在想念她　挣扎着　厮打着
可是她却将她的埋怨
掷向我早已千疮百痍的生命

灰飞烟灭的我的思念
断送在她微蹙的眉头
我用创世的第一粒甘露
浸润她干涸的双眸
微风吹拂
我卑微地匍匐
承载她为他编织的哀愁

我希望　我不曾改变
然而
时过境迁
皱纹横生的颤抖的双手
撩起我浓密的黑丝
我献上以命运为引的毒酒
苍老的她
即刻恢复儿时的模样
透明　青涩
卷入一场永恒的睡眠

李丹（2008级） 一首

你离开以后

你离开以后
我无数次回首
似乎此刻才真正懂得
青春笑颜的无忧
是因为有你无私无畏的坚守

你一定还记得
那只用草籽拼成的绿色小狗
欢欣涌动在心头

你一定还记得
飘着淡淡墨香的卷轴
载着你刚劲的笔迹
那是我们对梦想的执著追求

你一定还记得
那些蓝色的布艺百合
一如初秋的阳光
静默而温柔

我们如此感激　我们曾是挚友

而今
清亮的眸子泛起了微愁
缘来如此　缘散何由

只是我依然不懂
难道这份心心念念的情谊
注定要尘封于彼此的心底
　迷失在现实的洪流？
难道它是那只悬于丝线的纸蝴蝶
　纵然绚烂无比
终究敌不过时间的风急雨骤

世间难解的谜题太多
好像从来就不容探求
而我
只能在暮霭里深深俯首
期许
若干年以后
当我们枕着辰光醒来时
能忆起当初
那滴着晨露的红杜鹃
还弥漫着
兰香幽幽

一直记得一句话：人生得一知己足矣。十九年的生命旅程，幸得数位挚交好友，既感激我们共度的时光，当友情不可遏制地迷失时，又为它的远离而哀伤……

这首诗为一位如同兄长般的好友而写，我们相识十三年，成为挚友七年——我自幼远离父母生活，他七岁丧父，我们在平常的日子里相知相依……常常想，如此深厚的友情，将穷我一生去感受、去咀嚼……而现在，我们似乎是要渐行渐远了，那就请让我在感恩中怀念吧！

诗中所有的意象都是真实的，是他在过去七年中送给我的部分礼物。

十二岁，初一，他送我他的书法作品“学无止境”；十三岁，初二，他送我用学校操场上的草籽拼成的小狗，记得边上嵌着他折的千纸鹤；十三岁，初二，圣诞，他送我一只丝线悬挂的绚烂的纸蝴蝶，忽然间冬天变得很美丽；十四岁，初三，他为我从山上采来很大的一束凝着露珠的红杜鹃，周围插着刚开的兰草花，淡淡的芬芳飘满了整个教室；十八岁，他送我几支布艺百合，拼成我的小名，柔柔的色泽透着恒久的温暖……

是的，我在关于他的记忆里淘出了美丽，用颤抖的手将它们串成一首诗，而把曾经一同面对过的悲伤、逆境里的坚强深深地沉入心底。我知道，在每一个即将到来的日子里，它们将幻化成彼此超越一切困难的不竭勇气与源源希望。所有的这些，真的只是友情的阐释，并非爱情的演绎。

那样的往事美得让人怀疑它是否真的存在过，年少的我们都以为精心呵护的情感可以维系一辈子，可是，尽管除了美丽的表象它还有无比深沉的生命底蕴，终究还是散落在尘风里，微笑和眼泪都无可挽回……

盛念（2008级）　一首

光，四月降临

雨季过后
四月降临
一直在想
四月是不是属于我的季节
走在初生的枝丫下
当细腻的光渗入
想起宇多田光的《光》
旋律已不大记得了
可
那些只言片语的力量
足以照亮心灵的一小片地方

窗帘被拉起
光从四周照亮黑暗
想起
在耳边摇曳的桃花
图书馆前嫩生生的草
精致的手在光中投下影
感觉很知足

四月降临
在雨季之末我疯魔
而在光之初
我成活

青　　春

高中生涯里，学习是异常的忙碌，但这些日子也是思想极易开小差的时期。我虽算不上一个多情的人，但也曾有过“隔壁班的那个女孩怎么还没经过我的窗前”的忧虑，不过这些很快就被书本埋没了。青春就是这样，轻飘飘的旧时光一旦溜走，留下来的什么也没有，如果说有的话，就只是那些苍白的记忆和些许的惆怅。

青春是一本太仓促的书
写爱你的笔还在羞怯，犹豫
止不住的战栗
而无情的晚风却已将这一页
忽忽翻过
不容我留一丝痕迹

我慌忙夹进一朵茉莉

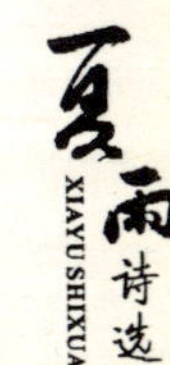

飘着你秀发的香气
好让它成为我永生的记忆

遂在若干年一个夏日的午后
重新拾起那泛黄的文字
茉莉香俨然扑鼻
黑发笑容已然依稀

年轻的泪水仍在涌动
年轻的话语却无人再听

含着泪，我一读再读
试图从模糊的字里行间
去追寻那苍白的印迹
续写一个早已草草结尾的结局
直至我再也分不清
是墨迹　还是泪迹

向姝婷（2008级）　一首

梦里花落知多少

记得当时年纪小，
你爱谈天我爱笑，
有一回并肩坐在桃树下，
风在林梢鸟在叫，
我们不知怎样睡着了，
梦里花落知多少。

蝴蝶，知了。

流星雨，洋娃娃。
穿花衣的燕子，戴帽子的雪人。
咬着棒棒糖在盛夏的光阴里，
流逝的是童话编织的童年。
鲜花遍地的世界，
遍布着巧克力小屋，和森林里的七个小矮人。
我们囫囵吞下，享受瞬间的甜蜜。

花季，雨季。
百褶裙，帆布鞋。
骑单车的白衣少年，撑油纸伞的丁香姑娘，
绽放一段纯美的初恋。
微笑，眼泪。
刻在玻璃球上的誓言，
终究疼过心间，然后，斑驳，脱落，原谅，遗忘。
没有白马王子，没有白雪公主。
喜欢童话，是因为把它当成了童年。

安徒生，多伟大的说谎家。
人类的世界，很痛苦。猜测，嫉妒，毁灭，陨落。
没有草长莺飞的传说，没有柔软的一隅，
坚硬的城市里充满着鼓点，
匆忙的身影，麻木的眼神，虚假的笑容。
开始学会干干净净的缄默，
辗转中的快乐在千回百折中碎成一地琉璃，
眼泪砸下就像梦想掉到了地上支离破碎。

安慰捉襟见肘，唯有冷暖自知。
原来长大，就是脉络清晰的疼痛。
只是，我们仍然时时怀念，
曾经彼此的盛情关怀。
人情淡薄的岁月，世态炎凉的时刻，

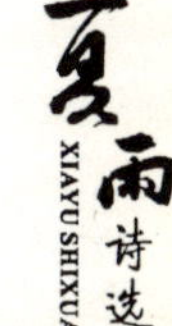

想起你的眉眼，
我仍能在唇角勾起弧度，
沙漏记得，
我们遗忘的菲薄流年。

淅沥沥的雨滴里，
朝南的墙下，
看着溺亡的布鞋。
抬头看见灿烂的笑脸，
是谁？在深浅不一的泥洼里，
支起画满爱心的伞。
伞柄的一侧，是我，另一侧，是你。
下雨，是一幅色彩明丽的水粉画。

轻柔的春风，
温暖的阳光，
绿茵茵的草地上，
是谁？靠背而坐，平分两只耳机。
你的左边戴着耳机，
我的右边则刚刚正好相反，
音乐因两个人变得完满无缺，
缺了谁，音乐都只是伴奏。

夏天是有声音的季节，
花开的声音，草长的声音，
我们轻轻长大的声音。
青春如酒，成长正酣。
所有美好的，都将被分享，
所有错误的，都将被原谅。
就算顶着千斤包袱，也能一路前行，且歌且笑。
我们眺望摩天轮，期盼未来的幸福，诚惶诚恐。
但至少，我们有了憧憬的机会。

我们都决定了破釜沉舟一战。
还好我们不是一个人。

曾经走过的日子，
不断地累积，
渐渐地抓不住回忆的尾巴。
曾经的年少，
曾经的快乐、悲伤，
曾经的你和我，
都如此灿烂地绽放在阳光之下，白云之间。
愿一切都能美梦成真，
梦里，花落，知多少。

李建伟（2009级）　四首

我中雨

蒙蒙的雨
悄悄地下
如那翩飞的万千彩蝶亦如那空旋的无边落叶
苍穹黯淡
一对飞鸟牵手路过
唱着亘古的情歌
奔向那乌云后面的桃源
乌云下挺立的峰
云雾缭绕
我不把她当做仙山蓬莱
也不把她比作牛乳中的尖尖小荷
而喻之以木兰裹素
山脚下那湾小河

正载着眼前的水去追逐千年的梦
河旁那片静坐在雨中的稻田
内敛婉约得像个姑娘
啊　这一方净土
这一抹纯洁
散发着稻香的芬芳
绿野中的一点黑影
是烟雨里的一蓑耕耘
眼前的水牛无忧的在泥潭里翻滚
有孩童从我面前踱去
睁大眼睛瞥我在雨中涂写

背上的微凉
黑镜框上挂着的雨珠
沐浴着我宁静的梦

不知不觉
妈妈已在身后
撑起了那把与襁褓同岁的伞

放　逐

也许这是一片沙场
金戈铁马
霹雳惊弦
硝烟狂沙
在这里我把自己放逐
回枪扫剑
逐鹿纵横
也许这是一片伊园
柔荑瓠犀
蒹葭白露

田园牧歌
在这里我把自己放逐
临风舒啸
笔耕江山
也许这就是诗
在现实中哀嚎飘摇
挣扎炼狱
在浪漫中飘飘而上俊逸天堂
现实是沙场
浪漫是伊园
将自己放逐
鼓木盆　梦蝴蝶
将自己放逐
治家国　平天下
放逐于诗
于夜幕之前赏残阳
放逐于诗
在希夷之地思俗世
放逐啊
游吟梦想

凄美秋夜

晚风依依
杨柳萋萋
阑珊的黄灯暗影下跳跃着鲤鱼戏过睡莲后激起的涟漪
独自徘徊的小径很幽长
蓦然间看到了被揉碎的月光凝滞在树梢
泌入了我泛着迷离的双眸
折射月光到那沉睡的玉兰
上面栖息着疲倦的飞鸟
脉脉地看着那鱼潜游水底

手拈一缕桂香
淡淡的芬芳在躯体里流淌
却带不走我莫名的忧伤
醉晚亭在清湖畔闪烁
里面是歌舞与烛光
依偎在水面的那片荷叶
像是我的故乡
枕着它我可以自由飞翔
那棵梧桐哭了
落下了带着泪珠的叶子
铺在了我潮湿的脸上
闭上双眼
黑夜更是凄凉
也许我不孤独
促织伴我一起轻唱

绿蒂鸟儿

我像维特一样多愁，
看不穿绿蒂澄澈的黑眸，
我沉默地独守，
独守远方朦胧的娇羞！
心中的鸟儿回旋在梦的尽头，
我在观望与守候，
闭上眼吮吸她留下的片羽温柔！
诗人眼里容不下现实的丑陋，
只能儒雅地沉吟，
不屑与庸人骂咒，
喧嚣俗世里只有你无瑕的纯真能与我交流。
愿把你的心窗轻扣，
把身上的尘埃轻抖，
净洁中接受你真爱的庇佑。

精灵闪现

她像漫步在云端的精灵
悄然闪现
却又如浮云一般
无言地消散
青楼梦好的悠闲
却被词工雕琢得如此伤感
此去经年
数不尽的脚印踏满了长路漫漫
直到天边
欢笑一步　哭泣一步
伤心一步　开心一步
一步湮没了一步
可当墙上爬满蔷薇的一瞬间
它们却褪去了颜色
离开了时间
此时　此地
我点了点头
与西天的云彩作别
挥了挥手
对沙滩上的字迹说了声
再见

邂　逅

是什么使我们在轻风细雨中悄然相遇
是什么使我在青青杨柳间逝去了浮华

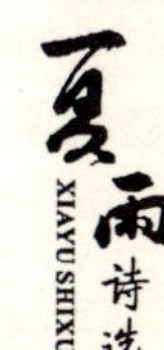

无意中走向古老的渡口
停泊着孤零零的小舟
渡客寻觅着隐藏起来的舵手
却瞥见天边那熔金的晚霞
正是这美丽的邂逅，才有了今天的故事
曾经寻觅过无数的容颜
曾经倾听过无数的私语
飞向无垠的大海
离去繁花盛开的小园
在“哒哒”的马蹄声中我们相遇
——蝴蝶与鲸鱼
正是这美丽的邂逅，否则谁会相信今天仍有童话
一江春雨，满目花香
一阁小楼，飞散的柳絮
飘落的梨花在酒杯中悠然地翻转
远处的歌声像浓雾里闪烁的渔灯
农民的镰刀在金秋中遇见美丽的稻谷
诗人的幽思在涛声里相识久违的落花
正是这美丽的邂逅，送给世界窈然的歌声

梧 桐 树

梧桐树就那样的默默伫立，
　他的叶，
　　却为何是五指的形状？
　　　因为那即是我的手。
每当你走过，
　我就落下一片叶，
　　滑过你的秀发，
　　　你的脸颊。
轻轻地，
　抚摸你幽香的发梢，

和藏着泪痕的侧脸。
不哭，宝贝。
过完秋天，
你就能看到，
我对你的爱与思念，
已经铺了一地。
盖住了世界的，
是我的手，我的心。

张倩雯（2009级） 二首

若有来生

（一）

晓风寒杨柳残帘外雨，
你衣袂飘飘独立西楼。
能否阑珊灯火云淡风轻后，
浅握双手共渡一叶扁舟？

淡月冥红泪垂杯中酒，
你青衫磊落浅笑回眸。
能否沧桑人世曲终人散后，
剪灯夜阑共赋一纸离愁？

雕栏回廊谁曾肠断烟柳？
墨色素笺谁曾渲染浓愁？

前世今生踏遍三生路，
只为西窗下你表白衷素。
晓风残月临摹相思树，

只为离别时你回眸一顾。

（二）

帘外西楼花摇影乱的苍白，
篆刻在前世今生的三生石。
谁在潇湘楼前吹奏一曲别离，
恍似梁间双燕翩然若飞。

亭前古道蘋软花轻的荒凉，
飘零在晓风残月的银汉墙。
谁在雕栏檐下轻赋一纸惆怅，
宛若杏花微雨四月天堂。

谁在丁香飘紫的季节，
勾勒寒烟里翩跹的蝶。
那皎洁在柳梢的残月，
可是你眉宇间凋零的风雪？

谁在残红乱絮的长亭，
回眸流年中飘浮的影。
那搁浅在紫陌的岸汀，
可是你笔触下临摹的风景？

寂寞帝王心

（一）

杨柳风细
梁间燕双飞
微雨花重
画阑影独怜
犹记花间初识
鬓颜青丝银簪轻绾

梨园教坊语笑翩跹
帘外风起
花摇影动
惆怅幽魂冰魄
不曾入梦

（二）

小廊回合
曲径通幽
落花深处
海棠一树零星
画阁玲珑
珠翠金钿迤逦生辉
瑶阶池清
碧水长天五云相映
烟染碧水　雾笼寒潭
华清池上的你似出水芙蓉
娉婷袅娜而立
宛若瑶台仙子
碧丝流苏轻拂彩纹相饰的绿绮琴
弦上一双柔荑胜雪
玉指青葱　滑音并进
琴声铮然　流觞曲水
若石击幽泉　若风入松林
一曲行云流水悠然指下
琉璃碧瓦　镶嵌朱阁
沉香亭粉娥初妆
额点落梅　颊染胭脂
花压斜鬓　舞袖盈风
笙歌舞罢
你一袭绛紫轻纱长裙曳地
簪绾灵蛇髻
钗钿珠翠相饰

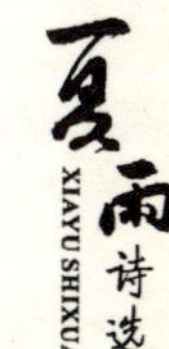

眉若远山　唇点朱丹
眸似秋水古井生波
莞尔间
向我盈盈一拜
名花倾国两相欢
长得君王带笑看
果真　是应了景
入了情
琉璃烟尘　九重宫阙
我用饱蘸浓墨的素笔
为你勾勒出江南朦胧山水画

（三）

青芜柳堤衰草
汀芷兰时碧
残月落花烟重
长灯笼窗纱
冷月苍茫　兵临城下
长安烟渚千里
多少旧恨
聚散眉头
马嵬驿　奈何一纸兵谏
诛妖妃　若六军不发
定当亡我大唐百年基业
你为我起舞绕帘
恍似凌波仙子
金缕绣袂迤逦至地
黛眉浅蹙
秋水目盈盈有泪晶莹
你眼眸里氤氲的凄楚幽怨
一如江南的朦胧雨雾
一刹那
竟看不真切

霓裳舞罢　笙歌散尽
宫娥奉上碧色琉璃仙盅
彩纹相饰　翠波流连
却是绝命的毒酒
你莞尔盈盈一笑
淡之若素
歌阑　酒罢
淡紫罗纱轻掷地
繁华落尽
掩不散
眉间凄凉　尘寰疏雨
零落马嵬　一抔尘土
掩盖一生繁华
半世凄凉　一盏孤灯
搁浅死生契阔
前世今生
到底
是输了天下　负了你
只愿来生　能与你
策马红尘
留宿紫陌

（四）

蓬莱处望穿秋水
长生殿孤灯难眠
柳烟轻袅　碧丝偷垂
我执箫浅立
叹惋流年易渡
韶华空老
梨园教坊　音韵凄清
朱弦渐冷　宫花寂寞
双鬓生华
蓬莱烟渚　画阁琉璃

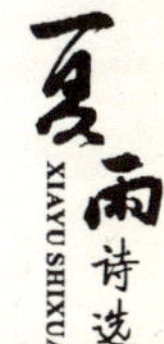

你一袭素白胜雪
宛若芙蓉涉水踏月而来的款款身影

玉容憔悴
孤影惊鸿
你凭栏独立
红泪阑干
一如当初斜倚沉香亭北的绰约仙姿
可怜银汉云霄
素笺难通
怎奈归鸿只影
付与空愁

（五）

尘寰烟渚
水榭墨韵
若有来生
我愿化作古刹空灵的箫音一缕
依稀是自你口中缠绵成调的相思曲
扁舟孤卧在紫陌红尘
落花飘零在竹轩溪涧
前世　我是佛前莲花青灯古佛寂寥余生
今生　我是雨中丁香青石南浦惆怅经年
若有来生
我愿化作寒烟里翩跹的蝶
在你忧伤的笔触下
渐次勾勒成江南烟雨朦胧水墨丹青

生无所息

每一次在枝头高高炫耀
每一次义无反顾地凋零
它没有眉飞色舞的样子
因为树叶知道
生命的归宿在根深处

每一次汹涌的涨潮
每一次安静的潮落
它没有魂不附体的样子
因为浪花知道
生命的源泉在世界干枯处

每一次蓬勃地升起
每一次羞答答地落下
它没有懈怠邋遢的样子
因为太阳知道
生命的尽头在世界黑暗处

窗外的风
惹动了云儿的心绪
又一次云涌
你是否定住了心灵的潮汐
在满世界的喧闹中
享受生活的宁静

又是一次日出

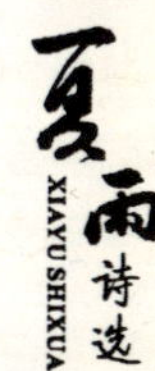

一座山岭
一渠山沟
听着呼呼的北风
我刹那间醒悟
原来生无所息

生命长啊
它把自己的另一端抛向未知的国度
生命短啊
头也不回　呼啸而过
每一次休息
你都不可以放慢心中的脚步
因为那是为了更好地行路
因为生活让我们知道
生命的尽头在那黄土深处

有一种爱叫做放手

有一种爱叫做放手
躲在你的身后
默默地望着你走
而你却不再回头

你头也不回　直往前走
不知道望着你
后背的那个我
已经满脸泪流

望着你那高傲的头
还有你那残酷的一挥手
将那手心的温柔
漫不经心地带走

怀念你的温柔
还有你那双体贴的手
只是命运这混球
不能让你我永远厮守

难道这就是生活
相知相爱后
注定结果
只能是分手

放开你的手
我在
眼泪的陪伴中
昏天暗地地漫游
魂不守舍地游走

伤心欲何求
愤怒已攻占我心头
恨不得将那命运抓起
给它狠狠的一顿揍
揍了又如何
愤怒依旧

有一种爱叫做放手
每个人都是它的浮球
将那黑黑的一船愁
直压在你我轻灵的心头

那船愁
像一壶冰凉的植物油
给我身体的困扰
冰凉我心底的暖流

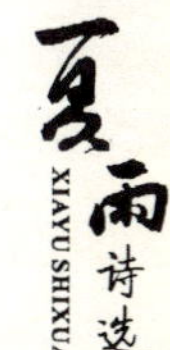

流星已划过天际
像你那明亮的双眸
而你依然不停地走
许下一个愿望
愿你永远快乐地漂游

采撷一缕冬日里的阳光
用微笑包揉
温暖地寄往你的心头
让那壶植物油
一点一滴地流走

有一种爱叫做放手
放开你的手
让我们踏上快乐的船儿
各自漂游

遥望那黛山头

太阳喝醉了酒
在那半山腰处
依依不舍地逗留
遥望那村头
炊烟依旧漂游
在那树梢间
美美地享受
梧桐也被叫起
各自牵起了手
遥望那条小路
心里不禁一愁
满心的害怕
怕它不够我走

赵程（2009级） 一首

漫步的鸟

一直在飞翔
在天空燃烧着少年的心
想用翅膀写下无字的诗
当我学着去为世界奋斗的时候
当我忘记了曾经不屑飞翔的时候
当我习惯了飞翔的时候
突然一切慢了下来
空气中的热浪飞走了
我停了下来
掠过映着花和月的睡眠着的水面
走在夏天末尾晚霞下
那片熟悉又陌生的园子
在草地上漫步
蝶舞花间　在水一方
月下美人化入梦色的画面里
恰如西子颔首　半笑而散
七情六欲的花色里
白昼凋谢　夜色开放
风轻吻心湖
涟漪颤抖着开放
步步化作年华消逝后的记忆
安静得好像蜻蜓的羽翼一样
心很静的感觉
原来不飞也可以很美的啊
不死神鸟浴火重生
不飞也是一种生命的燃烧

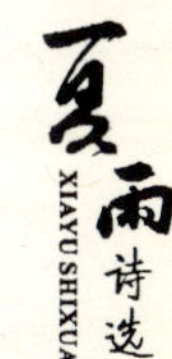

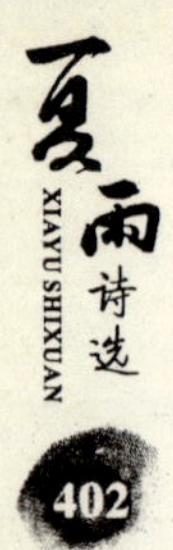

有心飞翔的鸟
总是在飞的
活着　真好……

张尚志（2009级）　二首

张尚志：夏雨诗社现任社长，能源学院学生，曾在华中科技大学合校十周年征稿比赛中获三等奖。

六月，雨水变成火

三月　凤飞台上凭栏意
四月　梦醒俗句七九行
五月阳光六月雨
世界的阴晴　我在诗中伏笔
这样一个个饱满的音符
像江河灌入龟裂的大地　像血液
涌上心脏　痛快
并且顺理成章　顺理成章地
唱响整个饱含情愫的　沉默的季节
给隐忍的向前蜿蜒的根块和诗情以光荣
给含苞待放以希望
给哑巴一次张口的机会　让他大声对世界说出
对生活的热爱
给我三分不羁　七分豪气
要说
你们的青年是我的晚年
你们遗失火种
你们的欢快太苍白　你们的忧伤太无力
你们的心脏　拖曳出垂垂老矣的声音
生当如夏花

花开　烈如火
夏雨人说　六月
雨水变成火

心　计

如果我突然
喊出你的名字　仿佛带着
很大的气

请转过身呵
这拥抱　是我
温暖的心计

冯佳乐（2009级）　一首

千年一叹

（一）

远古的岁月悠悠
一马平川的黄土地上
崛起了一个龙的民族
龙啸九天　历史的轨迹为之改变
长江黄河　滔滔江水洗尽铅华剥落腐朽更沉淀精华
华山泰山　不倒的山脊彰显了铁打的信念与铜铸的辉煌
神州华夏九州中华
让我用怎样的称呼去赞叹你的风华你的传奇

（二）

多少次朝代更迭　几番盛衰荣辱

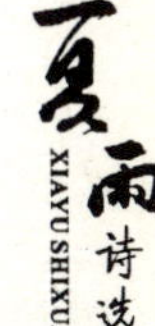

在那瞬间定格的岁月中
栖息了多少浪漫的诗魂
从屈原到李白　从少陵到稼轩
穿越千年的水晶绝句
轻扣我的额头发出铿锵乐声
科学的长廊中四处飘香
从《梦溪笔谈》到《九章算术》
从《本草纲目》到《水经注》
刺透岁月的睿智
如洁白的羽翼拍落我思想的尘埃

（三）

思归千载
在历史洪流中追寻你绝尘而去的步履
千百次魂牵魏晋
不由地抚琴轻叹七贤已殁广陵不散
多少次梦回盛唐
只愿将美酒化作诗篇歌颂贞观开元

（四）

在宫女和太监堆中成长起来的帝王
如何担得起九州神器
未经历血与火淬炼的儒生
怎知晓铁骑蔽天血染夕阳的残酷
那在笙歌夜舞中醉生梦死的“王者”
可曾听见黎民苍生的声声呼唤
多少忠臣良将在宦海沉浮中默然归去
几多家国愁思在一贬再贬中凋落枯萎
不如归去
在梅妻鹤子枯木寒岩的陪伴下雪满白头一叹千年
不如归去
在风波亭外将满腔悲愤化作声声叹息与清泪两行

（五）

火炮洋枪利舰飞艇

重重地击碎天朝的美梦与祖辈的神话
割地赔款建国中之国
只差将古中国尽皆献给大英博物馆
待得听到一声叹息从历史深处传出
再无人为他续千载的黄粱美梦

（六）

义和风起　太平雨落
梅筛月影　顾妆楼佳人犹在
拜别慈亲　报国者义字当先
多少豪杰身披戎装　将一腔抱负付诸刀端
几番失败后痛定思痛　再整山河待百年之约

（七）

以十三之数建百万雄师
从偏僻山区到六朝古都
二十八年浴血拼搏　六万万同胞从此生死相依
待伟人大手一挥
你从千年的梦幻中骤然觉醒

（八）

望断天涯　几番荣辱后深情依旧
花开两岸　故园钟声将长鸣不息
百年之约　紫荆莲花从此与大陆根茎相连
思少年中国意气风发挥斥方遒重领世界潮流
感古老华夏历史悠悠留于后人一脉奇香

（九）

你从江南的诗情与画意中走来
携着满身灵秀
你从大漠孤烟戈壁万顷的塞北走来
裹着一腔豪放
你从悠悠历史匆匆时光中走来
带来了一段传奇
我只愿轻拥着你胸前的湖光山色

品味你的内心锦绣与旷世风华
永不离开

杨妍璐（2009 级） 二首

掉漆的杯子

一只破旧的杯子
掉光了所有的漆
却浇灌了老人半个世纪
岁月
沉淀在很厚很厚的水垢里
无声无息
正如杯子慢慢地掉漆

这 些 年

这些年
时间从未欺骗过我
而我却负了时间
年复一年
在日出与日落间彷徨
却始终不知道自己要去何方

这些年
害怕孤单
不敢一个人走在黑夜的路上
害怕未来
岁月中总是有太多的磨难

这些年
奔波　流浪
做过不现实的美梦
爱过不值得的人
却依旧不懂
爱情是什么
命运是什么
那划过天际的流星又是什么

这些年
有花　有草　有阳光
这是否已经足够美好

甘祥宇（2009级）　二首

家乡飞来了一只鸟

绿在窗外
黄在窗外
一棵树
来不及
赶上通往我视野的列车

还要多久我才肯
侧耳倾听
一只鸟
恐等不及
只留下一丛青葱的鸣叫
便匆忙返程

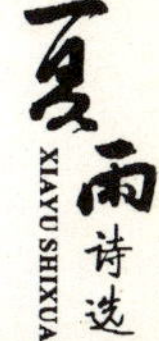

故乡的草塘
会不会忘了我
喜欢躺在
一头被晒黑的水牛
和一只被晒黑的鸟
的影子里

你曾如何长大

你曾如何长大
那个叫小木的姑娘
那里有着瘦弱的篱笆
也有着被人遗忘的风沙
就在那儿
你如何发的芽　又如何开的花
含着微笑　某天我早已离了家
要发芽　要开花　也要一片彩霞
来啦　来啦　某天真的来到那儿啦
流浪的呓语漂出了梦
寂静的夜里却那样尴尬
夕阳又踏过来啦
片刻的光辉被泼洒
一个完整的白天也已被抛下
如何发芽　如何开花
又该如何长大……

高俊阳（2009级） 二首

耻辱中，我倔强地站起

——纪念“九一八”

一叶落而知秋，
一朝耻万代羞！
抖开昨日的记忆，
被装订的历史扭扭曲曲……
五千年的华章，
我只铭记着一页的苍白与沉重。
耻辱中，我倔强地站起！

昏黄的文字是昏黄的岁月，
冗长的，是我不堪回首的过去……
阴霾的天空，死寂的雾气；
数不尽的山河，走不完的起伏，
望不尽的是我辽阔的疆土。
彼时，
我将站在广袤的黑土地，
周遭是挥不去的雾气与死寂。
把佝偻的背转向河山，
我的胸膛被罪恶的子弹戳穿……
喷涌的鲜血，染红的雾气。
公元1931年9月18日，
我倒了，在我深爱着的自己的黑土地。
胸脯贴着大地，
我的脉搏也被血红的河洗去了呼吸。
至死，我都无法忘记我死前的那一幕！
我，一个悲怆的民族，

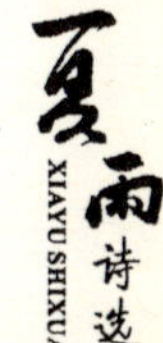

要在耻辱中倔强地站起!!

像女神挥舞着双臂，
像威廉那样疾愤如虹地高呼。
愤怒的火焰将我燃烧，耻辱也让我疯狂，
铸成这烈火与泪水的钢铁之躯!
驱赶我的敌人像驱散天空的阴霾和雾气的死寂;
唤起我的民族像唤醒我沉睡的河山，黑色的土地。
唤醒山峦，连同每一株的草木;
唤醒河流，以及每一珠的雨滴。
把耻辱砸向罪恶的心脏，
我，要在耻辱中倔强地站起!!

当你在黎明里期盼着天亮，
当你在阳光下自由的呼吸……
请放开你的目光吧!
望一望山河草木，我英雄前辈的足迹。
没有了山之阳、水之阴，
遍野飞翔的都是黎明的通知，胜利的消息。
把喜悦折成小船，把笑容化成烛光闪闪，
载上我胜利的消息驶向永怀的记忆……
告诉北大营被杀戮的灵魂，
告诉黑土地上流亡的民众，
也告诉你——我的敌人。
告诉他们我如今的安详与幸福，
我，已在耻辱中倔强地站起来!!

工人在食堂里闲侃，
学生在草地上诵读;
婴儿在襁褓中呢喃，
少女在溪石上浣洗。
我触摸着清澈的溪水，

像抚摸着我多难的母亲那温暖的发丝……

黎明的东方，朝阳正在升起。
霞光照耀着彼时的黑土地，
我伫立在大厦上眺望，
红色的光线丝丝缕缕，
像极了我民族的气息，
向全世界发出我光芒。
告诉他们我的速度和力量，
我在耻辱中已倔强地站起！

忘却不了的，我曾经沦亡的土地和民族的叹息，
忘却不了历史这一页的苍白与沉重，
像一尊含泪的雕塑，
在天堂里闪烁着光芒，
它曾指引我走出苦难和阴霾，
也必将指引我走向更加璀璨的光明。
仰面呼吸太阳的气息和温度，
载着身后永拭不去的背影，
沉重而坚毅地走向光明，

前方——
太阳，已经升起！！！

星　愿

（一）

诗里的人啊，
你的背影，为何
为何这般的凄茫与忧愁?!
远远的，
当我正企图轻轻地去靠近，

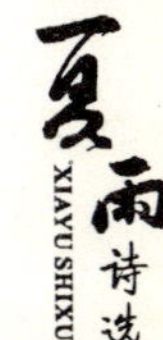

可心儿却突然地痛个不停……
你的手，在地上无力地划来划去，
干瘦！一如你的眸。
低垂着头，你到底在寻找些儿什么呀?!
噢!
现在，春天来了
香樟树的叶却正一片片被风吹落枝头……

（二）

月光笼着雾霭，
雾霭抱着月光，
风吹秋叶沙沙地响，
摇动我酒杯里的缕缕香……

檐前的红灯笼，
床边的红木窗，
月移影动鬼魅的影儿，
谣梦儿轻轻睡在你的枕旁……

（三）

就是那颗星，
亮在你的窗外，
亮在我的窗外，
那窗口倒贴的“福”字儿，
是那颗星梦里幸福的泪……

就是那颗星，
照在你的窗外，
照在我的窗外，
风，
拂过窗外的篱落，
携着点点滴滴的星光，
也带了我的思念，

飞抵你的身边……

（四）

雨，
淅淅沥沥，
把孤寂淋成离群的鸟儿，
湿漉漉地，
卧在窗外芭蕉上……

（五）

微风吹来，
像羞涩的少女飘过我的身旁，
拂起的秀发——
是春的裙裳……

（六）

来看你，我的小河，
你的安静，
突然像是温情的臂弯，
我迷乱的脚步是一行雨点，
在虫鸣的黄昏里，
点动水面的涟漪圈圈；
我听到了你的声音，
——在那涟漪消失的地方，
水面的浮萍依旧安然。

（七）

常常怕它丢失，
我总这样不停地寻找——
在稠密的树枝间，
在蔽月的彩云里，
在雪花落地的声音中，
在我红木的窗格子上……
就这样地不停地寻找，
八月的桂影儿斑驳，

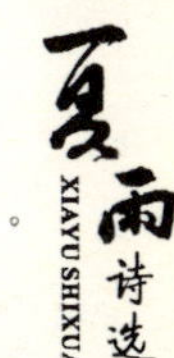

是那样地妖娆，
我把满捧的美好散入晚风的花香，
找得到的，找不到的，
镶在你日日的嘴角……

（八）

最为曼妙的，你的身影
像手指滑过黑白键，
点动蜜也似的碧波盈盈地闪动。
我愿做水底静躺的沙儿，
你的身影，
犹如，一刹那的风。

（九）

像开在河心里的那朵夏日莲，
你的笑，
是春的桃红在湿漉漉的枝头静静地舒展，
在漫天满园的霞光里，
你的笑开在，
开在柴扉轻掩后的黄昏点点……
你看起来是如此的柔弱，
却又如此的决坚；
像胭脂香软，
像小小的焰轻轻燃。
我知我不是野草，
可岁月为何只剩仰望?!
我的长长的身影，
在我的长长的转身后，
披落在你的蕊心上。
珠光闪闪，
抬头看——
又见一年春天。

（十）

今晚，我又想起你，

你的唇，像我杯中的红枸杞。
夜风啊，也为你吹起……
这静谧的黑夜，
像是你安静时的叹息。

那弯弯的月儿，
我猜是你柔金似的眉；
灿灿的星儿，
也定然是你——
挂在天空的眼泪……

啊！
今晚我又一次的想起你……
夜莺也为你轻轻地唱起。
你，美在我的思想里，
到了令人窒息！

（十一）

是谁？叫我爱上这黑夜，
那里是否有
诗人的眼泪，静静的歌唱？
晚风吹过我的身旁，
轻轻的，却透骨到凄凉。
是谁叫我爱上这黑夜啊！
好似走进我的幻想，
去爱那静谧的死亡……
离开吧！离开吧！
我只是坐在隅里，
又一次地爱上了这无边的夜晚……

（十二）

永远也不要告诉我，
那雪花到底有多么快乐，

好像，我已不懂得，
它飘落时的颜色。

永远也不要告诉我，
那风儿到底有多么洒脱，
好像，我早已不明了，
他小巷子里的静默。

永远永远，都不要告诉我，
那冷雨到底有多么幸福，
好像，我早已忘记了，
远方，屋檐下的声音……

（十三）

像一片沙漠
恋着海洋，连着云朵。
我的心啊！
曾如此的了无着落……

像一片沙漠，
无视红柳，亦无视金色。
便是绿洲，
也终将干涸。

像一片沙漠，
疯了一样的沙漠，
早已干涸，
却还渴求着火热。

像一片沙漠，
漏尽了所有，
却被一个可爱的驼印
——轻轻踏破。

大风，大风，
谬梦，谬梦，
永无云朵，
也再无诗歌！

（十四）樱花瓣

那天，樱花散漫。
轻轻地，你，
猜猜看，
夕阳中如此地，
能有几回胭脂含泪的容颜。
不曾想，
它竟又悄悄地飘入了你的发间。
万不要将它抖落，
你无须惊喜，亦无须哀伤。
别忘了，那一瞬，
你也是
——那风中的樱花瓣。

付婕（2009级）　一首

讽　刺

未来带着梦想上路
却被现实绊倒
梦想支离破碎
未来灰头土脸

过去在一旁嘲笑
现在无可奈何地观望
只有现实一脸平静
默默走在路上

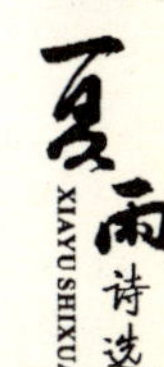

谢弘乐（2009 级） 五首

境·墟

落日的余晖映在废墟上
投射出看不清的沧桑
如同歪倒的横梁
包庇着阴影下的瓦砾
然而这份沧桑
最终还是碎裂成肤浅的文字
零落在历史的土壤
无论是否发芽
或许都不会有人前来耕耘
任由土地荒芜
哪怕千百年后
种子长成参天大树
乃至蔓延成海洋
曾经是废墟也成为殿堂
供奉人们的信仰
时间依然维持着她的力量
赐予落日以曙光
让下一批种子
再一次萌生在废墟的温床

厌　光

黑暗的到来，是温柔把世界包围
她没有温暖的胸膛
但是她会陪你孤独的流泪
没有人发自内心地抗拒黑暗

因为我们都有一颗脆弱的心灵
都渴望得到一个释放的空间
而黑暗总是带来一种无声的包容
人们也都愿将自己的另一面隐藏在这种宽容之中

黑暗降临时，人们怀着危机感入睡
但熟睡的人们脸上却挂着安详
是在梦中聆听黑暗的低语吗
还是因为自信躲到了一个光明找不到的地方

迷　失

从森林飞出一只迷路的鸟儿
它最初的离开或许是对外面世界的好奇
当它在快乐中疲倦的时候
发现周围根本没有地方栖息
它迷失在了钢筋水泥的森林

或许是我家阳台的葱茏让它感到温馨
它选择停靠在这里
一个陌生的迷你森林
不知蜷缩在月季丛中的它能否安然入梦
如果有，那会是一个怎样的梦境

某天清晨，我像往常一样推开落地窗
却看到一只小鸟在栏杆上伫立
它并没有用歌声向我打招呼
而是收回了远方的视线与我默默对视
飞走了，想回去

风·月·光

月，轻轻晃
摇动了这夜光
云敛起了黑暗翅膀
我一个人游荡在小路上
风轻薄着我脸庞

夜，轻轻晃
摇动了这月光
恍惚中你的模样
扯乱了相思回忆去惆怅
溃散在晚风轻扬

黑暗中闪烁的点点星光
破碎的萤火流浪
苦涩的风灌满了我胸膛
怀念着你的发香

光，微微亮
穿过风绕过窗
投影在斑驳的墙
古老的月嘲笑所有过往
飘落的一段悲伤

夕阳以西

黄昏是出发的起点
迎宾路目送我离开
但他一直在我的右手边
我在引擎声中前进

笔直地和公路平行
直到岔路分离地平线
还未发现（才发现）
以为是暮色的地方
原来那么耀眼

好想
幻化一对翅膀
穿透快熄灭的太阳
即便融化也没关系
连同我的泪我的心
夕阳以西
那里是否没有眼泪
不用再伤了我的心
同时也伤了我的眼睛
夕阳以西
那里是否没有悲剧
不用再让我的世界
留下你的痕迹

啊……未知的夕阳以西
是否是包容我的天

夏雨诗选

XIAYU SHIXUAN

友情投稿

萧天（2006级）　二首

萧天：武汉大学土建学院2006级学生，春英诗社社长。

乌夜啼

寥星残，月觥筹，醉乡愁，乃忆多情伊似转星眸。
平生怅，万重瘴，枉回头，只有相思无尽恨难休。

信步樱园路

寒雨如尘伞未开，桂香浸入湿衣来。
最怜是此樱园路，一笑红颜三遍猜。

邓美玲　一首

邓美玲：华中科技大学物理学院2008级学生。

清晨雨行之感

懒起梳洗迟　凝眸透明窗
蒙蒙寻细影　天地皆苍茫
谧谧湮人声　独听微雨唱
负屐执伞去　斜雨扑面庞
丝丝细如线　密密交织忙
叶尖凝碧处　点点垂露放
何处明月泪　静姣亦惆怅
随风行此路　烟雨重远望
小亭湖心立　飞鸟低剪塘
停步邀檐雨　执笔漫思量

游鱼跃逐雨　荷花静女妆
洁白出青影　玉兰别梦乡
小径过行人　树下织流裳
偶见前夜事　欢语落身旁
但听打叶声　清歌付韶光
幽思渺遥南山下　正待笑人无事忙
自去逍遥吟天地　淡看古今风与霜
明镜菩提本无物　车马貂裘又何妨
此心迢迢九天上　忽做大鹏宇阙翔
御风驰骋自在时　何处又惹尘世殇
争忍得　人间一二　清雨湿衣　生计难觅　晨寒初透　此身无寄
还看我　愁压眉低　苦锁心疲　喃喃祷声　青鸟两翼
自问好个闲人　太难当

（某日清晨，微雨，漫步校园，羡其清丽，又见建筑工人披雨衣施工，有感，于源湖中亭作。青鸟：传说中的幸福鸟）

张志琴　四首

张志琴：西十三舍宿管阿姨。

雨　思

浓浓的雷雨声
挡不住
对你的切切思念
穿过无边的雨帘
我仿佛看见你那
灿烂的笑脸
你那写满诗意的眼神
让我陶醉、迷恋
只是

猛然之间
我感到一阵
莫名的心颤
这如诗的画境
如何变成
我如实的夙愿
……

释　然

苦苦的牵绊
深深的思念
原来
一切的释然
只在一瞬间
你意味深长的
眼神
让我蓦然读懂
你的眷恋
从此
我的天空云淡
不再孤单
因为
有你的爱
与我相伴

万水千山

美丽的邂逅
痴痴的迷恋
追寻你翩翩的身影
寻觅你甜美的容颜

曾经的心动
化作无数的思念
然却难遂人愿
看落叶的飘飞
似断线的情感

叹　叹　叹
叹世间情为何物
叹痴心未必得到眷恋
叹往日一去不返
只因你我的身影
相隔万水千山

又是一个冬季

天空中飘洒着凄风苦雨
漫天飞舞的雪花
像是诉说着
愁苦的思绪
似那缕缕的哀愁
遥寄那一片又一片
破碎的回忆

韩舒（2007 级）　四首

韩舒：华中科技大学材料学院 2007 级学生。

风华才聚（十九选一）

晓月照秋霜，阶前暗淡香。
东篱采菊者，明节吟重阳。

月　夜　思

何处歌声起，遥遥月色昏。
群星沉碧海，孤树淡心门。
绿野成新曲，梅花作故人。
眼前无好酒，人已醉三分。

中秋偶得

登高何处望，杳杳几山川？
记忆随歌舞，相思伴酒酣。
清风拂梦醒，明月锁烟残。
零落花飞日，心如冰雪寒。

我有一个梦想

曾经，我有一个梦想
一段幽美，诗意的小巷
在山的一头
山花烂漫，山泉流响
梦的语言在每一处山路上滴淌
而今，我有一个向往
一处安静、宁谧的心房
在海的一角
海风呼啸，海浪滔天
向往的歌声沉醉了每一片波浪
以后，我仍有一个想象
一个淡泊、无忧的地方
在心窝之上
心语绵绵，心路悠悠
幸福的泪不是只可以冰凝在心里
他亦可以缀上夏夜无边的长空……

贺启光 二首

贺启光：图书馆后面车棚练拳处一位师姐（贺宁馨）的父亲。

送婉君

（一）

五月落花五月风，水碧叶绿暗飞红。
行人最恨树遮眼，一段离愁别样浓。

（二）

榴花似火送君归，月近圆时我亦回。
渡尽炎凉人未老，流连蛱蝶结双飞。

（三）

晚春时节过江东，惜别那堪对落红。
身外长江眼里泪，悠然不尽意相同。

（四）

暮云千叠似离愁，相对无言水自流。
回首青山人已远，寂寞孤雁过江洲。

（五）

平生意气最相投，漫踏花溪醉小楼。
遥慰寒山松竹影，再融雪水洗烦忧。

（1981 年 6 月 3 日定稿）

调寄《桂枝香》·襄阳桥头初秋漫兴

风来远古。正古郡初秋，爽人心目。山似游龙卧虎，水如新竹。满街黄酒三分冷，渐催放、桂花霜菊。鹿门诗隐，隆中高士，遗珠千斛。　　念逝者英雄競逐。算是是非非，一策难足。舒卷流云万里，漫吟清曲。二桥抱月渔舟晚，看城乡、灯火辉续。此中佳景，问君知否，伴童声读。

（1991 年 9 月 7 日）

谢检秀　二首

谢检秀：湖南汨罗人，1923 年生，毕业于湖南第一师范学院，师从李淑一，华中科技大学退休教师，中国当代巾帼女诗人。

陋室幽居

室陋随缘过，情怡不奢求。
伴山无限乐，鸟语悦心头。
院深车笛远，心宁泼墨稠。
开窗迎旭日，夕照晚霞留。

（2010 年 11 月）

水调歌头·耄龄小唱

无须儿养老，不用女常临。但愿儿孙勤奋，一心为人民。自理家常茶饭，坚持锻炼强身，远比补品灵。有为何寂寞？独居好沉吟。

养花卉、忙书画、喜荧屏，高歌一曲，心神向往九霄云。时有文坛好友，常来寒舍传经，翰墨吐芬芳。余年仍有乐，因逢盛世春。

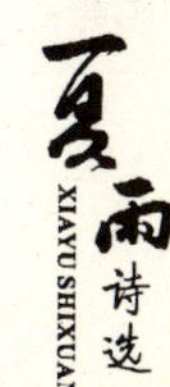

后记

自从加入夏雨诗社以来，我认识了很多热爱诗歌和创作诗词的同学，经常和他们一起参加评诗会，相互交流、学习和提高。随着对夏雨诗社的了解越来越多，我感受到很活跃的思想氛围和浓郁的人文氛围，我看到那一堆堆灰黄的报纸和前辈们留下的诗行笔记，还有社刊、专刊、杂志、作品集等，很多都是全国大学生“樱花诗赛”、湖北省“一二·九”诗赛等大型诗赛获奖作品，我就特别想找出诗社所有的资料，将那些优秀作品整理成书，这个想法在诗社里得到许多社员的响应。

这本诗集在2009年秋天就开始准备了，今年（2011年）恰好是夏雨诗社成立30周年，同时也是我们伟大的中国共产党成立90周年，加上学校的认可和赞助筹款的可行性，于是在这个特别的年份将它出版，嘤其鸣矣，求其友声。

我把它取名为“夏雨诗选”，当然是有选择性地、有代表性地择稿。其中有思乡怀远、惜时伤别的，也有慷慨激昂、壮志抒情的，内容丰富，风格多样。诗也好，词也好，飘逸也好，严谨也好，豪放也好，婉约也好，长古风也好，小曲令也好，有仙则名，有龙则灵。当然，尽量让更多的社员留下足迹，其中共收录古诗词200多首，现代诗300多首，有些作品是在校大学生创作的，有些是以往社员写的（从诗社资料中收集整理，有的只署了笔名），同时征稿并筛选若干篇作为友情投稿。这本诗集以《瑜园诗选》为参考编辑而成，是夏雨诗社第一本正式出版的收录广大社员作品的诗集。

前面诗社简介里也讲到夏雨诗社常年受到由杨叔子院士、李白超老师等一批老诗人创建的瑜珈诗社的支持和帮助，在诗集出版之际，我由衷地感谢杨叔子院士为《夏雨诗选》写序和对诗社一如既往的关心与照顾。杨院士刻苦钻研的学习精神和以爱国主义为核心的民族精神永远是我们学习的榜样。在诗词学习与创作方面，我要感谢张良皋教授、谢检秀老师对我的培养与指导。另外，感谢华中科技大学出版社为本诗集的顺利出版所给予的大力支持，也谢谢诗社张鸿、孙海龙、李建伟、宋婷等社员的帮助，还要特别感谢学校，感谢各单位领导、老师和同学对夏雨诗社的关心与支持。其中，赞助单位有华中科技大学校团委、华中科技大学机械学院、华中科技大学土木学院、华中科技大学经济学院、华中科技大学管理学院、华中科技大学公共管理学院、华中科技大学水电学院、华中科技大学-WISCO联合实验室，赞助个人有杨叔子、姚宗干、何锡章、康勇、徐文胜、吴小平、刘世元、管在林、张鸿、周泉、任亚丽。

本书的出版还得到李培根校长及程良骏、姚宗干、张晋、邓华和、何锡章、何流清、史铁林、吴涛、徐晓林、张金隆、朱宏平、周建中、王志勇、曹彪、管在林、黄其柏、刘世元、刘雅然、康宜华、李振环、汪新军、熊世树、徐文胜、吴小平、陈刚、李嵩等领导及老师的大力支持与帮助，应该说，没有他们的帮助，诗集无法出版，在此附诗以表谢意：

慷慨赞歌行，千金一掷轻。

春风催夏雨，润物岂无声。

最后希望通过大学生创作的诗词，可以让更多的人了解他们对学习、对生活的感想与追求，发现当代学生的思想潮流与价值取向；希望通过正式出版，使大学生的作品得到认可，鼓励广大学子积极学习国学经典，激发他们的创作思维与热情，加强社会主义精神文明建设，增强校园文化氛围，继承和发扬热爱诗词的优良传统。

蓝 波

2011年6月于武汉